Cosas que no se dicen en voz alta

Roberto Meléndez

PUKIYARI EDITORES
www.pukiyari.com

Índice

Ironía 1
Blanca Nieves

Dicen que cuando eres infante las ilusiones y sueños se convierten en una imaginaria realidad. Al ver actuar y condescender a la gente mayor, el niño o niña, copia lo que sus ojos interpretan de la realidad adulta, y lo traducen, o lo digieren, a su mundo que apenas comienza a incorporarse en su existencia. Es decir, la infancia no tiene freno en sus concepciones y algunas, sino muchas, quedan lejos de su alcance y recurren forzosamente al consejo sabio de la gente mayor, que habiendo recorrido ya el mismo trecho, rompen o quiebran con las fantasías de su candidez.

A la escuela

La lluvia copiosa inunda las calles
mojando el papel de mis libretas,
a la escuela voy y vuelo por los aires
saltando entre charcos y banquetas.

Una historia contada después de cuarenta años...

Cuando apenas tenía nueve años en mis pantalones, con frecuencia me aburría en las tardes después de hacer la tarea que me encargaban en la escuela. No encontraba qué hacer. La televisión me ayudaba muy poco y la verdad es que no me sacaba de mis absurdos, así que me hartaba de estar pensando y pensando.

Justo había salido de una bronca monumental del tercer año de primaria, que, por cierto, me causó que me tuvieran que cambiar de salón porque mi maestra mandó llamar a mi mamá para quejarse de que yo la miraba todo el tiempo como un "bobo". Pues sí, no lo niego y eso era todos los días. La profe se dio cuenta de que yo estaba profundamente enamorado de ella y como un bobo, porque ella no encontró otro adjetivo, y es que me la quedaba mirando sin atender a lo que ella dictaba en clase.

Milagrosamente mi madre, por ese detalle, no me golpeó, aunque habló conmigo seriamente de cosas que aún recuerdo bien, como qué estas muy chiquito, hijo, para esas cosas de adultos; no sabes lo que dices escuincle; todavía no es hora de andar tras las faldas de una mujer; después de los dieciocho años ya te daré permiso para que tengas novia, ahora no; y cosas de esas de las que, a mi edad, obvio, dicha información, todavía no me entraba como debe de ser en la cabezota. Pero bueno, hubo la urgente necesidad de cambiarme de salón porque el hijo prodigo andaba en malos pasos. De seguir así, esto hubiese terminado en un infanticidio si no hubieran puesto un santo remedio.

Cuando apenas tenía nueve años y después de este amargo desaguisado, dando las seis de la tarde, más o menos, bajaba del tercer piso del edificio donde vivía, y me ponía como un inocente chiquillo, que lo era, sin duda, a ver los coches que pasaban por la avenida. Primero comencé por contar uno por uno, cual bobo, como me calificó la maestra, a ver cuántos pasaban en diez minutos, después cuántos en media hora y luego cuántos en una hora. Incluso me hice de un cuadernito para estar tomando notas conforme a lo que mi sumadora mental registraba. En algo tenía que distraerme después de que mi mamá me separó de mi amada maestra.

Luego, me aburrí de contar y empecé a clasificar los coches por su color. Unos verdes, otros amarillos, anaranjados, grises que eran los más comunes, no sé porque siendo el color más triste era el que más usaba la gente. Generalmente cuando una tarde está nublada las personas la pintan de gris, es decir, la refieren con tristeza. Cuando la vida de un individuo es tormentosa, afligida, también la pintan de gris. En fin, lo triste, melancólico y deficiente, lo tachan de gris y sin embargo es el color preferido de los que poseen un coche para estrenar. Hay veces que no entiendo a la gente, pero bueno.

También contaba los coches negros. No eran tantos, pero era el segundo color preferido de los conductores. Casi no había rojos, siendo el color que más me gusta. Agarrando un poco de experiencia empecé a tomar en cuenta los coches que rodaban muy maltratados y hasta ruidosos, es decir, unas auténticas charchinas. Todos desvencijados. En una palabra, hechos garras, pero también hacía cuentas de los nuevecitos.

Y así pasaron meses y meses, sin que pudiera borrar del todo a mi maestra. ¡Un amor imposible! Pero luego recordaba su voz. Era hermosa. ¡Ah! Cómo me gustaba su voz. Su boca pintadita y sus ojos grandes como dos lunas llenas. Por cierto, ojos grises que brillaban más cuando me veían directamente a la cara. Nada parecido con el color tétrico de los coches. ¡Eh! Estaba un poco gordita, pero eso se lo perdonaba cuando me miraba. Y cuando se acercaba a mi pupitre olía a un perfume con un aroma tan delicioso que me hacía perderme en miles de fantasías. No sé por qué, pero cuando se me acercaba tanto sentía que me hacía pipí en los chones al sostener su vista sobre mis ojos. Mi maestra era blanca, blanca, pero no güerita, de mediana estatura, pero no tan alta. ¡Era perfecta!

Cuando yo me le arrimaba le veía todos sus dientes, los tenía parejitos, parejitos, como si fueran teclas de piano. Le gustaban las faldas amponas. Me di cuenta de que las prefería coloreadas, con florecitas y con un listón blanco en la cintura. Luego se le ocurría sentarse al frente de su escritorio, el cual no tenía pared a favor de nuestra vista, y entonces apreciaba sus rodillas que juntaba para que yo no viera más allá de lo permisivo, o cruzaba las piernas, que, para mí era mejor, porque podía ver sus muslos nevados a la perfección.

Pero no me atraía tanto ver qué había más allá de sus muslos. A mí lo que me gustaba era su delicadeza, su olor, su boquita roja, sus ojos grises, su pelo cepillado. No me importaba si detrás de sus rodillas escondía algo. Yo solo quería verla de cerquita, de muy cerquita. Así que en el momento en que ponía su rostro a centímetros del mío para regañarme, todo lo que veía eran sus labios rojos, rojos, moviéndose incansables, y todo lo que sentía era su dulce aliento, el cual yo aspiraba para llenarme de su esencia mediante la respiración. ¡La oía, pero no la escuchaba! En su afán de corregirme, decía algo que luego mis cuates al terminar la clase me traducían en plena calma.

Ya luego en casa detallaba los carros por marcas y modelos: Este es Ford y éste es Chevrolet. El otro es un Chrysler y el que viene es un Fiat. El que se va acercando es un Vocho, que ya existían desde la Segunda Guerra Mundial, pero eran mis preferidos por ser chiquitos. Se me hacían bien cómodos. También, desde el negro portón del edificio donde improvisaba mi butaca hacía recuento de los camiones que circulaban por la gran avenida. Y evaluaba, ahí viene un camión de transporte escolar, y este es un camión de volteo, y el que va dando vuelta es un tráiler. El que está parado ahí es un torton de doble tracción. Bueno, así pintaba a ese camión porque mi papá así lo bautizó, y como bien dicen, *"El que hace la mano, hace el tras"*, pues yo lo seguía al pie de la letra.

Y así pasó un año y fracción, y yo contando coches y camiones en la calle. Pero un día me di cuenta de que los Mustang deportivos eran manejados por señores que ya estaban viejitos. Y luego puse más atención sobre los carrazos Lincoln y Cadillac, que también eran conducidos por puros señores calvitos, arrugados y gorditos. Esta observación comenzó a quitarme el sueño igual que un día lo había hecho mi querida maestra del tercer año de primaria. Y es que la profe era tan hermosa, que todavía me acuerdo cuando ella dibujaba o escribía algo sobre el pizarrón con el brazo levantado. Su cabello caía sobre sus hombros y más abajo. Yo creo que diario se ponía tubos porque siempre traía un rizo al final de su caída. Yo bauticé a mi maestra poniéndole el apodo de la maestra de la cascada blanca. Y es que su alisado cabello rozaba hasta sus hombros que debía levantarlos para alcanzar a escribir con el gis sobre el pizarrón; claro que este movimiento producía que su vestido se elevara de manera tal que sus piernas se mostraban arriba de las curvas y era en ese instante cuando lograba apreciar su piel lechosa. Entonces me entraban unas cosquillas en los ojos al mirar sus piernas blancas, blancas, como las nieves del Kilimanjaro, a la fecha no conozco ese lugar, pero así me imaginaba todo. Blancas como la nieve. Repentinamente la maestra volteaba y me cachaba justo con la mirada en Blanca Nieves. ¡Y a temblar se ha dicho…!

Fue cuando me cambiaron de salón y me enviaron a la clase del maestro Rutilio. Un profesor entrado en años, que vestía invariablemente de corbata, de bastante altura, le gustaban los trajes combinados, un pantalón de un color y el saco de otro. Y yo, al principio chillaba del coraje por haber sido apartado de mi profe consentida, pero ya después se me fue pasando la amargura. Como quiera espiaba a mi Blanca Nieves de vez en vez.

Cuando ya cursaba el cuarto año, en una infortunada ocasión vi a mi Blanca Nieves, a la hora de la salida de clases, cruzar la calle y abordar un Cadillac negro, padrísimo, bello, qué digo bello, bellísimo. Yo creo que estaba encerado porque brillaba harto con los rayos del sol casi de manera chillante. Al entrar al imponente automóvil ella se arrimó y le dio un beso pausado y duradero justo en la boca al señor calvo y gordito que estaba al volante. Un beso de esos me indicó claramente que ese señor no era su papá. Esa imagen me ocasionó no dormir toda esa noche.

Y para colmo, al otro día mis hermanos y yo mirábamos la tele, y pasaban un programa en el que anunciaban a Bill Halley y sus cometas. Al verlos, definitivamente me quedé alelado. Puros viejitos tocando las guitarras y la batería. ¿Qué onda? Hasta entonces yo me imaginaba que el *rock and roll*, el *twist*, y esa música estridente debían tocarla jóvenes, pero verdaderamente jóvenes, porque era música para gente joven, igual que los coches que miraba en la calle. ¿Cómo creer que un coche deportivo, último modelo, debía manejarlo un viejito calvo, arrugado y gordo? ¡Pues no! Algo andaba mal, fuera de su lugar. Debía resolver este misterio lo más rápido posible. Y la única persona en mi mundo que podría darme ayuda, sin duda, era mi papá, así que raudo y veloz fui hasta él y le pregunté directo y al corazón:

—Oye papá, ¿dime por qué los coches más viejitos y usados son manejados por personas jóvenes, y por qué los autos mejores y de reciente modelo son manejados por puros viejitos calvos, arrugados y gorditos…? ¿Por qué?

Al escuchar mi papá tamaña inconformidad de mi parte, se carcajeó con gusto. Recuerdo que desayunaba cuando le hice la cándida consulta. Se rió tanto que al punto del llanto casi vomitó sus sagrados alimentos. Me hizo pensar que yo había preguntado una barbaridad, pero no, empezó despacito a impartirme su cátedra paternalista que a la fecha conservo en mi memoria.

—Mira, hijo, espero que lo que voy a decirte no te impida seguir creciendo como hasta ahora lo has hecho, con esa inquieta inocencia, pero hay cosas que solo una persona de mi edad comprende a la perfección sin palabras de por medio. Un viejito calvo, arrugado y gordo, casi me describes condenado, como tú los mencionas, tendrá con toda seguridad un poco más allá de los sesenta años. Una edad en la que los señores están a punto de jubilarse o quizás ya lo estén. Para entonces ya trabajaron durante toda su vida. Ya se desvelaron y sudaron la camiseta para que, con el producto de su trabajo y sus conocimientos, hayan adquirido bienes materiales. ¿Cuáles son esos bienes materiales? Uno o dos coches para uso particular. Una casa propia. Incluso, pagarse el lujo de realizar un viaje a cualquier país del mundo para tomar unas merecidas vacaciones a su libre elección. En cambio, los jóvenes apenas están construyendo su vida para llegar a ser solventes, están estudiando, buscando trabajo digno y con futuro, bien pagado, remunerativo; en fin, abriéndose paso por la vida y sus quehaceres.

Una vez que mi papa terminó su exhortación, le repregunté con ahínco:

—¿Entonces los jóvenes no tienen dinero para comprarse coches último modelo o de buena marca?

—Exactamente hijo. ¡No lo tienen! Además, los carros cuestan mucho dinero y debes pagarlos al contado, o con créditos cuyas mensualidades a veces son abusivas, por eso es que solo quien tiene un buen empleo, o tiene dinero ahorrado en el banco, puede aspirar a comprarse lo mejor.

Mi papa observó que me quedé pensativo, como licuando mis ideas en el cerebro castigado por la última información.

—Papá, entonces una maestra de primaria aunque sea joven y bonita no puede comprarse un coche último modelo. ¿Verdad…?

—No hijo, seguramente no podrá. Lo que sí puede hacer es juntarse o casarse con un señor que pueda comprarle un automóvil lujoso, nuevo y bonito.

Contrario a la reacción de mi padre. Me dieron ganas de llorar de un modo descorazonador. Corrí a mi recámara y me escondí en ella cerrando la puerta a piedra y lodo. Y aunque mi papacito se quedó ajeno y extrañado por mi lacrimosa reacción, tuve que desechar definitivamente el amor que sentía por mi hermosa maestra, Blanca Nieves.

¡Qué ironía!
¡Cuando era niño quería ser grande
y ahora que soy grande,
quisiera volver a ser niño!

Ironía 2
La gacela

El ser humano tiene algunas facetas que él mismo desconoce, ya sea por omisión o ignorancia, o quizá porque comprende que es tiempo de vivir una experiencia tal cual se presenta, respirándola y absorbiéndola para gozarla plenamente. Así es como un día se da cuenta que dentro de su existencia hay alguien a quien ha visto casualmente y le provoca un deseo irrefrenable en el sentido de permanencia y pertenencia. Es aquí que ambos sexos comparecen y se juntan por designio de su historia, para convivir y coexistir juntos en esta selva humana a la que todos los seres vivos tenemos derecho. Obvio es decir y pensar que nada en la vida es fácil y para la obtención de su deseo habrá que tolerar y perseverar en su intención.

Explorada conexión

Drogado entre tu talle
de prendida brillantez
me anido en tu perfume
de sublime exquisitez.

Tu cuerpo sin vestido
estimula mi sendero
hasta hundirme rendido
en el caudal de tu recreo.

Mi poder sobre el tuyo
deshiela tu rincón
gratificante orgullo
de explorada conexión.

Este mequetrefe se despertó una mañana de domingo más temprano de lo acostumbrado. Regularmente se levanta por allá de las diez de la mañana, pero hoy quién sabe por qué carambas abrió los ojos antes de esa hora.

Seguramente pensó el muy ingrato: *¿Qué hago? Apenas son las ocho y ya no tengo sueño...* ¡Como si no hubiera cosas que hacer en esta vida llena de ocupaciones! Se levantó, cargando en su pesada existencia, ancla, cadenas y su inmenso abdomen. Fue al baño, su uretra tiró los galones que guardaba, volteó a verme y yo la verdad me mostré totalmente disgustado con él, me porté como un patán ¿y qué?, de plano impertinente. Verlo desnudo me desagradaba. Se veía como un bulto, un costal de jitomate magullado.

¡Tanto que te aprecio!, parecía decirme, *y tú te portas como si trajeras algo en contra mía. ¡No es justo! Te veo y no disimulas tu disgusto. ¡No seas así! Ve mi semblante, haz algo por él,* ¡carambas! ¡Con su mirada perezosa y neurótica me echó un vistazo! Como el clásico huevón que no tiene nada en la mente.

¡Espúlgate!, le gritaba, *eres un tipo inflado, fofo, de hombros caídos, con una barriga prominente. Luces una panza hinchada y vencida. Además de que ofreces un rostro descompuesto, con ganas de tirarlo a la basura. Observa tus mejillas, te cuelgan hasta el cuello, y luego tu papada pronunciada que es una vergüenza, quítate, hazte a un lado, invades mi área cristalina con tu aspecto francamente deprimente. Lo que proyectas a primera vista es desidia, dejadez, extrema pereza. Si pudiera hablar yo te apodaría "El mantecas". Por Dios, qué facha tienes. Más indolente que tú, no hay otro en el mundo.*

¡Está bien!, está bien, ya no me maltrates, se nota que estoy un poco flojito de mis carnes, pero bueno, qué le vamos a hacer. Iré a caminar si es que eso me exiges, carajo. No soporto que me veas así, tienes una imagen de pocos amigos, sin brillo, opaco, turbio. Incluso tu pared parece nublada. ¡Ya voy! ¡Ya voy!

Al fin se echó agua en la cara, hizo un par de gárgaras con enjuague bucal, acicaló sus greñas tan largas que casi se enganchaban con las orejas. Metió su trasero en un *short* más guango que una torta de pierna en la fonda. Se puso una playera de los *Cowboys,* tan holgada que le hubiera cabido al orangután más adiposo del zoológico. Además, una cachucha de esas de forma italiana. Así, con un aspecto deprimente, salió a conquistar, según él, la soleada mañana. ¡Sí, ya mero!

Subió a su auto. Un mueble alargado, muy vistoso, último modelo, color rojo, con aire acondicionado, automático, alfombrado, de esos que no necesitan llave para que arranque, solo hay que presionar un botón en la parte lateral al volante y ya. Así de fácil. Dotado además de un sistema de manos libres para atender el celular sin ocuparse en sujetarlo. Contaba incluso con el *control cruise.* Es decir, con un par de botones al volante que, presionándolo en automático, el acelerador actuaba sin la presión del pie. Son de esos cochecitos que hablan solitos, porque avisan hasta cuando un neumático está bajo de presión. O sea, este cuate se sentía muy *piquis-piquis.* Puso en marcha su vehículo, para caminar tan solo dos calles, un poco largas sí, pero pudo haberlas recorrido a pie, carajo. Pero bueno, éste quiere todo a su entera comodidad. Por eso está en esas carnes, guango, fofo. No quiere despeinarse, ni siquiera para ir a trotar. Una simple caminata no le hace daño, ¡pinche holgazán! ¡Voy a creer!, agarrar su carro para rodarlo dos calles. ¡El colmo, de verdad!

¡Ah!, eso sí: No se olvidó de sacar de la guantera sus lentes para defenderse del sol. Además, se untó en su flácida piel un tanto de crema liquida, que dizque para rechazar los rayos solares y que no le produjeran un daño en su delicada epidermis. ¡Híjole…de veras! Destinó para sus manos unos guantes de color negro, para impedir que los rayos del sol le maltraten sus manitas de gran ejecutivo. ¡Sí, cómo no! Pero bueno, el muy ingrato ya estaba en la calle. Dejó su carroza aparcada en el primer lugar que vio a su alcance en el estacionamiento donde todos los deportistas lo dejaban para practicar sus caminatas o correr la milla.

Bajó de su elegante mueble rodante. Una pierna le pedía permiso a la otra para dar una zancada hacia adelante. Y empezó a dar los primeros pasos sobre un andador que parecía una pista previamente asfaltada. Tenía un ancho de escasos dos metros y medio, y una longitud aproximada a los cuatro kilómetros, o sea, casi dos y media millas. Una pista a donde todos los del barrio iban a correr, a trotar, o a caminar. Una especie de circuito asfaltado que el condado mantenía en buenas condiciones para la realización del ejercicio comunitario.

Las nueve de la mañana. A esa hora el calor ya rebasaba los treinta y dos grados centígrados. Verano. ¡Puff! El sol tiene su guardadito en esta estación del año, les hace ver su suerte a todos los gordos inflados sobre la tierra. Ponerse al sol fuerte como hoy, en la mañana avanzada, y con esa temperatura, resultaba criminal. Seguro que para las tres de la tarde alcanzaría los treinta y ocho, o quizás los cuarenta, que sobre las espaldas de los deportistas es un martirio climático. Dicho así, el clima, inhumano, no tenía compasión. Intencionalmente los ponía a sufrir inmisericorde, a sudar hasta por debajo de las piernas.

De quien les platico tiene por nombre Tarquino. Sus amigos lo conocen como Tarquis, de cariño. Bueno, pues este fulano apenas recorrió cien metros a pata y se sintió de volada cansado y rendido por el calorón tan sofocante que reinaba a esa hora, aunque había que sumar suficientes agravantes para ello, como el que nunca hacía ejercicio, tampoco dieta alimenticia, y los fines de semana aprovechaba para tragar porquería y media que sacaba del refrigerador. Hoy, de verdad, era un milagro verlo levantado a esa hora. ¡Qué bruto!

¡Ya me voy! ¿Qué estoy haciendo aquí? Nomás sufriendo con este pinche solazo. Parece que estoy encima de un comal sobre la estufa encendida. Justo en eso estaba, reflexionando, condoliéndose de su padecer, cuando vio un pedazo de concreto rectangular a la orilla de la pista, cobijado por la sombra de un pino frondoso que se erguía en despoblado, ofreciendo un lunar por demás agradable para protegerse del astro rey. Para Tarquino fue un oasis en medio del desierto. Se sentó sobre la piedra que dulzona se prestó para que este perezoso descansara a sus anchas. ¡Qué bárbaro! ¡Huevón sinvergüenza!

Aparte de ver como se deslizaba la mañana en su reloj, miraba y miraba pasar a los corredores que cruzaban por delante de sus ojos. Y empezó a ponerles sobrenombres. A uno le apodó perro, porque corría con la lengua afuera. A otra corredora le puso gallina, porque traía las trenzas desechas por el inminente cabeceo. Luego pasó otro al que bautizó como la ballena, porque expulsaba chorros de sudor por todas sus extremidades. Y en el otro extremo del mismo andador distinguió a una chica que iba bufando como rinoceronte a campo abierto. Uno más que, según él, parecía elefante porque iba resoplando con la trompa hacia afuera. Y así disfrutaba mentalmente de jugar con el físico y condiciones de los corredores. Y, claro, él no se autocalificaba, pero parecía un oso echado sobre el improvisado asiento, viendo con descaro todo el panorama a sus anchas.

Repentinamente y para su asombro, vio a una chica que venía corriendo con extrema ligereza. Presumida y animada como si fuera suyo el horizonte donde se desplazaba a sus anchas. Se tragaba los espacios con suma rapidez. Su ritmo era arrollador sobre la pista. Cuando la chica pasó ante su presencia, Tarquino se le quedó viendo cual bobo, alelado, absorto, como si lo hubiesen momificado. Vio que la joven se desplazaba serenamente, con los ojos fijos en la pista, ante su atónita contemplación. Ella en lo suyo, corriendo a un ritmo acompasado. Tarquino estimó de inmediato que esta corredora era toda una profesional, una atleta competente, prendida en lo suyo, en su misión. Con una respiración a tono, al compás de su braceo, a paso veloz. Moviendo sus brazos y piernas acorde con el ritmo de la carrera.

Fue tan evidente la observación visual de este costal de manteca sobre ella, que la chica se percató fácil de la mirada enajenada del fulano. Aunque la corredora no perdió el paso, la fijación de él sí provocó una ligera distracción en su concentración, pero prosiguió como una atleta profesional.

Inmediatamente Tarquino se armó de su calculadora mental y midió: la chica tendría una altura que rondaba por el metro setenta centímetros, a ojo de buen cubero. Sus extremidades lucían vigorosas, largas y muy bien dibujadas bajo el pantalón ajustado. Muslos poderosos, envidiables, bien formados. Apreció el contorno de sus músculos que llenaban plenamente el trazo al que se ceñían. Piernas bien entrenadas. Por supuesto que además de todo lo anterior se fijó en su cintura. Diminuta, estupenda. Tal vez con sus dos manos extendidas, evaluó, podría abarcar la totalidad de su talle. El *jersey* que vestía dejaba ver la desnudez de su ombligo, ya que solo cubría su pecho y algo de su estómago. ¡Ah! Y tenía una carita codiciable. O sea, un bombón para un tipo que le encantaba el dulce. *Justo así, como me la recomendó el doctor*, pensó, riéndose de sus porquerías.

Bien, esta maravilla de velocista llevaba un trajecito color blanco de dos piezas, el *jersey* lucía vivos anaranjados sobre la caída del cuello permeándole hasta los brazos. Sus pantalones ajustados, de licra, luciendo sus extremidades, dándoles un tono incuestionablemente femenino a su personalidad. Tenis de color negro de agujeta, formando el dibujo de sus pies. Chicos y angostos. Eran tenis exprofeso para la práctica de la carrera. Su piel blanca suavizaba su juventud, que muy posiblemente no cruzaba de los treinta. Una chica de buen ver.

Pues bien, todo esto lo calculó en cuestión de segundos. Su cochambroso cerebro ya guardaba la infame costumbre de practicarlo. Mientras tanto, la chica había desaparecido de este iluso maniático, aunque Tarquis no despertaba de su parálisis visual, permanecía estático, tullido, prendado por el encanto de ese portento que había pasado volando por la niña de sus ojos. Tanto le gustó que decidió no moverse de ahí. Se dispuso a esperarla a que corriera nuevamente cerca de él. Y, en efecto, como a los doce o trece minutos dicha silueta volvió a ponerse en la mira de sus ojeras. Se percató que sus pies no parecían tocar el pavimento. Viajaba en el aire como una gacela ejecutando un vals, solo tocaba la superficie con las puntas de sus tenis. Y a veces le daba la impresión de que ni siquiera con ellos pisaba. Así cruzó ella otra vez por su retorcida existencia. En esta ocasión tampoco la perdió de vista ni un solo instante. La tuvo en su mira desde que apareció hasta que desapareció de su campo visual. La miró completamente embobado, sin disfrazar la baba que le caía al mantener la boca abierta.

Claro, la corredora no era de palo, era un ser humano igual que este depravado obeso. Se dio cuenta que estaba siendo arteramente examinada por un individuo que a las primeras de cambio asemejaba ser un ordinario patán, desvergonzado, con una mirada cargada de impudicia. Pero surgía algo extraño de este individuo que le llamaba la atención, y es que al tratar de orientar su opinión sobre el apostado fisgón encontraba "admiración y embeleso" en su inspección. Aparte de su escudriñadora presencia, portaba lentes oscuros y justo cuando ella pasaba frente a él, se los subía a la cabeza para permitirle una observación sin estorbos, portaba además una cachucha italiana, como boina, guantes negros cubriendo sus manos y unos tenis voluminosos que no eran propios para hacer ejercicio. Se notaba que este sujeto se comportaba como un tipo cínicamente marciano en un paraíso terrícola de este deporte. Se veía que no tenía la menor idea de lo que significaba una cotidiana carrera en la pista y daba la impresión de estar ahí simplemente matando moscas al nacimiento del día sin otorgar absolutamente otro significado en particular. Un ordinario haragán en plan de huelga.

Después de cuatro vueltas viendo a este huevón holgadamente sentado en la misma postura, se cercioró de su redonda figura y la flacidez de su corteza. A pesar de ello, la chica no le tomó mucha importancia y el asunto terminó por causarle gracia contemplando a esa criatura extravagante en ese escenario al aire libre. La gacela completó el circuito, había cumplido con su meta cotidiana, diez vueltas a la pista, y entonces dio por concluida la tarea del día y se fue.

Bueno pues, después de este encuentro entre la Venus y el jorobado de Nuestra Señora de París, no paró ahí el asunto. Al otro día, lunes, primer día de la semana, este sinvergüenza se paró frente a mí, a las seis y media de la mañana. *¿Qué onda? ¿Adónde vas, conejo Blas con esas pompis que llevas detrás?* Me extrañó que súper temprano se lavara la cara, se quitara las lagañas e hiciera gárgaras para expulsar el aliento de perro que tiene en los amaneceres. Esta vez tardó un minuto más en acicalar su cabello y salió rapidísimo de la casa. Ni siquiera me hizo gestos como cada mañana.

Pues sí, lo que dedujo lo pudo corroborar. La chica que había visto el día anterior corriendo cual gacela estaba ahí nuevamente, deslizándose sobre la pista tan veloz como un cometa orbitando sobre el espacio. Presumiendo de su imaginación, pensó: *Si ella galopa con esa facilidad, desplegando esa grandiosa capacidad y administrando un ritmo de respiración envidiable, es que viene a diario a entrenarse.* Una condición física como la que había observado el día anterior definitivamente no se logra corriendo únicamente los fines de semana. ¡No señor! Hay que sacrificarse a diario para llegar a ser una atleta como ella.

Sin embargo, esta vez no se sentó a contemplarla, la esperó a que pasara recargado en el barandal de un puente donde el circuito de la pista hace un ocho. Traía un plan en su mente cochambrosa y lo iba a poner en marcha. Cuando vio que la chica venía aproximándose, unos diez metros antes, echó a correr junto a ella para ponerse hombro con hombro, pero no contaba con que la gacela lo dejaría atrás en un santiamén. Es decir, pasó tan rápido, que tal vez ni un par de segundos la tuvo a su lado.

¡Maldición!, se dijo, *esta mujer no corre, ¡vuela!*

Terco como una mula de rancho, volvió a esperarla y cuando volvió a pasar junto a él, intentó la misma jugarreta con el consabido resultado. Cero y van dos. ¡Otra vez, la burra del trigo! No lograba siquiera ponerse a su alcance cuando ésta lo rebasaba de inmediato.

Vuelvo a lo mismo. La chica no era de palo. Ésta ya se había dado cuenta más o menos de las intenciones de este mozalbete. Así que en la siguiente vuelta la gacela esperaba la misma reacción. Le daba mucha risa la actitud de este sinvergüenza. Se figuró sin temor a equivocarse que éste lo que quería era abordarla, aunque así no lo iba a lograr. *Está muy gordo*, pensó ella, *parece tamal, se mueve muy lento*. Esa mañana ya había tenido tres intentos fallidos, así que ella resolvió ponerle una trampa para ver qué hacía. Al ir corriendo en dirección hacia él, se percató que la estaba esperando como en cada vuelta. Es más, Tarquino ya lo hacía sin disimulos. Como si él quisiera poner sus intenciones a su entera consideración. Mas cuando ya la tuvo a unos metros de distancia y él se disponía a mover su trasero en pos de su alcance, ella intempestivamente se dio la vuelta a la derecha y salió de su trayectoria. Esa inesperada reacción generó en Tarquino un rostro de aflicción que no pudo esconder. No obstante, a la gacela le causó tanta risa que de plano se paró a disfrutar del momento, mientras que él, descarado, casi le gritaba reclamándole: «¡Hey!, ¿adónde vas?, ¡es por acá!». Ella paró su carrera llevándose las manos al estómago desternillándose de risa. No le importó que el recondenado gordo, con cara de oso panda, se le acercara y le sonriera insolente.

Con este caricaturesco pasaje comenzó a darse un canal de conexión entre ambos. La gacela, reemprendió la marcha dejándose alcanzar y trotando mucho más despacio. ¡Él ya no la dejó ir sola! Y comenzó el juego de la seducción. Yendo a su lado y con paso acelerado, comenzó a preguntar: «¿Cómo te llamas?». Ella no le contestó, pero sonreía. «¿Vienes todos los días?». Ella siguió sin contestarle. «¿Perteneces a algún club atlético?». Ella siguió en su postura. Sonriendo. «¿Qué…? ¿Te comió la lengua el ratón?». Esa frase, pronunciada así, tan insolentemente graciosa, se le hizo muy honesta. No escondió la sonora sonrisa. Finalmente ella respondió:

—¿Qué quieres conmigo?

—¡Quiero entablar comunicación contigo! ¡Eso es lo que quiero! Eres una mujer muy atractiva, dinámica y hermosa. Pareces una gacela. Todos aquí admiramos la forma en que haces ejercicio. Y yo, la verdad, no estoy ciego, por ende, quisiera que por favor aceptaras salir a dar una vuelta conmigo. ¿Qué dices?

Ella comprendió a la primera la audacia de su atrabancado interlocutor, quien, sin ninguna turbación, decía lo que le venía en gana, sin medir resultados. Nomás decía y decía lo que del pecho le salía. En seguida se percató que su temerario galán pronto se cansó y estaba a punto de perderle el paso a pesar de que ella venía trotando muy lento.

—¿Siempre eres así de fresco y descarado, con todas?

—No todas las chicas del mundo me gustan.

—¿Y yo por qué sí?

—¡Porque tú no eres de este mundo! Eres un cometa volando por el espacio sideral. Eres tan bella y radiante a la luz del sol que por eso precisamente quisiera saber si vienes de otro planeta.

Esta imprevista, genial y original forma de abordarla, por un forastero extrañamente humano, la conmovió alegremente, al grado de concentrarse en lo que iba a responderle. Tarquino estaba en las últimas. En cualquier momento caería fulminado. Verdaderamente consumido por la carrera. No podía más. El trote al que estaba siendo sometido lo calificó de criminal. El sudor cubría sus ojos de manera alarmante. Obvio, sin la adecuada condición física era imposible mantener una marcha decente.

—¡Por favor, dime rápido, ya me cansé!

Ella se sintió halagada, esta vez, sin mostrar su sonrisa. En cierto modo le agradaba como este pícaro la adulaba sin sentirse cohibido. No mostraba la mínima delicadeza en sus declaraciones. Ni pensaba en el ridículo. Parecía un macho mal educado, usando un vocabulario muy propio para dirigirse a ella, en espera de urgente respuesta. Dejaba en claro que era un tipo arriesgado a todo, descocado, pero acostumbrado a conseguir lo que deseaba.

Él ya bufaba como bisonte en el ciego desierto, acicateado por el paso veloz de su infame fugitiva. Espontaneidad que a ella le causaba plena hilaridad en su interior. Primero, por la desfachatez con que se le aproximaba y, segundo, porque éste no se frenaba en solicitar lo que quería, como si estuviese pidiéndole un regalo a Santa Claus. No habían recorrido ni ciento cincuenta metros y ya se habían dicho todo lo anterior. Ella volteó a verlo con aire de autosuficiencia. Tenía razón, su tenorio en cualquier momento caería como fardo, vencido, sin aliento. Como respuesta, mostrando toda su blanca dentadura ella le contestó en voz muy audible, para que no hubiera pretexto:

—¡Cuando puedas sostener tres vueltas corriendo a mi lado y a mi ritmo, por toda la pista, contestaré a cada una de tus preguntas! Y cuando seas capaz de hacerlo, te concederé una cita. Mientras no lo consigas, no cruzaré una palabra más contigo. ¿Está claro?

Las reglas quedaron puestas sobre el circuito, más bien sobre la pista. No había de otra, si él quería algo con ella, tendría que someterse, subordinarse, acatar sus instrucciones. Al final, a Tarquino le había quedado una duda que quiso aclarar al instante:

—¡Solo de una cosa quiero estar seguro! —replicó él muy afligido por lo agotado que ya se mostraba—. ¿Lo cumplirás de verdad? Para mí es importante porque tendré que hacer cambios severos en mis hábitos y costumbres para lograr correr a tu ritmo. ¿Lo cumplirás de verdad? —insistió.

Ella volteó una vez y luego otra, considerando su pregunta. Y lo vio tan afligido y al punto del desmayo, que le contestó de sopetón:

—¡Te doy mi palabra! No me estoy burlando de ti —ella también quería puntualizar el acuerdo—. Ahora escúchame tú: Si tuviste el valor para acercarte, tendrás el valor para hacer un esfuerzo grande. Solo que, no te tardes mucho, podría cambiar mi decisión. Te doy dos meses, únicamente. Espero que te haya quedado claro, ¡dos meses! —acompañó el final con una mirada sonriente, haciéndole un guiño como sellando el acuerdo con un gesto amistoso.

Después de esa transacción verbal y su calendárico acuerdo, con toda intención la gacela aceleró la carrera y lo dejó a él atrás, viendo su trasero que volaba ante sus pupilas. De hecho, él no perdió los detalles de sus perfiles, aunque estos se alejaran a una velocidad endemoniada.

⌘⌘⌘

A partir de ese recondenado día, todo cambió. Tarquino llegó a casa, tomó un baño de volada y se puso a platicarme con suma excitación lo que acabo de describirles. ¡Que la chava estaba muy bonita! ¡Que tenía un cuerpazo! ¡Que era una beldad! ¡Que era una diosa perdida en la Tierra! Bueno, me contó a detalle lo que ella le dijo. Lo que le prometió y demás. Refería que nunca pensó que ella le prestara tanta atención. *De verdad te lo digo: Me imaginé que no me iba a pelar, que me iba a tirar de a loco, pero no, incluso me dio esperanzas de tener una cita con ella. La verdad es que he tenido mucha suerte.* Desnudo me enseñó sus cueros fofos mientras juraba y perjuraba: *Voy a quitarme toda esta pinche manteca. Méndigas lonjas, están de terror. Parecen llantas de tráiler, carajo. ¡Me va a costar uno y la mitad del otro!, pero tengo que proponérmelo si es que quiero conquistar a esa chava. ¡I have to do it! Así me cueste lo que me cueste. Es una hermosura de mujer, verdad de dios que sí. Todo me gustó de ella, hasta su sonrisa, parece un ángel. No parece: ¡Es un ángel!*

Solo que también se llevó a la mente el plazo. Sí, no lo olvidaba, la gacela le había dicho… ¡Dos meses, únicamente, dos meses! Así que, cualquier plan en ciernes tendría forzosamente que contemplar sesenta días.

Quitó la vista de mi cristal y fue a sacar la báscula, arrumbada en los rincones del clóset de su recámara. Le colocó unas pilas y la puso a funcionar. Hacía dos años que la había utilizado por última vez. Pesó 112 kilos (245 lbs) que, junto con una estatura de un metro setenta y siete, según los ilustrados en la materia, estaba hecho un queso manchego. Un esplendoroso obeso. Aunque su problema en conjunto no era tan solo el peso. También, lo descuidado de su cuerpo. Desidioso con su organismo. Tenía feas costumbres. A veces duraba días sin afeitarse. Seguido iba a la oficina con las camisas sin planchar. Dejaba crecer demasiado su cabello y las uñas de sus manos eran las de un pordiosero. ¡Ah…! Incluso en ocasiones sus pies despedían un olor a podrido, a queso añejo. ¡Puff! Yo atestiguaba cada una de sus desaseadas costumbres. Sus partes eran como estar dentro de un bracero de trastos sucios. ¡Un asco!

¡Pero todo empezó a cambiar…!

Desayunó en casa de doña Queta, como todos los días, pero esta vez le advirtió muy seriamente a la señora:

—Le daré todas mis camisas para que me haga el favor de plancharlas… y no se olvide del cuello y las mangas, que queden perfectas. También a partir de hoy, estoy a rigurosa dieta. —Levantó los apurados ojos y le insistió—: ¡Rigurosa, eh! ¿Qué me sugiere para adelgazar como de rayo? ¡Necesito bajar por lo menos veinte kilos en dos meses!, sin que se marchite mi entusiasmo. Quiero, además, seguir durmiendo bien, sintiéndome fuerte y satisfecho.

—¡Ah! Pues muy fácil ingeniero. Lo primero que vamos a hacer es quitarle el refresco que se toma en el desayuno y en la comida. También le quitamos el pastelito que le adorna en su postre. Además, tendrá que deglutir sus alimentos con agua, con pura agua. El café que se toma lo endulzará con miel de abeja y no con azúcar, como siempre lo hace. Incluso, tendrá que olvidarse de las galletas, ni una más de esos venenos. ¡Ah! Otra cosa, incluiré en su régimen sardinas, atún, pescado, salmón y uno que otro marisco en su dieta con hartas hierbas verdes. Carne, solo le daré un día a la semana y con una tortilla, olvídese de las cuatro diarias que se traga como huérfano esclavizado.

—¡Perfecto, perfecto! ¿Usted cree que con ese remedio baje los veinte kilos, así como así? Porque, fíjese, déjeme le cuento. Haré diariamente ejercicio. Iré a correr al andador que se ubica atrás de mi casa. Y, ya lo decidí: Me inscribiré de inmediato al gimnasio. ¡Y es que la verdad, me veo al espejo y parezco gelatina!

—Pues todo eso que dice suena muy bien, porque la verdad, ingeniero, está usted muy desmejorado, ¡eh! Bueno, y a todo esto: ¿qué mosca le picó? ¿Porque de repente se quiere poner como George Clooney? ¿Pues a quién vio? ¿Para qué es todo este alboroto?

—Pues sí, como en una fábula, mi estimada doña. Figúrese que se me apareció la princesa encantada. Una preciosa gacela bajada del cielo. Un cuento de hadas hecho realidad. Ayer me encontré con la chica más dulce y encantadora que hay en el mundo y por lo mismo he resuelto bajar de peso para conquistarla. ¿Cómo la ve?

—¡Pues si ese es su motivo para vivir mejor, lo felicito! Cuando conquiste a esa señorita me la trae para agasajarla, porque ella lo sacará del inframundo donde se encuentra ahora.

Tarquino era gerente general de una agencia de turismo internacional. Una agencia que tenía nexos directos con oficinas importantes en Italia y en Francia. Recibía órdenes directas del dueño de la empresa, responsabilizándose del personal y de su organización. Tenía que administrar, comandar y diseñar los calendarios y los horarios para darle respuesta positiva y puntual a la llegada de los turistas italianos y franceses al país. Un brillante escaparate para los amantes de las buenas costumbres y la perfecta sincronía para el ordenamiento de las actividades entre su gente. O sea, era un directivo con un alto compromiso y formalidad. A tales expectativas debía responder de manera efectiva y puntual. En la oficina todos le apodaban el jefe gordito. Sus pantalones eran talla 38 de cintura y sus camisas con cuello del 18 y medio. Haciéndole inefable honor a su mote artístico. Diariamente llegaba y pedía un café y luego el segundo, que le seguía, les agregaba dos cucharaditas de azúcar y acompañaba su bebida con una dona de chocolate y/o galletas de harina que compraba antes de llegar a la oficina. ¡Era un glotón de primera!

La costumbre se hizo vieja y lo persiguió durante años. El hábito hace al monje, dicen. Pero hoy sacó de onda a su secretaria. Le dijo que tomaría su café con miel de abeja y que solo una taza bebería en toda la jornada. ¡Ah! Y que no se le olvidara de estarle dotando de agua todo el día en su termo.

Ese mediodía, en lugar de meterse a un restaurante, fue a comprarse dos *shorts*, tres pares de calcetas blancas, una sudadera negra de algodón, unos tenis de su agrado, nada voluminosos, cuatro playeras de colores discretos y unas mini toallas para el sudor. Cuando regresó a su lugar de trabajo, siguió con sus cosas, se comió un sándwich de pavo con lechuga desbordante y a las siete de la tarde estaba saliendo apurado para su casa.

Entró al baño, desaguó salpicando toda la orilla de la taza del excusado, hizo buches de agua como siempre y me empecé a acostumbrar a la idea de que ya no me mirara como antes cotidianamente lo hacía. Y yo, en cambio, veía la transformación de un ser humano, antes antagónico con la vida, convertirse en un verdadero espécimen del atletismo. Siempre se pasaba las horas admirando su grueso padecer, hoy no. Se cambió de ropa y se fue al andador a echar por fuera todo el sebo que traía. Dio cinco vueltas completas, caminando por supuesto, no podía hacer otra cosa. Al dar la última, sudaba la gota gorda, justo eso quería. Casi a las nueve de la noche entró a la casa hecho un costal de zanahorias, empapado de sudor. Un duchazo de agua fría le cayó mejor que su refresco acostumbrado cada noche. Cenó unas tostadas deshidratadas adornadas con lechuga y embarradas de aguacate junto con un pedazo de queso panela y dos salchichas de pavo. *¡Órale! Este buey se va a morir de hambre, qué bruto. Antes tragaba como orangután y ahora apenas entró y salió de la cocina.*

La nutrióloga, vía telefónica, le explicó que su deber era pesarse amaneciendo, después del baño. Completamente desnudo. Ese representaba el peso real, le dijo. Y éste empezó a perseguir el dictamen de manera estricta. De modo que al otro día, cuando sonó el despertador a las cinco y media de la madrugada, lo primero que hizo fue pararse en la báscula. *Híjole, 109 kilos, ¡perfecto!* Y eso que era el primer día. ¡A darle que es mole de olla! Entró al baño, me miró, hizo muecas y gestos frente a mí, se lavó el rostro con jabón, usó otra vez el enjuague bucal, se calzó las calcetas blancas, estrenó tenis, y su *short* recién comprado. Despuesito salió como bala de cañón por la puerta principal.

Ya sobre el andador y caminando lo más rápido que podía avizoró a la gacela que venía derrochando dinamismo a un paso agigantado, con un tranco largo y acompasado. Ella lo vio desde muy atrás. Tarquino sin disimulo volteaba con regular insistencia para verla acercarse y hacerse sentir, pero ella venía decidida a evitar paradas. Justo cuando pasó junto a él, éste emitió un gritillo que ella escuchó a la perfección...

—¡Me verás aquí todos los días hasta alcanzarte!

La gacela, al rebasarlo como astro sobre el espacio terrestre, simplemente le mostró su pulgar por encima del hombro dándole muestras del... "qué bueno". Y siguió su carrera sin inmutarse.

Corría el mes de julio, el más caliente del año. Eso expresan los que saben de la canícula. Se deslizaba sobre el escéptico calendario un verano aterrador. Calor en las calles, en las tiendas, en las casas, en el transporte, en todas partes. Por supuesto, la gente buscando el aire acondicionado. Pero Tarquis agradecía las inclemencias del clima. Salía de su trabajo un poco después de las siete de la tarde y subía a su auto sin poner el aire acondicionado, sin abrir las ventanas y sin quitarse la corbata. Obvio, cuando llegaba a su casa parecía sapo en la laguna. Se cambiaba esa ropa y se calzaba sus prendas para el ejercicio. Y a darle nuevamente con rumbo a la pista para sudar como él lo deseaba. Es decir, la báscula, de un día para otro, se convirtió en su mejor asesor. ¡A mí me mandó al carajo! Ya no le importaba su espejo con el que tanto se comunicó durante años. En una palabra, dejé de ser su predilección. De repente me castigaba con su silencio, ya no hablaba conmigo. Varias veces le sorprendí recitando, o quizá sermoneándose, como si inventara su propia filosofía que lo ayudara a lograr su objetivo.

⌘⌘⌘

De la noche a la mañana hice enemistad con la cerveza y el vino. Con el refresco que combinaba mi trago nocturno. Con mis jugos artificiales de naranja. Con mis adorados brownies con los que disfrutaba mi café. Con las galletas que me inspiraban armonía al paladar. ¡Ay, azúcar, cuánto te extraño! Sin embargo, hice amistad con el cereal, con el queso panela, con el nopal y el agua. Mi estómago nunca había recibido tal cantidad. Ahora mis aliados se volvieron los verdes, como los prados verdes bien cuidados, me invadieron todos los días de la semana, en caldos, en ensaladas y en sándwiches vegetarianos. También hoy adornan mi mesa frutas y verduras. Me alineé al atún, al aguacate, a la tostada deshidratada y a las almendras, para equilibrar la crueldad y la sanguinaria prescripción de mi nutrióloga.

Desde hacía 10 años mi cuerpo no era sometido a la constancia ni a la persistencia del ejercicio diario. Advierto que antes ir al gimnasio era una odiosa obligación. Hoy se ha convertido en una motivación. Caminar y correr a la vera de un río sobre una pista adornada por árboles y el sol, ha despertado una seria esperanza para aligerar mi cuerpo y dosificarlo del calcio que requiere. Me doy cuenta además que usar una bicicleta estática para tonificar mis piernas es dotarlas de nueva vida, de otra apariencia. Es filtrar mi voluntad hacia la buena salud. Brindado a los aeróbicos mi mente explora, curiosa, el diccionario nutricional de las vitaminas, minerales y proteínas. Con la constante pesadilla del carbohidrato y los lípidos. Del combate irrefrenable a la quemazón de las calorías. De la lucha incesante en contra de la grasa abdominal como lo hace el insecticida a la cucaracha. ¿Y mi peso corporal? ¡Hostil adversario de mi adiposa existencia! ¡Ah! Pero para eso está la báscula que visito a cada rato, para no enemistarme con mi tronco, ni con mi nutrióloga.

¡Ah! Y hay algo digno de mencionar. Las visitas al sanitario. Hacer del uno o hacer del dos, para el caso era lo mismo, el asunto es que mi estomago era el que sufría las consecuencias. Mis intestinos tronaban y rogaban por comida que con facilidad mi organismo desechaba. Y mi uretra se deshacía rápidamente de lo inservible para mi organismo.

Mi cuerpo, voluble como los apagones nocturnos. Terco como mis ideas puestas en la repisa de mi pensamiento, no cedía. Dominado por las cambiantes células de mi organismo que metabolizan mi ambición. Era grasa convertida en músculo que comenzaba a flaquear por la inflexible dieta y el ejercicio. Creo que sin azúcar mi piel se arruga menos y suda más. No me importa que con el agua y los verdes visite más el sanitario.

Ahora me ilusiona más el poco que el mucho sobre mi plato. Creo que mi enemigo, el espejo, volverá a conquistarme. Y seguro estoy que las chicas de treinta volverán a mirarme y pronto las de veinticinco me tendrán envidia.

⌘⌘⌘

Bueno, este zángano hasta con el clima hizo amistad y empezó a añorar las tardes o noches para ejercitarse. A su hermosa gacela la imaginaba al interior de su coche, paseándola, presumiéndola, besuqueándola, cenando a su lado en lujosos restaurantes, en el cine agarraditos de la mano, tomándola de la cintura para conducirla al sabor de la música en una discoteca. Se figuraba junto a ella caminando por la calle, luciéndola, abrazándola, igual que si fueran escolapios, saboreando un helado con cucurucho el fin de semana.

Tres semanas después de los hechos, desde aquel maravilloso encuentro con la gacela, su avance era significativo.

De modo que, al tercer domingo después de aquella promesa, la gacela venía corriendo como siempre, viendo hacia adelante sin perder el compás y sin violentarse por las miradas veleidosas de quienes la contemplaban correr. Ya estaba habituada al acoso de las inspecciones visuales. Y ahí estaba él, como todos los días, desde su inicial encuentro. Cada día al cruzarse solo se saludaban con un guiño o con un gesto facial en señal de haberse reconocido, sin que Tarquino la molestara, a él solo le interesaba que ella se percatara que estaba haciendo lo indecible por lograr su propósito. Y la gacela no estaba ciega, veía a su romano admirador esforzarse, ejercitarse, esmerarse practicando a diario. Lo notaba más delgado y presto para el ajetreo. Por supuesto que se dio cuenta de ello.

Pero ese domingo en especial tuvo un asterisco en su haber. Él se empeñó en sostener su tranco durante unos seis o siete minutos, justo al lado de ella, sin decir nada, con el pico cerrado, tratando de correr a la misma velocidad. La idea de él era conocer el avance que llevaba en cuanto a aguantarle el paso. Ella, atenta, escuchaba el ritmo de la respiración de su seguidor y el paso veloz que trató de equiparar al suyo. Le dio gusto notar su progreso. Volteó a ver como su rostro mostraba el ahínco de su propósito. Cuando Tarquis sintió que no podía soportar más la velocidad de ella, le habló con mucha propiedad e insistencia:

—¡Estoy por lograrlo! Cuestión de tres o cuatro semanas más. Recuerda, prometiste esperarme.

La gacela lo miró sonriendo y le regaló una frase que guardó en su almohada las siguientes noches:

—¡Confío en que me alcances pronto!

Y ahora fue él quien dejó que ella se desprendiera de su presencia. Sus ojos se quedaron enamorados, corroborando como ella se fugaba ligera por la pista, maravillosa, esplendida, fugaz. Libre como el viento.

Ese día almorzó en casa. Abrió el refrigerador y coció dos huevos en agua durante cinco minutos. Les quitó el cascarón y los engulló con unas galletas medio saladas. Arrojó unas espinacas, apio y nopales al vaso de la licuadora y le sumó dos naranjas y un trozo de piña, y pa dentro: "huácala", parecía una purga estomacal. Después, vació en un plato hondo cereal y despedazó una pera que arrojó sobre éste y le agregó unas almendras, y pa dentro. Ese fue su almuerzo. Y pensar que antes devoraba un trozo grande de carne, con dos huevos estrellados a cada lado, cuatro tortillas, un refresco de cola frío y su rebanada de pastel de pura despedida. Era un mendigo tragón sin escrúpulos. ¡Ah! Tiempos aquellos.

Pero, bueno, la báscula empezó a comportarse más amigable y, la verdad, yo también. Y es que había que premiar su esfuerzo. La estaba haciendo, y bien. Además, su determinación tenía las tres eses: social, sensual y sexual. De los 112 en que inició su aventura de pronto alcanzó los noventas. La ropa comenzó a serle infiel. Más bien, su ropa fue traicionada por su cuerpo, que a su vez se transformaba de manera sustancial. Casi al mes se fijó que el cinturón ya no le apretaba y le corría otro agujerillo. Las camisas empezaron a volarle como al cómico Clavillazo en sus mejores tiempos.

De la noche a la mañana la música le hacía llorar, la imaginación lo ponía nostálgico. Cantar se le hizo humano, el correr a diario lo había sensibilizado. Ya no roncaba por las noches. El sueño venía solo sin tener que llamarlo, su mente aleteaba y se ponía a millas de distancia de su realidad, en posesión de la gacela. Incluso, los fines de semana, el saborear un vaso de vino lo transportaba a otra galaxia en donde la chica atlética en la pista edificaba sus aspiraciones. Figuraba su voz elevándose por encima de su oído cantándole una melodía apasionadamente suave. Soñaba teniéndola enamorada, tendida en la cama absorta entre la magia de sus modos y piropos, embobada por su incontinencia verbal y sus ocurrencias faciales. Se soñaba millonario como Donald Trump y carita como Brad Pitt en su mejor versión. Y a ella la concebía como la María Félix en brazos de su Pedro Armendáriz en la inolvidable etapa dorada del cine mexicano.

El despertador rompía con sus anhelos de ensoñación. Las cinco y media de la mañana, hora en que partía hacia la pista, raudo y veloz. A mí nomás me miraba cuando se pasaba el cepillo por su cabezota y se enjuagaba la bocota para hacer desaparecer el aliento de perro con que amanecía. De plano, yo ya no era de su agrado. En cuanto daba los primeros pasos sobre el escenario madrugador, veía a la gacela que magnificaba su silueta por encima de los ojos de cualquiera.

Ella era sinónimo exacto de una chica que se desplazaba tan libre como eso, como una gacela. Con mente despejada, puntual, pulcra, libre, vigorosa, dinámica, retrato de la destreza, arquetipo de una sinfonía que invitaba a la actividad, a la vida. Una primavera humana en movimiento. Una chica apetecida por las ansias de cualquier hombre que respirara aire terrestre. Fruto a expensas de todos, para nadie prohibido, dueña de todas las miradas. Manzana codiciada que seguro se guardaba para ser de un solo canasto. Una gacela que transitaba bajo el ardor masculino. Una fuga en el viento. Una sombra volátil bajo el amparo del páramo bendecido por muchos corredores de voluble vocación.

Llegó el plazo. Ocho semanas. Casi dos meses. Se cumplieron, después de aquella minicharla al trote del andador. Ahora sí, Tarquino se sintió dueño y señor de sus posibilidades, ya dominaba su cuerpo con un tranco aceptable, de manera que pensó era el momento de enfrentar la situación con un resultado que podría darle la primera satisfacción. Calculó la velocidad de su paso, midió el tiempo y distancia de sus recorridos, además de comprobar que aguantaba dar tres o cuatro vueltas con regular aceleración.

Esa mañana era de sábado. También sabía que ahí ella estaría. Ajustó su pantalón corto, a la cintura, cuya grasa había perdido poder y peso. Me miró cauteloso, me hizo unos gestos como sintiéndose muy chulo, un adonis. Alzó los brazos para mostrarme su ombligo que lucía bastante consumido y me gritó muy arrogante: *¡Ahí te voy! Esta vez le sostendré el paso. ¡Ya verás!* Y se fue directo a buscarla, a enfrentarla.

La vio venir corriendo como todos los días, linda, hermosa, como una diosa iluminada por el sol, alada como la paloma sobre la alfombra del cielo azul. De inmediato se puso a realizar sus ejercicios de calentamiento y espero a que su gacela pasara por ahí. Al verla venir sobre la pista se emparejó a su tranco y le dijo altivo: «Aquí estoy, listo». Al tiempo en que su paso veloz igualaba la enérgica zancada de ella. Ella corroboró sin apuros lo que él decía y mostraba. Mantuvo la ligereza de su ritmo y su tranco se puso al parejo de sus proporciones. Le satisfizo el cambio mostrado por su simpatizante, sin duda presentaba nuevas cartas credenciales. Ella, con toda honestidad, no apuró el paso, más bien quiso reafirmar que efectivamente podía cubrir las tres vueltas garantizadas según el acuerdo. Al trote ella oía fluir su jadeo, pausado, rítmico, sin convulsionarse. Corriendo lo intuía a su lado como un celoso guardián pendiente de su empresa, y sí, lo cumplió. Tres vueltas completas a la pista. Una vez ejecutadas, fue notorio también que Tarquino acusó cierta angustia para sostener la ligereza de su agilidad entrenada. A poco empezaba a flaquear en su condición física. Tres vueltas y media a la pista y estando a punto de rendirse, escuchó que la gacela le ordenaba que la esperara en la zona del estacionamiento. «A mí me faltan cuatro vueltas», le anunció, «en cuanto las haga, me reúno contigo», dijo enfática. Y volvió a desaparecer bajo el amparo de la mañana.

Tarquino esperó impaciente a que ella terminará su práctica cotidiana, recargado en el cofre de su auto Ford color rojo. Después de treinta minutos, la admiró un buen rato, viéndola venir como reina sin séquito, hasta llegar a su lindero varonil. Triunfante, como él la había visto e imaginado en sus sueños y ambiciones, pensó: *Tú no has nacido de un hombre y una mujer, tú vienes de otra galaxia, eres un ser de otro mundo.*

Nervioso, pero seguro le articuló:

—He cumplido con lo pactado —orgullosamente la enfrentó—. Yo espero que cumplas con lo previsto.

—¡Y cumpliré, faltaba más! —sin darle tiempo a especulaciones, arremetió sorpresivamente con una amplia sonrisa—: ¿A dónde me invitarás?

Mientras que Tarquino cavilaba con los ojos perdidos en la búsqueda de una adecuada y súbita respuesta, la chica se percataba de la transformación de su admirador.

La cara más afilada, el abdomen ya no le colgaba, las piernas se le veían fuertes y dispuestas. Ya no portaba lentes para el sol, sus guantes los había abandonado, el *short* que vestía se ceñía a una cintura mucho más decente, bueno, hasta su cabello se notaba medio ondulado. ¡Un cambio patente! Ella pensó, con sobrada cordura: *Un poco más de esfuerzo físico y este hombre valdrá la pena. ¡No está nada feo, es un buen prospecto!*

—¿Te parece bien el restaurante Olive Garden? —apurándose la incitó, como si el darse prisa evitase una desilusionante negativa.

—Es un buen lugar, ¿no crees?

Y en seguida él empujó la siguiente pregunta:

—¿Podrás hoy mismo a eso de las nueve de la noche…?

Ella lo miró directo al semblante. ¡Franca, desafiante! Escrutándolo lento, sonriente, con mostrado agrado. Él se la abonó al instante. Como si la ternura de sus exámenes visuales representara un reto para los dos. De pronto nació una afinidad no trazada. La verdad es que la cercanía los obligaba a reconocerse, a examinarse como dos piezas de ajedrez.

—¡Bien, no se diga más! Estaré puntual —aceptó ella de buen talante.

Condescendiente ella y sin agregar una sílaba, dio vuelta y se perdió caminando entre los coches estacionados en el lugar.

⌘⌘⌘

Faltando una hora para su crucial encuentro con su hermosa gacela, este gorila, perdón, este galán, presumía su rostro más esbelto en mi pared. Tarquis gozaba de un estrés realmente tóxico. Vigente y expuesto a los ojos de cualquiera. Me miraba de frente, de perfil, con muecas en la boca, simulando besar a su dama. Luego adoptó una postura pensativa. Y es que tenía enfrente un enigma por resolver, un tema de análisis que ponía en juego su talento. Sus ojos se estrellaban en mí, con todo su sentido de agudeza y el aspecto intuitivo que brotaba de su sien. Un jugador de ajedrez estudiando su próximo lance sobre el tablero de la seducción, porque he de subrayar que este garabato de hombre sí sabía cómo materializar su papel de tenorio. Se miraba mirándome, se adoraba reflejándose en mi pared. Presintió que iba apuesto y gallardo. Salió por fin de casa dispuesto a la contienda. Para que la dicha sea completa siempre se necesita un poco de ilusión, ¡pensar que se puede!

Quince minutos antes de la hora convenida, estacionó su auto muy rojo enfrente del distinguido establecimiento. Lo había encerado. *Jijoss, ahora sí.* Y se puso en guardia, en espera del cumplimiento de su cita. Antes no había tenido la precaución de preguntarle a ella cuál era el coche que conducía, *pero bueno, si quiere venir, lo hará, aunque sea en bicicleta. ¡Ya mero!* Miró la caratula de su reloj de pulsera, era casi la hora pactada. Él vestía un pantalón color gris de casimir que justo estrenaba ese día, habiéndolo comprado apenas la semana anterior, previendo el acontecimiento. Lo lucía con un saco cruzado, color azul, de botones dorados que destacaban por encima de su corbata gris a rayas azules en diagonal. Bajó la mirada y contempló celosamente su calzado negro, sin agujeta, mocasines bien boleados, tan brillosos que parecían nuevos. Llevaba calcetines grises con rayas azules muy tenues. Si hasta se bañó, perfumó y afeitó. Bueno, pa' qué le sigo, esta noche este hombre era una chulada. ¡Un Febo en pleno apogeo!

A su encantadora gacela la imaginaba llegar en un carro de alquiler, por lo que estaba pendiente de los taxis que asomaban luego a la entrada del suntuoso restaurante. Impaciente, nervioso, correría para auxiliarla a bajar del automóvil. ¿Tal vez la traería una amiga? Suponía cualquier escenario del que saldría avante. Se paseaba por el frente de la entrada principal del restaurante. Sudaba por la reunión que en breve iba a ostentar.

¡Que estúpido he sido! El pensamiento se le vino a la cabeza sin más, *le dije a qué horas y hoy mismo, como si yo fuera el mandamás de su existencia, seguro no vendrá. ¡Carajo, qué imbécil! Cuándo aprenderás que las mujeres no están para servirte. ¡Idiota!*

Pero se equivocó del cabo a rabo. Como en todo. Repentinamente vio llegar a un auto negro, brillante, con los faros encendidos, los de niebla también. Era un BMW. Parecía encerado, relucía con la luz de las lámparas aéreas de la calle. Lo estacionó con la trompa hacia adelante, demostrando que quien lo conducía se las sabía de todas, todas. La gacela salió del auto, vestida muy elegante, con un conjunto de color negro, abierto, dejando ver su porte de distinguida dama ante cualquier mirada masculina. De faldas no muy ceñidas a su cadera sin que vulgarizara su trasero. Sus prendas mostraban unas piernas perfectas, bien torneadas, delicadamente femeninas, sin llevar medias. Calzaba unas zapatillas descubiertas con tacones de mediana estatura, también negras como su atuendo y un bolso colgando de su brazo que la destacaba con gran estilo. Se acercaba a él con una sonrisa tan blanca como unas sábanas recién sacadas de la tintorería, que contrastaban con su labial púrpura. ¡Ah! y su cabello con volumen, inflado, esponjado, negro como una noche sin luna en la selva de Laredo.

Tarquino autoanalizó su situación en segundos: Ella era una deidad caminando hacia su pírrica personalidad. Él quedó tullido, paralizado, la mujer que se le venía encima no era de este siglo. Era una ninfa venida de la antigua Grecia, resucitando para cumplir una cita con su cautivo grecorromano flechado. Lo dejó sin habla. Sin atar ni desatar.

¡Frente a su frente apreciaba a la mujer más deseada del mundo!

Ella, en cambio, sí sabía cuál era su decorado. Lo traía muy estudiado. Al bajar de su deportivo, vio de pronto a una estatua masculina paralizada a tan solo cinco pasos de ella, se acercó, lo saludó con un beso en la mejilla que llevaba toda la intención de agredirlo.

¡Qué bruto! Mi héroe tuvo un orgasmo en ese momento, todo lo esperaba menos eso. Ella lo inmovilizó. En pocas palabras: ¡Lo dejó pendejo!

—¡Buenas noches querido! Qué bueno que no me dejaste plantada.

¿Querido? ¿Cómo que plantada?, se repitió Tarquis en su interior. *Acaso ella creía que yo iba a ser tan estúpido como para dejar plantada a esta beldad hecha terrícola en el país de los enanos. ¡Para nada!*

Y es que ella lo expresó intencionalmente con simpática naturalidad, como si hubiera llegado sumamente tarde a la cita. Se prendió del brazo de él con ligereza y franca familiaridad en espera de que éste arrancara rumbo a la entrada del local, pero como Tarquino seguía en la luna, mirándola como si fuera una luciérnaga en la espesura, ella tomó la iniciativa y prácticamente lo jaló hacia la entrada principal del restaurante. Obvio, la dama, diestra en el empeño, se percató de la impresión que le causó a su paralizado admirador. Le dio brillo a su ego. Se sintió Cleopatra ante un Marco Antonio atribulado.

Tarquino percibió de inmediato el perfume de su compañera. Cualquier aroma de coñac o *whisky* que hubiese tomado hasta entonces fue superado por la fragancia que adornaba la silueta de esta princesa. El efluvio que se le revelaba a su olfato era una esencia entre la sensación y el misterio de una deidad a punto de ascender al cielo. Era como un bálsamo para su paranoia.

Entraron, pidieron mesa. El restaurante lucía atiborrado. En primera instancia los dotaron de un aro electrónico, tenían que esperar a que éste emitiera una señal que les anunciara una mesa dispuesta para ambos. Mientras tanto habría que esperar.

—¿Cómo pasaste la tarde? —preguntó Tarquino hecho una porquería en su empeño por aparecer como un hombre maduro y dueño de la situación. Al fin pudo armar una frase en su paladar engomado.

—¡Oh bien!, esperando la hora de la cita —contestó empeñosa la chica—. La verdad es que por lo regular esquivo cualquier invitación, venga de quien venga. Espero que por esta vez no tenga de qué arrepentirme. ¿A menos que me tengas preparada una trampa? —festejó sonriendo su suposición.

Un poco más repuesto de la situación, Tarquis salió a flote:

—Créeme que no hago daño y mucho menos destrozo a mis semejantes. Presumo de ser un hombre cabal y vertical. Lo malo de mis aspiraciones es que siempre voy al grano de las cosas, al espinazo del asunto, nunca me ando por las ramas y esa natural honestidad, entre comillas, muchas veces se difumina, y me maltrata como si fuese yo un cínico sinvergüenza. Luego me ocasiona que las mujeres se ahuyenten de mi persona por que de inmediato pongo las cartas sobre la mesa. Y esa estrategia las espanta o simplemente les desagrada mi propuesta.

—Sí, me di cuenta. Me lo dejaste ver desde la primera vez. ¿Y tú qué crees?, ¿que la gente lo interprete como una actitud de descaro, desfachatez, cinismo, virtud o franqueza? —se adelantó—, lo digo, porque tú fuiste directo conmigo, no perdiste un segundo en gestionar tu pretensión. Te diré que al principio me sorprendiste, tu franca postura de allanar mi persona bajo el yugo de tu mirada que tiene todo de aduladora y de intrepidez. Pero, luego, tu acoso incisivo y cándido a la vez provocó que diligente doblara las manos. Tu postura raya entre la simpatía, la audacia, la inocencia, incluso en la comicidad. Es que, tienes todo para enamorar, condenado.

Y casi quejándose Tarquino se apuró en sumar:

—¿Y cómo querías que fueran las cosas contigo? Tú ibas corriendo a una velocidad endemoniada, cual gacela, y yo iba tan lento, como un hipopótamo en el pantano. Obvio, la única forma de hacer contacto contigo era arrojar lo que traía adentro, sin rodeos y a la primera oportunidad. Una vez lanzada la cuerda lo más desilusionante del caso, hubiera sido un "no" rotundo y contundente. De ahí no hubiera pasado a mayores. Afortunadamente no fue así. ¡Me alegro!

Él se le quedó mirando al rostro a una distancia promedio de veinte centímetros. Mientras que sus cuerpos se recargaban en la orilla de un barandal de madera. Tarquino contempló los ojos más verdes que nunca hubiese visto en su vida. Luceros anchos, grandes y extendidos. Toda su nobleza estaba allí, envuelta en su mirada. ¡Una dama que transmitía su distinción con el poder de sus ojos! Sus motivos, su hondo sentimiento, su gusto por compartir un pedazo de la noche. Su entera femineidad, su edad y la mansedumbre para esperar a que se dieran las cosas. Esplendorosa mujer con la mágica elegancia de una dama cuyo tesoro se ciñe a su extrema agilidad para moverse ligera en el espacio terrenal de los paquidermos.

—Lo que primero me gustaría conocer es tu nombre. ¿Cómo te llamas?

—¡Tarquino!

—¡Ah caray! ¿Y eso que significa?

—Es el quinto rey legendario de Roma, mucho antes de la venida de Cristo. Mi padre siempre me dijo que más bien debería haberme llamado Agosto, porque mi crianza le fue de mucho costo. Nunca le creí. ¿Y tú, cómo te llamas?

—¡Patricia! Bueno, es un decir, todo el mundo me dice Paty... Soy Paty Vázquez.

—Pues mira, yo ya te bauticé con el nombre de Gacela. De hecho, desde la primera vez que te vi, de inmediato se me vino a la mente. Porque eso es lo que eres. En lugar de correr, vuelas sobre las puntas de tus pies. Espero no te resulte ofensivo.

Antes que ella respondiera, el aro electrónico empezó a iluminarse en señal de que tenían una mesa asignada. Obedientes, siguieron a la mesera hasta que los colocó en un lugar apartado. Él, galantemente, abrió el compás de la silla para que Paty Vázquez pudiera sentarse. Ella agradeció el gesto y sonrió esperando a que su compañero ocupara su sitio y cederle la mano para ordenar. Mientras tanto la camarera, libreta en mano, aguardaba instrucciones de los nuevos comensales.

—¿Te parece bien si ordenamos una botella de vino, para la ocasión?

—¡Oh sí, buena idea! aunque no me gusta tan... fuerte —contestó ella.

—Bien, propongo entonces en lugar de un vino Cabernet Savignon, que es mi costumbre, un Chardonnay. ¿Te gustaría probarlo...?

—¡Perfecto...!

La mesera trajo la botella y la destapó ante su estricta mirada. Pronto estaban brindando, chocaron las copas en pos de uno o dos, quizás hasta tres deseos. Se oyeron frases cargadas de orgullo, otras interesantes por su contenido y, las más, para saber a quién tenían enfrente.

Tarquino tenía delante no a una mujer cualquiera. Era una gran señora. Lo demostraba su forma de hablar y de caminar. Su apariencia, su imagen, sus maneras y modos de moverse en el medio donde estaban. Se veía que era una mujer acostumbrada a las cosas buenas y bonitas. Vestía impecable, traía un auto envidiable y las joyas que lucía no eran de fantasía sino de oro macizo. Por tanto, esta vez más que nunca, sacaría de su repertorio lo mejor que archivaba su experiencia.

Por su parte, Patricia se percató que el señor que invitó a cenar no era un fulano de tal. Destacaba su forma de ser, un galán bien vestido, con un buen reloj en la muñeca, con auto de su propiedad, bien hablado, distinguido, afeitado, firme, de apariencia noble y absorto por su belleza. Su señor padre hace mucho le había dicho: «No te juntes o te cases con el hombre más guapo, hazlo con quien te quiera y le gustes, ese el mejor consejo que puedo darte cuando al fin decidas convivir con una pareja». Tal vez por eso las cualidades de Tarquis la embelesaron a primera vista. Sin embargo, algo adicional sobresalía de este singular individuo. No adornaba con presunciones su conversación. Él se lo advirtió. Siempre iba directo al grano, sin curvaturas ni engaños. De un hombre así, habría que esperarlo todo, menos un embuste. Tipos como éste no se miran en las esquinas. No caben las argucias.

—Tu estatura me sofoca, pero no me vence. Te ves hermosa, el diccionario de la Real Academia Española no contiene el adjetivo ideal y exacto para señalar con severa exactitud cuan hermosa eres. Es la primera vez en mi vida que salgo con una dama que es más alta que yo. Me siento distinto, pero no chiquito. Dime algo, ¿te pusiste tacones altos, adrede?

Lo dicho, pensó ella sigilosa. *¡Sin rodeos y al punto! Le aflige que yo sea más alta que él. ¡Qué honesto!*

—La verdad, sí. Quería conocer tu reacción. Saber si no te acobardas. Una buena cantidad de chicos al enterarse que soy profesionista y que trabajo como gerente de una empresa, enseguida se amilanan. Y luego, para acabarla, se dan cuenta que soy de mayor estatura que ellos. Resulta cómico descubrirlo. Se apachurran de inmediato. Tal vez por eso no estoy casada. Qué bueno que no te has hecho chiquito.

A él le encantó que Patricia disparara su primer piropo a boca de jarro. A su vez, ella ahorraba sus dudas y estaba dispuesta a ponerlas sobre la superficie, pero custodiándolas con una sonrisa.

—¿Cuantos kilos perdiste desde la primera vez que me hablaste? ¿Si se puede saber?

Mientras él se obligaba a responderle ella apreciaba sus manos. Anchas, grandes, pesadas, como si éstas no fueran de su propiedad, sino de un tipo con mayor volumen corporal. Veía sus venas marcadas corriendo entre su piel, como acequias volátiles sacudiéndose cada vez que figuraba un espacio en su meneo. Manos viriles adornadas de un reloj Omega en la muñeca izquierda y un anillo discreto sobre el dedo medio de la misma. Y en la muñeca de la derecha lucía una esclava de oro de buen ver. *¡Qué manos tan grandes tiene este hombre!* Se las imaginó en torno a su vientre como dos tenazas seduciendo su centro.

—Pesaba 112 kilos cuando empecé a hacer ejercicio, en este momento traigo encima los ochenta y cinco. Así que has la cuenta —y agregó algo que después le causaría un sacrificio—: La verdad, es que quisiera llegar hasta los ochenta, creo que sería un peso ideal para mi estatura. Después de ello, además de correr, me empeñaré en levantar un poco de pesas para afianzar los músculos. Cuando eso ocurra me sentiré a gusto con mi cuerpo y mi salud. ¡Listo para conquistar al mundo!

Mi mundo, se dijo ella para sí misma, coqueta.

—¡Ahora te toca a ti! —La señaló con el índice, como si se turnaran con las preguntas y las respuestas—. ¿En qué peso andas? ¿Para qué corres? ¿Desde cuándo lo haces? ¿A dónde quieres llegar?

—Me considero, y de hecho soy, una corredora profesional. Corro a diario, excepto los viernes, por una cuestión meramente religiosa. Como ves, no tengo problemas de peso y mi estatura linda por el metro setenta y nueve. El próximo 22 de enero cumpliré treinta y uno; y practico este deporte desde que tenía 15 años, cuando en la escuela me obligaron a competir en los juegos interestatales. Y si es que tengo el tiempo suficiente, he competido en carreras largas como la de Nueva York, que es grandiosa, porque sus premios son cuantiosos y significativos. Revisten mucho. El año pasado llegué en tercer lugar dentro de los corredores de mi categoría.

Él reflexionó que esta mujer era algo excepcional. Una piedra preciosa que requería que alguien la presumiera y la hiciera sentirse imprescindible. Así que dejó que Paty siguiera confesándose...

—Trabajo dentro del campo de los inversionistas, Para decirlo rápido, en una Bolsa de Valores, cuyo peso específico interactúa entre los Estados Unidos y México. Soy licenciada en Sociología. Bilingüe. Me manejo adecuadamente entre el inglés y el español, y, para terminar, ocupo un puesto de alto nivel que me permite presumir de ciertos privilegios en la empresa. Lo malo de todo esto es que regularmente mis obligaciones me orillan a salir muy tarde de mi trabajo. Pero estoy a gusto. Ahora yo hago las preguntas, otra vez. ¿Qué haces? ¿A qué te dedicas? ¿Dónde vives?

—Bueno, pues yo, soy ingeniero industrial, afortunadamente titulado. Lo digo porque quien no se titula vaga entre puestos laborales sin importancia. Ocupo con orgullo un lugar directivo en una editorial periodística que se mueve entre la frontera, es decir, entre Nuevo Laredo, Tamaulipas, y Laredo, Texas. En ambos polos se mantiene suficiente contacto técnico-administrativo con las dos oficinas. Y vivo aquí en Laredo, para tu información. Así que ando de la meca a la seca. Cumplo el 13 de enero treinta y tres años, por lo que pertenecemos al mismo signo zodiacal. Tengo una estatura mediana de un metro setenta y siete; así que, en ese aspecto, me ganas por poquito, pero me ganas. Además de todo lo anterior, te adelanto: Mi *hobby* no era ninguno. No tenía, hasta que te conocí. Antes, me la pasaba discutiendo todo el tiempo con el espejo. Ahora me paso las horas libres haciendo ejercicio. Caminando, corriendo y con la bicicleta en el gimnasio. Me di cuenta de que me hace bien estar delgado. Me dan ganas de hacer y deshacer. Últimamente me da por soñar. Quisiera ser Batman o Spiderman —comentó y los dos rieron en grande—. Esas cosas se trepan en mis ideas y se suman al calendario. Obvio que todo este sentimiento loco es por tu culpa, en estos días las cosas han sido diferentes, las circunstancias me ocupan en otro objetivo, el de alcanzarte. El de correr al mismo ritmo que tú lo haces. Me da la impresión de que cuando lo logre, podré incluso dominar tus deseos. Por lo pronto, estoy muy satisfecho de haber cubierto primariamente esta meta.

Ella pensó en sus adentros, *Primariamente.*

¡Brindaron, sonrieron y se recrearon!

Cenaron sendos platos de salmón acompañado por una verde ensalada llovida de gotas de queso, a lado de varias copas de vino bien servidas. Una mesa abundantemente exquisita para dos comensales conocedores y muy exigentes. Mientras, ambos se disfrutaban, charlaban, se contaban anécdotas cuya médula entrañaba riqueza en su parloteo. La mesera iba y venía, les ponía y les quitaba, les servía y los atendía a su antojo.

Cuando la noche empezó a gemir poniéndose ajada, Patricia desató una pregunta que cimbró la personalidad de su acompañante. Sin duda esperaba una respuesta sin obstáculos, una cuyo mensaje seguramente le iba a gustar:

—Dime Tarquino: ¿Hasta dónde quieres llegar conmigo? —preguntó al tiempo que alzaba la copa de vino para continuar con la celebración—. Me gustaría conocer tu verdadera intención de haberme invitado a cenar, y, principalmente, quiero saber ¿por qué esa obstinación de hablarme a pleno vuelo?

—Te diré lo que pienso con exactitud al respecto: *"Cuando el fin es el amor, los obstáculos son un motivo; el camino no tiene fin"*. Recuerdo a Bukowski cuando lo leí, él apuntaba: *"El amor es una niebla que se incendia con la primera luz"*. Te mentiría si te dijera que solo quiero tener sexo contigo. De hecho, quiero tenerlo, sí, pero desearía que esa emoción se prolongara, si es que te das conmigo. Y si eso sucede, lo sabré desde ahora, haré hasta lo indecible para dilatar una ruptura. Esto es porque raras veces me siento inútil ante el talento de una mujer. ¿Sabes? Me pones nervioso, me desarma tu serenidad, apenas puedo armar mis frases para expulsarlas de mi boca. Nunca antes me temblaron los labios para hablarle de frente a una dama y no siempre me hacen cosquillas su cercanía

Hablaba notoriamente despacio, pausado, pensando bien en los recursos que poseía para dejar en claro cada una de sus aspiraciones.

—Paty, eres impresionantemente bella. Créeme que comienzo a dudar si estaré potencialmente apto cuando me premies con tu desnudez. Espero, para entonces, no fallar a la hora de la verdad.

Hablando así construía un espacio en su cordura, según él, inhalando sensatez, aunque con escasa prudencia. Pensaba que tal vez no tendría otra oportunidad para manifestarse, de manera que todo su crédito lo ponía a su disposición. Y siguió dándole cuerda a su espesura.

—Ahora bien, contestando directamente a tu pregunta. Sí, quiero llegar muy lejos contigo, quiero que me acompañes a tener una gran aventura, la aventura de estar juntos. Te invito a conocer mis palabras, mi sonrisa, mis lágrimas, mis espacios, mi casa, mi cama. Que seas parte de mi intimidad instintiva, consciente. Quiero que permanentemente te hospedes en mi locura y excentricidad para ser tu amante, tu cazador, tu guerrillero y dibujarte en mis ojos, para no ver otra cosa más que tu cuerpo que se me antoja tanto como un helado de chocolate bajo el deseo ferviente de un diabético. Porque cuando lo tenga, insisto, si te regalas conmigo, procuraré ser el venero de tu gozo. Seré tu sultán y tú mi Sherezada entre las *Mil y una noches*. Hasta ahí quiero llegar. ¡Aahh!, también quiero dejar en claro: No soy casado, de hecho, nunca lo he estado. Soy soltero. Hombre sin dueña aún. ¿Te quedó claro?

Y yo seré tu Fanny Hill, deletreó Patricia silenciosa en su interior. *Lo dicho*, caviló. *Este hombre no tiene límites, se proyecta solito. Va directo, sin escalas. Dice todo lo que siente. Pide lo que le hace falta. Exige ser feliz. Es un bribón encantador destinando sus plegarias, enajena conciencias con sus audaces peticiones.* Sabe ella, hoy, que eso es precisamente lo que perseguía. Un hombre de su agrado, que no tenga compromiso, por ende, esté flechado por su persona.

—¡Todo eso tiene música! Lo quieres todo y de un jalón. ¡Eres un bribón! Pero se oye esplendido. Dime, ¿qué pasaría si te diera una negativa rotunda? ¿Qué harías?

—Lo que debía hacer, ya lo hice. Bajé más de veinte kilos en dos patadas, me sometí a un régimen alimenticio como si estuviese viviendo en la Patagonia, comiendo peces sin sal ni pimienta. En este momento me hallo a tu lado, alelado, exhortando a tu ánimo, para que me permita ser la parte sentimental que a todo ser humano le hace falta. Además, lo que pido no es de un jalón, es de poco a poco. Quiero dejar abierta la llave desde ahora para que gota a gota fluyan las oportunidades.

La prudencia de Paty en su pacifica percepción, hacía que ella pensase que Tarquino, o tenía una experiencia vasta en el manejo del romance, o de plano practicaba demasiado la lectura poética, porque si de algo él alardeaba, era de su espléndida fluidez en su conversación. Una charla apasionada y por demás interesante.

La derecha de él quiso aprisionar la izquierda de ella. Al fallar en el intento, rápido Tarquino escondió su mano bajo el mantel blanco.

—¿Qué?, ¿no te basta? Ahora dímelo tú, ¿te parezco inoportuno?, ¿cínico? ¿O acaso un insolente aspirante, abusando del consentimiento de una cena? ¿O quizá, tus pensamientos se han situado al nivel de una decepción? ¿Acaso el tigre ha espantado a la gacela?

Ella no necesitó armarse de valor para contestar. Pero sí requirió de una respuesta al mismo estilo, del mismo modo y con la análoga contundencia que alardeaba su afable compañero.

—¡Pues de frente también te lo digo! Me gustas, y mucho. Me encantan tus manos, que las imagino amotinadas en todos mis rincones. Me deleito de tu franqueza que aventaja a tu descaro, pero que me satura, como cuando la cubeta rebosa de agua saliendo del pozo escurriendo. No me negaré, tampoco opondré resistencia a tu apetito. Te advierto, me regalaré franca a tus impulsos, aún más, no frenaré tus motivos. Al contrario, cooperaré para que juntos alcancemos el edén codiciado al que has referido. Solo te pido un favor: Que me dejes pedirte lo que yo quiero de ti. Así, sin más. ¡A mi entera libertad!

—A ver, no entiendo. Explícate…

—Lo pondré fácil para tu entendimiento. Me gusta como vistes. Me gusta como me vences con tu persuasión. Como me hablas. Me gusta que estés aquí y ahora, conmigo. Eres como un felino, con las fauces abiertas. Pero… si algo, por alguna razón, no me complace del todo, se vale exigirte que lo hagas, para que satisfagas de lleno mis fantasías. Tú viniste a mí. Entiendo que deseas que yo sea tu pareja. Siendo así, no me arrebates la libertad de cortejarte a mi manera. Verte como yo quiera verte. Pedirte que hagas cosas para que yo me sienta a gusto contigo. Soy supersticiosa, ¿sabes?, y no me gusta salir con quien no me apetece. ¿Estás de acuerdo?

—¡Estoy de acuerdo!

Tarquino se contrajo y pensó de volada: *Me gustó aquello de que parezco un felino, lo que no comprendo es el porqué de "verte como yo quiera verte", esa observación me parece un tanto zafada, pero bueno, no está en mi papel ponerme exigente. Tal vez más adelante surja algo que me ponga sobre aviso.*

Se hizo una pausa audible, como si dos se volvieran uno en la noche. Un aliento se perdió en el otro y la cercanía surcó paredes invisibles. Las palabras enmudecieron como un paredón en fusilamiento. Las manos se unieron como reclamando su espacio y el beso rondó presto sobre la mesa de blancos manteles. De pronto Tarquino prendió la mecha de una pólvora por incendiarse:

—Es sábado hoy. Sé de una discoteca que abre los fines de semana y toca una música muy agradable y a tono con la ocasión. ¿Te parece bien si vamos a desempolvarnos? Sería una buena idea terminar ahí el fin de semana… ¿Cómo ves?

La Paty sonrió tan gustosa que, sin pensarlo y sin fingir, respondió sí de inmediato:

—Es una buena idea. Tienes razón, sería un lugar adecuado para cerrar con broche de oro esta semana.

Él pagó la cuenta y salieron.

—¿En qué carro nos vamos, en el tuyo o en el mío?

—No peleemos. Vamos en el mío, ¿quieres? —propuso ella.

—De acuerdo.

Al volante ella se veía majestuosa. Exhibía una monumental seguridad en sí misma. Una teniente manejando un tanque de guerra. Firme, audaz, fiable, categórica y espeluznantemente bella, extendiendo los brazos para manejar el coche, y con los muslos que redondos se dejaban ver desnudos casi rozando el volante. Él estaba maravillado con todo lo que estaba ocurriendo.

Entraron al bar. Mejor llamémosle "cantina". Quizás "taberna". No, quizá "discoteca" le quede de plano perfecto. No, yo creo que lo mejor es llamarla "antro", eso antro, donde todos bailan, donde todos toman, donde todos fuman. Donde todos ríen como si no debieran un peso a la tarjeta de crédito. Un sitio donde todo es una batahola, una algarabía, al fragor de la música estridente. Donde el sonido enmudece la voz, y el ruido se hace dueño del espacio. Donde el júbilo se toma con hielo, el bullicio se fuma, la vista se nubla y la vergüenza se camufla. Donde la noche se enrarece con ojos alucinados. Para ellos la finalidad del baile vuelca en sus manos un pretexto ardiente, la cintura conmovida por el abrazo se prende entre los cuerpos que armoniosos circulan entre sí como cerillo y vela en busca de fuego. Los troncos se acoplan, las ramas se enceran al roce, las hojas se enredan rastreando el rocío de su perfume, explorando, los pechos se asfixian y el hálito se inspira. Bailando, los brazos abrevan el trecho colindante de su vecindad, los cuerpos se anexan a la fragancia, robándose el aroma en plena combustión. Se envuelven seno y tórax, tobillo y talón dirimen la secuencia del vaivén al resbalar sobre el piso siguiendo la música que remeda el amor, se deslizan cómplices entre cadera y muslo al mimo del sabor nocturno que adolece de paz. Hoy no se envejece. Hoy Zeus y Afrodita son los dioses de la noche querida. Son el flujo, la vibración y la sensualidad.

Sus estaturas asimétricas, una coartada perfecta para ceñirse estrujados entre el cóncavo y convexo. Entre las rocas presas de la taberna musical. Paty lo ata como si inmovilizara su almohada en la cama, y Tarquino la aprisiona con sus remos por la cintura, a expensas de su largo cuello al que besa deleitoso como si fuera un caramelo, alcoholizado por su perfume. Ambos se adhieren como la soga y el nudo, como la puerta y la llave, como el aliento y el aire. El uno para el otro. Conquistan el ritmo y el compás de la música, lo descubren, lo crean, lo tararean, lo murmuran. Intacta la música entra en sus oídos, cuyos solfeos navegan en torno al cerebro, sincronizados. El tugurio está lleno, pero ellos se sienten solos. El ruido es ensordecedor, pero ellos se hablan en silencio. Las luces se encienden y se apagan, pero ellos solo se ven la nuca. Todo les excita. Así, dejan que las horas transcurran como una barca en alta mar, perdida en el abismo insondable, entre la droga del ardor y la cadencia del estruendo.

Hasta que ella le recitó en la oreja algo grosero e inapropiado.

—Son las dos de la mañana, ¡la Cenicienta se te va!

—¡No me digas eso! ¿Pensé que vivías sola?

—¿Y quién te dijo lo contrario?

—¿No entiendo entonces por qué te vas?

—Porque cuando termina la noche, llega el día. Porque después del nueve sigue el cero. Porque después del sí viene el no, y porque todo principio tiene un final... pero te permitiré que me acompañes a casa, ven conmigo.

Él pidió la cuenta, pero ella la liquidó. Argumentando:

—Te advierto. Me gusta ser yo. No me gusta que me manipulen. Yo gasto mi dinero cuando se me antoja.

Nada permisiva, simplemente pagó. Extendió su tarjeta, firmó, asignó la propina sin pedirle a él su opinión, y lo jaló del brazo como si fuera su esposa.

—¡Vámonos!

Subieron al coche nuevamente. Ella se dejaba ver sublime guiando su auto de gran categoría. La veía entera. Dulce y agria como una golosina. Con sus ojos grandes que publicaban un paisaje nocturno firme y frágil como un salto de agua cayendo de la montaña, admirada desde el barranco de su conciencia. Metió su coche al estacionamiento sin techo de una casa amplia con verdes jardines al frente, elegante, ostentosa. En un barrio tan exclusivo que al entrar a sus calles debió teclear un código en un poste lateral de la puerta principal para autorizarle el paso a su vehículo. Ella apagó el motor y enseguida no perdieron tiempo para irse de bruces sobre el beso ansiado. Una y otra vez los alientos se encontraron como en una carretera de doble sentido.

¿Y el reloj? Como la noche, sin gobierno.

Como siempre, llevando la delantera, Paty Vázquez apretó un botón y se oyó claramente como se abrieron los seguros de las puertas. Salieron del auto casi sincronizados y dando la vuelta a éste, volvieron a converger en una nueva escaramuza corporal. Las abejas absorbiendo de su panal. Sumamente excitada ella recolectaba la pericia con que Tarquino se derramaba sobre su territorio anatómico. La tocaba, la manoseaba, la consumía, afiebrándola como una tiza en el carbón. A su vez, él se dejaba seducir por el hechizo de su consentimiento, usando un lenguaje que no requería de palabras, con esa incandescencia que solo se distingue entre dos candiles. Poseídos, entregados al postre, engulléndolo sin pensar en las secuelas, ni en la cruda que vendría después. Piadosos se amasaban en la plenitud del momento, cuyo frenesí los sitiaba en el muelle de la pasión.

Paty le regalaba la caricia de su rostro, sobando la de sus mejillas. Su piel blanca, luminosa, su cuerpo perfumado, sus labios perdiendo la cordura encima de los de él. A expensas de su inextinguible lumbre, estimulándolo. Disfrutando plenamente de la ocasión, llegó el momento en que lo encaminó a la puerta de su casa. Caminaron por un pasillo empedrado al lado de unas paredes color durazno de esplendida sencillez, que armonizaban con una escrupulosa limpieza del lugar dando una sensación de frescura.

Tarquino, embelesado por la ígnea situación a la que se enfrentaba pensó: *¡Ya la hice! ¡le haré el amor encarnizadamente!* La fogosidad de su compañera así se lo dejaba sentir. En un momento más entraría a su casa y la hoguera ardería incontrolable. De súbito, ella rompió con los sueños guajiros de su acompañante, se detuvo al final del pasillo, frente a la puerta de su casa, y pronunció claramente su sentencia, sin subterfugios:

—¡Aquí vivo, Tarquis!

Paty sujetó la mano derecha de él y se la llevó directo a sus senos e hizo que la manoseara exhibiendo una sonrisa insolente, agitada. Al tiempo en que también ella le bailó un par de llaves frente a sus ojos, y agregó eróticamente:

—Te ruego que sigas haciendo ejercicio, sin descanso, persigue sin tregua tu dieta, no desmayes, persevera, casi lo logras. En cuanto llegues a los ochenta kilos, me avisas, vienes, y yo, dentro, ¡te estaré aguardando! Segura estoy que para entonces ya estarás como te he imaginado y tendré el placer de desnudarte para hacer pedazos tu cordura. ¡Y compartir contigo las cosas buenas que tengo para darte!

La gacela lo besó frenéticamente para sellar el compromiso. Como si se hubiese convertido en un adhesivo, se adhirió al cuerpo de Tarquino cual estampilla. Tanto así, que ella palpó intencionalmente con sus muslos la dureza de su tallo en el bosque de su entrepierna, haciendo que él temblara de placer. Un instante después, ella dio media vuelta y entró a su casa, regalándole una mirada coqueta, indiscreta y voraz, gozosa de su episodio. Su expresión y guiño lo dijeron todo... *Hasta pronto querido ¡No tardes...!*

¡Y cerró la puerta, desapareciendo ante su fascinación! Recién en ese momento él deglutió y comprendió lo que quiso decirle Paty en el restaurante. «Verte como yo quiera verte. Pedirte que hagas cosas para que yo me sienta a gusto contigo». Fue cuando él caviló sobre el asunto. De manera que bajar a ochenta kilos era cuestión de una semana y media más, como máximo, para estar exactamente como ella deseaba verlo.

Fue por su coche al antro. Lo arrancó y llegó a casa, muy avanzada la hora de la madrugada. Entró al baño a desahogar sus riñones, y cuando se estrujaba las manos con el jabón, me miró sonriendo el muy granuja y me dijo de un modo descarado: «¡En breve, la gacela será devorada por este felino! ¡Jajajajaja...!»

¡Qué ironía!
Piensa el fuerte que ha doblado al débil,
cuando es el débil quien le ha permitido
al fuerte, serlo.
¡El valiente vive mientras el cobarde quiere!

Ironía 3
La cajuela

El amor es un sentimiento de todos conocido. ¡De casi todos! Entra por doquier y se escurre por cualquier rendija. Y cuando a esta sensibilidad se le pule y se le encera, no hay quien frene su progresión. Sabedores del camino que recorre una pareja, comienza con el gusto y afinidad entre ambos, después aparece el deseo, más adelante el sexo y su relación es coronada con la pasión. Ahora bien, pongámosle un escollo a esta afinidad. Si esta relación está infectada con el engaño y se autocalifica como ilícita o prohibida, se convierte en un predicamento, porque jugar a las escondidas conlleva un riesgo pernicioso. Pero hay quien corre el riesgo, pensando que nadie ve, y nadie sabe, lo que a ojos del vecino es tan claro, como el agua de un charco.

Erótica imaginación

Extasiado en tu tersura
me inundo del aroma
que expele tu hermosura,
del gusto que aprisiona
el sabor de tu dulzura.

Entonces...

Resbalo al abismo de tu edén
dentro, quiebro tu indulgencia,
al ánimo incesante del vaivén,
que estremece a tu prudencia
y me desborda hacia el placer.

El sol en el azul insolente anunciaba una temperatura abrazadora. Un día tórrido como los del clásico verano. Este agosto comenzaba con su canícula habitual. Calor en la mañana, infierno por la tarde y bochorno al oscurecer. Una vez más se avecinaban veinticuatro horas de sudoroso estío. Calores como este arden por las calles, en las casas, en el transporte y en las miradas de los transeúntes que se pierden entre los vapores que despide el concreto de la ciudad. Bochorno que no deja espacios para liberar el ansiado descanso. Temperatura cuya percepción provoca una grave incomodidad para asistirla. El calor fastidia, irrita, ahoga, sofoca y duele cuando penetra por los poros.

Tras la puerta eléctrica y cortina abajo de un garaje, Alejandra y Antonio se besuqueaban con un deseo amplificado, mientras que las primeras horas del día transcurrían bajo una temperatura calcinante. Cada que podían, como hoy, se las ingeniaban para reunirse. Cualquier lugar les parecía idóneo para hacerse el amor. Aunque siempre tomaban sus precauciones para no ser sorprendidos. Se cuidaban, según ellos, lo suficiente. Hoy se encontraban en la cochera de la casa de él. En ocasiones, cualquier otro sitio habría sido un buen pretexto para citarse; por ejemplo, en un hotel desconocido, un cuarto fuera de la ciudad, la casa de un amigo, un paraje solitario al lado de la carretera, en fin.

Del punto de reunión partían hacia el escondite previsto, sin más preámbulos. Hoy, confiados como se conducían, daban rienda suelta a sus aguijoneados impulsos que, delirantes, invadían el terreno prohibido de la fascinación, llevándolos a lo impensable, al ámbito de lo incontrolable, a expensas de un peligroso episodio. El placer era inmenso, mayúsculo. Nada había que hoy los detuviera. Dos traviesos agitados por el júbilo de poseerse.

No era muy temprano y, aunque no pasaban de las diez de la mañana, la pareja ya disfrutaba de su cosmos voluptuoso. Recargados en la cajuela del automóvil de Antonio, guardado allí, se estrechaban con furor e impaciencia. Seguros de lo que hacían y de las paredes que los guarecían, el agasajo subía de tono y el retozo de su efervescencia elevaba la temperatura corporal. En el tránsito de sus atropellos cariñosos, hubo un momento en que sus ojos buscaron acomodo para precipitar sus cuerpos en un sitio que les permitiera terminar su deleite sexual. En ese aprieto posesivo se deleitaban, cuando ambos coincidieron hacerlo en el interior de la cajuela en un llamamiento telepático de su apetito. Antonio metió la llave, el seguro saltó y abrieron la cajuela hasta el máximo de su extensión. Conseguido el objetivo comenzaron a desnudarse. Alejandra se quitó la blusa, le siguió el sostén, que fue arrojado por allá-más-por-él-que-por-ella. Al mismo tiempo, él se desprendió del pantalón y la camisa, y su boca se prendió como sanguijuela del cuello de su amante, listo para penetrarla. Ella, permisiva, se dejaba ultrajar por quien la acometía, le gustaba que su cuerpo hiciera perder los estribos a su amante. Ser la trasportadora sensual de un loco enardecido.

La cajuela, bastante espaciosa, pertenecía a un auto de modelo viejo bastante pasado de moda. Un Buick negro, año 1955. Ancho y largo, de los que antes se compraban por metro en las agencias de autos. A Antonio le encantaba traer esa carroza luciéndola por la ciudad, se veía hermosamente lustrosa en un domingo. Provocaba la mirada de todos. Sin embargo, entre la cabina de los pasajeros y la cajuela no había conexión, una pared metálica la dividía, es decir, para entrar y salir de un lado a otro, sólo se lograba abriéndola con la llave desde el exterior. No existía modo de pasar de atrás para adelante sin contar con la llave. Eran de los llamados automóviles clásicos. De esos modelos, dicen los que conocen, convertidos por el tiempo en verdaderas reliquias de exposición, extremadamente costosas en su mantenimiento, por lo que tenerlos arregladitos y vistosos sólo estaba destinado a quien gustaba de coleccionar ejemplares como éste, para lucirlos en desfiles o eventos especiales. O sea, no era fácil poseer e inmortalizar una pieza colosal de museo.

Antonio, sabedor de las espaciosas dimensiones de la cajuela, le pareció el sitio perfecto para el asalto y así convertirlo en su nicho carnal. La verdad es que no era la primera vez que lo hacían dentro de la cajuela, ya con anterioridad habían inaugurado esta celda sexual para sus encuentros por demás fervorosos. Y hoy no iba a ser la excepción. Así que condujo a su amante tierra adentro. Ya desnuda, y él detrás, la persiguió hambriento. En el interior, deliciosamente apretujados, sudaban como una llave abierta. El calor mañanero, sumado al de sus cuerpos excitados les facilitaba la tarea de envolverse y abarcarse. Alojados allí, a placer, amándose furiosamente, con brazos y piernas entrecruzadas. La pared del garaje, con la cortina abajo, evitaba que desde el exterior se exhibiera lo que sucedía adentro. Él la penetraba hasta el centro de su cráter, y Alejandra demandaba que el acero de su agresor no tuviera tregua en el interior de su erupción. Juntos parecían un volcán en pleno estallido.

La cajuela mostraba su puerta francamente abierta. El auto, aunque viejo y pesado, modelo antediluviano, se estremecía y agitaba al ritmo del jaloneo. Se oían los rechinidos de los amortiguadores que Antonio quiso cambiar alguna vez, aunque antes de lograrlo se encontró con que las necesidades hogareñas muchas veces desvían el objetivo de la meta… y el dinero, que es la brújula del horizonte doméstico, traiciona la intención. A la fecha no había podido hacerlo y conste que era urgente dicha refacción. De modo que el golpeteo y rechinido de amortiguadores atemperaba el ruidoso espasmo de los amantes.

En la urgencia por poseerse se percibía una honda necesidad de atar su dominio. Es decir, "yo soy para ti y tú únicamente eres para mí". Como si ésta viniese del más allá. Pero no sólo eso, sino una ansiedad unida a cierta tristeza resignada. Resultando comprensible que su incontinencia les robara el tiempo para planear sus encuentros de forma más civilizada. Tenerse y saciarse sin respeto a un horario o a un calendario obligaba a mostrar actitudes bestiales más allá de un sentimiento de amor. Dicha apreciación traía consigo el afán de apurar placeres y entregarse a cosas ardorosamente pasionales como ahora. Era una especie de veneno compartido, necesario para sobrevivir a sus casualidades. La inquieta Alejandra tenía la virtud de enloquecerlo, de pervertirlo, subvertirlo interiormente, perturbando sus nociones y apetitos. Los cauces de su descabellada pasión eran alarmantes, vaciándose por canales desventurados cuya finalidad absoluta era la obtención del placer, sin considerar las leyes de la sociedad, del tiempo y el espacio. Mucho menos las del respeto al matrimonio que los ligaba a cada quien por su lado. Afanosos en su ayuntamiento ilícito, el deleite los ponía fuera de sí, era tan inabarcable su recorrido, que consumarlo les era imprescindible. Figuraba ser una fiesta loca y un vendaval de sentidos extraviados, ingobernables. De modo que los cuerpos se estremecían en un frenético vaivén al compás descompuesto de la excitación. Ella, llorando de ansiedad para ser saciada, y él, disfrutando del placer de sentirse deseado por su amante.

Justo en el embrujo del acto sexual se consagraban cuando de pronto percibieron algunos ruidos no muy distantes que provenían de la sala. Alguien había entrado a la casa sin avisar y sólo podía ser una persona a esa hora. La esposa de Antonio.

¡Venía muy agitada! Ella gritó varias veces su nombre, como si estuviese segura de que él estaba en la cochera de servicio. El esposo, atenazado al cuerpo de Alejandra dentro de la cajuela, escuchó a Margarita, su mujer, que se acercaba irremediablemente. Le llamó la atención su insistencia, parecía tener extrema urgencia. Con severas dificultades, salió de la fosa ardiente de su amante tan rápido como pudo. Saltó de la cajuela buscando afanoso sus trusas y pantalones. Los había botado por allí en el calor de las acciones. Los recogió, se los puso muy rápido, y como pudo le contestó a su señora, alzando la voz:

—¡Dime Magos! ¿Qué se te ofrece? —dijo al tiempo que levantaba de por debajo y a la orilla del coche toda la ropa de la que se había desprendido Alejandra. El sostén, la blusa, las pantaletas y sus *shorts*. Aventó dentro todas las prendas.

Alejandra se quedó quieta, como estatua se engarrotó adentro, pero a la expectativa de lo que escuchaba. No intentó salir, se mantuvo inmóvil en espera de saber cómo se presentarían las cosas. La esposa de Antonio recorrió muy de prisa el interior de la casa hasta llegar al umbral de la cochera. Momento en que vio a su marido ajustándose los pantalones y abrochándose el cinturón, pero desnudo del tórax y con el cabello alborotado, parado justo en la parte trasera del automóvil clásico.

El apremio de Margarita no paró allí. Su intención fue seguir caminando directamente hasta encontrarse con él, casi cuerpo a cuerpo. Traía el rostro descompuesto, se notaba angustiada, chorreando del sudor. Sin duda algo espinoso le había ocurrido y por eso buscaba desesperada la ayuda de su marido. De modo que sin hacer alto se siguió de filo en su carrera hacia Antonio, y éste, cuando tuvo a su esposa a solo un par de pasos, decidió bajar la portezuela de la cajuela, para evitar ser sorprendidos *infraganti*.

¡Cerró la cajuela!

Al instante se dio cuenta de lo que acababa de ocurrir. Y que su tierna amante quedó atrapada en el interior, completamente desnuda y sin poder proferir una palabra. ¡No hubiera podido hacer otra cosa!

Magos (como todos la conocían) lo abrazó efusivamente, como si al fin hubiera dado con su héroe. El héroe de todos los días y de todos sus instantes felices e ingratos. Su Maquiavelo de siempre, por el que vivía a conciencia. Lo sujetó de la mano derecha, esa misma que aprisionaba las llaves del Buick abandonado, y lo jaló hacia ella, imperiosa, para explicarle que su auto se había quedado parado en media calle, a siete cuadras de su domicilio. Urgía regresar a ese lugar para resarcir la situación. Le explicó a su amado esposo, tan rápido como pudo, que su charchina se descompuso justo en el crucero de dos avenidas y que el oficial de tránsito le permitió ir a pedir auxilio a quien supiese de carros viejos.

—¡Yo pensé inmediatamente en ti! ¡Anda, ven! —le decía, mientras que seguía afianzándose de su brazo y de su torso desnudo. Antonio ponía un poco de resistencia y esperaba el momento para sacar cualquier pretexto y así lograr auxiliar a su amante, que estaba atrapada en la cajuela—. Espera. ¡Ya sé! —indicó ella como iluminada por una gran idea—. Mejor vayamos en este carro para llegar cuanto antes al crucero. Lo empujamos con éste y se acabó el problema. ¿No crees?

Antonio se llenó de pánico al escuchar esa requisición, contestando al instante:

—¡No, no, no lo creo conveniente! Este carro dañaría ostensiblemente la parte trasera del tuyo. Está más alto y trompudo. Además, tampoco está en muy buenas condiciones.

La convenció, aunque igual no le quedó de otra que abandonar la cochera y salir veloz a socorrer a su mujer. Para tal efecto, Margarita de allí en adelante ya no se separó de él. La tenía pegada allí como pegamento. No lo dejó un solo instante desde el momento en que llegó a pedirle auxilio a la cochera. Como una mosca sobre el pastel.

Salieron de casa corriendo agarrados de la mano y Antonio en la otra llevaba su playera, que no había conseguido ponérsela todavía por la sorpresiva intromisión de su señora. Llegaron a la dichosa esquina donde se escenificaba el problemón. Efectivamente el tráfico estaba insoportable, con filas larguísimas, copioso, con decenas de coches amontonados y sin poder moverse. El oficial de tránsito, desesperado, daba órdenes por aquí y por allá. Con gran alharaca. Con el silbato sonando a todo lo que daba. Movía los brazos en una dirección y en la otra, aparentando dar órdenes por doquier, sin que ningún conductor lo tomara realmente en serio. De pronto se le apareció la dueña del coche averiado que estorbaba en medio de la avenida. Venía corriendo hacia él, pero acompañada. El agente de tránsito, totalmente atribulado al tener a la infractora cerca, le recetó una veintena de calificativos entre los que le mentó su irresponsabilidad y negligencia. Se lamentaba de la tremenda contrariedad que presentaban la centena de coches atorados en varios frentes, en una mañana en que los calores lo tenían atrapado entre la locura y la renuncia definitiva a su cargo como oficial de tránsito.

—¡Señora, por favor, mueva su coche! ¡Rápido! ¡Ándele!

Marido y mujer trataron de empujar el vehículo descompuesto a fin de quitarlo de media avenida que mostraba una importante pendiente hacia arriba, tendrían que sufrir para subir el coche hasta un lugar estable. Margarita, todavía en un afán de terquedad, le insistió a su marido al verse en tal situación:

—Vamos por el Buick anda, así no batallaremos.

Pero Antonio sabía que era imposible conceder a esa petición. El cuerpo del delito estaba adentro.

Sudaron la gota gorda, de a de veras, para dejar el coche a salvo y permitir que los dos carriles quedaran libres, sin obstrucción. Algunas personas, viendo los estragos que el coche averiado causaba, les prestaron ayuda y muchos en bola lo empujaron hasta dejar el vehículo en segunda fila, pero a la orilla de otros coches previamente estacionados. De ese modo causaría menos trastornos. El uniformado, muy molesto y consternado por las circunstancias, les ordenó:

—Llévense su carcacha de inmediato.

Pero Antonio no quería gastar dinero así de fácil. Se opuso, asegurándole al policía de tránsito que de un momento a otro lo repararía.

—¡No me tardo! —dijo—, ¡ahorita queda! Déjeme ver qué tiene.

—Señores —repitió el oficial—, les voy a dar sólo quince minutos —ofreció, mirando su reloj en señal de consignar el asunto al tiempo—. Si no lo ponen en marcha enseguida, llamaré a una grúa, porque ese coche viejo no puede quedarse aquí tirado, estorbando el paso de los demás.

Pues como dicen, del dicho al hecho, hay muy poco trecho. Así fue, pasaron dos horas en pleno sol, que estaba encima quemando las espaldas de Antonio, que no paraba de sudar a 40 grados centígrados, tal y como estaba pronosticado ese día por el canal de la televisión cuando lo vieron por la mañana. Desnudo del torso sorbía de su frente el sudor, el moco, el coraje y evidentemente una preocupación muy escondida. Tenía sobradas razones. Una, por la prisa de reparar el auto y por evitar que se lo llevara la grúa, porque llevándoselo le acarrearía gastar mucho dinero, tiempo y la pena de rescatarlo del corralón. Y la otra, porque no se olvidaba que su Alejandra estaba prisionera en la cajuela del viejo auto. Sumamente abrumado, hasta el cogote, con la reparación del carro de su señora, no acertaba con el pretexto ideal para fugarse de allí. De manera que, atrapado en este embrollo, se sentía imposibilitado para darle pronta solución. El coche estorbando en plena avenida, descompuesto. Su cónyuge que lo apremiaba. Con la prisa de reparar el cochecito para evitar gastar en la grúa. Con el calorón encima y con la inexpugnable preocupación de su Alejandra.

Pasado un buen rato y presumiendo que la falla del auto había quedado arreglada, Antonio le gritó a su mujer desde el cofre abierto:

—¡Dale marcha ahora!

Ella metió la llave y notó que el motor respondía. Ya estaba listo, el auto podía moverse. Abrió la puerta para dirigirse a su marido y felicitarlo. Pero justo en ese momento Margarita sintió un terrible mareo que le dobló las piernas y cayó fulminada como por un rayo, con los ojos abiertos al cielo. ¿Qué bronca? Sin alimento en la panza. Luego, la consecuencia del calor abrazador, y la extenuante tribulación de las circunstancias fueron la causa del nuevo desastre.

"Se armó la boruca". Unos transeúntes se acercaron y trataron de prestar ayuda a la inconsciente mujer. Otros más, que se encontraban relativamente a unos pasos, fueron a mojar un trapo y, utilizándolo como apósito, lo colocaron en la frente y cuello de la desdichada gordita, para restablecerla. De ese modo la socorrían penosamente. ¡Ahora sí, se ponía grueso el asunto! Su esposa sin sentido, con toda la gente encima. La grúa a punto de atracarlo. Con un calorón del carajo y todos mirándole acusadoramente… ¡Póngale! ¡Quítele! ¡Hágale! ¡Sóbele!

¡Imposible ir a salvar a su amante que se asfixiaba en la cajuela!

Antonio no daba crédito a lo sucedido. No paraban las emergencias, ni los imprevistos. «Al hospital, gritaron unos». «¡No! ¡No!». «¡Sí, al hospital! ¡Urge!», dijeron otros. «¡Requiere oxígeno, muévanse!», se oyeron voces por allá. Antonio ya la despojaba de sus zapatos, le aflojaba el cinturón de tela que sujetaba su cintura y le secaba el sudor que inundaba su rostro «¡Es el pinche calor señor!», le dijo al oído un transeúnte. «¡Ya sabe cómo se ponen las cosas en esta temporada!», le subrayó. «¡Es que este mendigo calor está del carajo! No es fácil soportar esta quemazón, así como así. Y todavía falta un rato para que el verano se dé por vencido, antes habrá que soportarlo, cual heraldos en plena *Ilíada y Odisea* aquí en Nuevo Laredo».

En eso llegó una patrulla de tránsito y ordenó de inmediato trasladar a la lesionada a un hospital «¡No la mueva señor!», le ordenaron imperiosamente, «ya viene la ambulancia».

Para ese entonces el dichoso crucero era un caos completo, una verdadera pachanga. Llegó la ambulancia, pero también la grúa, que finalmente se llevó su charchina. Le dieron los primeros auxilios a su esposa y le exigieron a él que los acompañara por ser el cónyuge. Imposible desprenderse de todo este galimatías. Antonio preguntó la hora. «Las dos de la tarde», le contestaron. *¡Carajo!*, se dijo. Y preocupado pensó en la suerte de Alejandra, que seguía atrapada en la cajuela de su Buick desde las diez de la mañana. *¿Qué va a pasar?*, se preguntó. Y abordaron la ambulancia que ya los transportaba al Hospital de la Cruz Roja.

Recordó que el garaje de la casa estaba techado, sí, pero con láminas de plástico transparente, que dejaban pasar la luz al interior, permitiendo, a su vez, que la temperatura ascendiera de prisa, haciendo de aquello un ambiente muy caliente. Él había previsto, desde hacía mucho, instalar este tipo de techo para evitar hacer gastos gravosos con la corriente eléctrica. Quería aprovechar la luz de día y recibir gratis, si eso puede decirse, una buena iluminación, para realizar cualquier trabajo en el interior del garaje. Pero bien sabía que mientras el portón estuviese cerrado, el calor que se generaba dentro era realmente intolerable. Verdad inequívoca retenida en la memoria. Por eso, cuando se ocupaba en el estacionamiento, corría y subía toda la cortina a modo de que recibiera el aire de afuera. Razón por la que ahora Antonio calculaba que dentro de la cajuela de su coche habría unos cincuenta y cinco grados centígrados y, por si fuera poco, sin oxígeno. Conocía, y por mucho, que Nuevo Laredo en verano era una sucursal del averno. Las gentes se guarecen bajo la sombra, sí, pero estar a la intemperie es peligroso. Ha subido incluso hasta los 47 grados centígrados, a la sombra, en días aciagos. Principalmente en temporadas veraniegas que no sopla una pisca de viento. De manera que pensar en ello le dolía, verdaderamente le dolía no estar con ella para socorrerla. ¡Con su ardorosa amante!

Llegando al Hospital de la Cruz Roja lo esperaban sus dos hijos, unos tíos que se enteraron del incidente y algunos reporteros que querían cubrir la noticia. Y todo porque el achacoso estado de su señora y el alboroto causado en un crucero bastante concurrido suscitó el morbo de la población. De manera que era imposible zafarse de esa trampa del destino.

Magos llegó al hospital en camilla. De volada la socorrieron los médicos de guardia. Le proporcionaron los primeros auxilios de cajón. Una inyección, alguna pastilla, las debidas recomendaciones del caso y un horario de rigor para proseguir con los medicamentos asignados, para que los síntomas no volvieran a presentarse. Después de dos horas salió contenta, con la sonrisa entre labios. La habían tratado a las mil maravillas. De su atención no se quejó, los de bata blanca cumplieron con su deber a cabalidad.

Viendo que la señora se encontraba fuera de peligro, los policías de tránsito que escoltaron a la ambulancia en su traslado buscaron al infortunado esposo que, intranquilo, se paseaba por los corredores del nosocomio, para entregarle en su propia mano la infracción del vehículo en cuestión. Informándole con lujo de detalles que podía pasar por su unidad al corralón municipal. Lo anterior, por haber ocasionado casi una tragedia en el tráfico citadino. Los cargos eran serios, obstrucción del parque vehicular, poner en peligro la paz de los ciudadanos en vía pública, oponerse a que el gobierno municipal, a través de un oficial de la corporación, trasladara el coche descompuesto a un taller mecánico, reparar un auto en una vía de doble sentido, obstruyendo la circulación del tráfico.

—¡Pero… cómo! —exclamó Antonio—. ¡No es posible que me suceda todo esto hoy, precisamente hoy! No cabe duda: ¡Al perro flaco se lo cargan las pulgas!

Magos, ya repuesta y con cierto sentimiento de culpa, le dijo a su marido:

—Viejo, si quieres te acompaño al corralón. Arreglaremos todo, no te preocupes, ya verás.

Lo que realmente él quería era regresar a casa para salvar a su amante que se achicharraba en la cajuela de su Buick. Pero al escuchar el ánimo y arengas en voz alta de Margarita, el resto de la familia se solidarizó y se fue toda la palomilla a tratar de ayudar al dolorido infractor. Sin embargo, no fue fácil el trámite. Había que darle orden a la burocracia. Debe pagar su recibo en el banco fulano de tal. Firme aquí. Entregue sus documentos en esa oficina. Espere por favor el sello. Recoja, de favor, su auto en aquel patio. Al final el Chevrolet ansiosamente esperado, modelo 95, de su mujer, fue liberado. Antes, le obligaron a revisar su auto a conciencia, para evitar que fuera a provocar en otro crucero un desaguisado similar. Inclusive le obligaron a traer a un mecánico experto a fin de que diera garantías positivas del estado en que se hallaba el cochecito. Éste impartió algunos consejos, sugerencias de tipo convencional y salió aprobado. Ahora sí, todos contentos.

Cuando dieron las seis de la tarde Antonio se imaginaba lo peor. La noticia aparecería en los periódicos al otro día. Antonio, se tronaba los dedos, el mundo se le venía encima. Eran una serie de confrontaciones que iban a inculparlo seguramente. ¡La postura irrestricta de su señora! Las consecuencias del calor mortal. Estrangulamiento por sofocación, la asfixia. ¡Uuff!

"¡Encuentran muerta a una mujer dentro de una cajuela!". "Mujer desnuda, se halla misteriosamente muerta, atrapada en el interior de un Buick año 55". ¡Hallazgo increíble!

Antonio se quemaba por dentro. Se atragantaba con su propia saliva. *¿Qué voy a decir? ¿Qué haré? ¡A todas luces soy el culpable de esa muerte!* Viendo su reloj, todavía a esa hora, casi llorando agonizaba con sus introspecciones. *¡Está dentro de la cajuela de mi coche! Dios mío ¡No tengo escapatoria! Pasaré el resto de mi vida en la cárcel.* Estaba enfrascado en sus dilataciones. Suspendido en sus sentencias. No coordinaba en nada y con nadie. Todos hablaban y opinaban en torno de su persona. Él simplemente se dejaba conducir, sin entender lo que pasaba a su alrededor. Enganchado en la nada. Ya era excesivamente tarde para hacer algo. Habían pasado muchas horas desde que la dejó encerrada. Era irremediable, estaba seguro de que Alejandra ya era un cadáver.

Con su carrito más o menos reparado y circulando entre las calles, fuera del corralón, todos votaron para ir a comer unos tacos al mercado. No habían probado alimento desde la mañana. Él quiso a toda costa desprenderse de la chusma, argumentando que estaba cansado, agotado, fastidiado de tantísimo problema y lo que deseaba era irse a casa para descansar, pero todo se le vino abajo cuando al unísono opinaron que no tenía nada en la panza y que no era justo que se quedara sin comer. Lo sujetaron de sus ropas, comenzando por Margarita, que como nunca se portaba muy comprensiva, cordial y amorosa. «Es necesario que comas algo, sino te ocurrirá lo mismo que a tu mujer. ¡Anda, ven con nosotros!». «¡Comes y te vas...! ¿Qué político mexicano dijo eso?».

Una vez en torno a la mesa, la familia empezó a festejar. Se hizo una parodia de los sucesos, repasando cada uno de los detalles del día. Risas por la cara del oficial de tránsito al ver el coche detenido a mitad de la avenida. Risas por el gran esfuerzo para empujar el carro hasta la orilla. Risas porque al fin y al cabo Antonio no pudo impedir nada. Todos se condolían de él. Al infortunio se le pasó la mano, comentaban. Nuevo Laredo se había dejado sentir sobre su humanidad con verdadero rencor. Sumándole favores a su mala suerte, se enteró por la pantalla del local que la temperatura de la ciudad ese día, había rondado por los 44 grados a la sombra. ¡Casi le da el infarto al pobre hombre!

La familia concluía la conversa de lo ocurrido ese infeliz día. No se reparó a tiempo el carro de su mujer y la grúa se lo llevó. La ambulancia vino y cargó con su esposa. Fue infraccionado con una multa injusta y gravosa. Nada le había salido bien. Comentaban entre todos que el reportero indagó hasta el último detalle de lo sucedido, y seguro que sería la gran noticia para la mañana siguiente. En primera plana. ¡Qué bárbaro! Todos reían pensando en lo que el periódico anunciaría. Pero Antonio sabía que amanecerían con otro tipo de noticia de mayor envergadura en la que él sería también el protagonista.

A las ocho y media de la noche llegaron finalmente a casa. El calor todavía era sofocante a esa hora. Un bochorno sobradamente sensible a la piel. Magos calculó unos 33 grados todavía. Extrañados, empero, vieron al vecino, esposo de Alejandra, que tocaba su puerta con insistencia. Cuando éste vio que Magos y Antonio estacionaron su auto en la orilla de la banqueta, caminó hacia ellos y les preguntó con el rostro bastante compungido:

—¡Oigan, vecinos!, de pura casualidad ¿han visto a mi esposa? La ando buscando. No aparece por ningún lado. Desde temprano desapareció. Ya fui dos veces al centro comercial donde acostumbra ir y nada. A la escuela primaria donde está mi hijo y nada. De hecho, mi chiquillo llegó caminando solo a casa. También le pregunté a doña Hortensia, su inseparable amiga, tampoco la ha visto. No sé qué le ha pasado, es como si la ciudad se la hubiera tragado.

El alarmado vecino se acercó hasta Antonio y le preguntó directamente:

—¿Usted la ha visto de casualidad hoy?

—¡No! ¡No! —respondió él al instante, esquivando la mirada—. No la he visto.

Entonces Margarita, encañonando adrede el rostro de su marido, también lo interpeló:

—¿Estás seguro?

Y Antonio volvió a contestar mintiendo apresuradamente:

—¡No! Ya les dije que no la he visto. Todo el día la pasé contigo ¡Tú lo sabes! —le replicó histérico, canalizando su respuesta al escrutinio de su esposa.

Dicha sentencia fue suficiente y contundente para el vecino, de modo que antes de retirarse a su casa les comentó lo que tenía por hacer:

—Bueno vecinos, ahí se las encargo, por si la ven. Por lo pronto, tendré que ir a la comandancia de policía y darla por desaparecida. Pobre de mi Alex, ¿dónde estará?, ¿dónde se habrá metido? Tengo mucho miedo de que la hayan secuestrado y luego desaparecido. ¡Ya ven cómo están las cosas hoy en el país!

Antonio estaba por demás apesadumbrado. Todo el día la había pasado en una verdadera agonía, nada lo confortaba. Ahora con esto, menos. De súbito, su Magos, "su adorada mujercita", lo agarró del brazo con fuerza y lo jaló hacia ella, para que él viera la totalidad de su expresión en el rostro, y a bocajarro ella lo volvió a acorralar, clavándole su mirada muy a la orilla de su farsante actitud, pero con los ojos bien incendiados:

—¿Ya checaste acaso, si tu vecina no está atrapada y ahogada en la cajuela de tu Buick? ¡Estúpido infeliz!

Mentado lo anterior, y sin más que agregar, Magos se encaminó hacia la puerta principal de su casa, sin esperar la respuesta de su cónyuge que se quedó acartonado y mudo. ¡Atrapado en su introspección!

¡Qué ironía!
Pensamos que nadie sabe lo que todos ven
y no vemos lo que todos piensan.

Ironía 4
Dos universos

Afortunadamente cada ser humano piensa y actúa distinto del otro. Es decir, no somos iguales. Aunque fisiológicamente nuestro cuerpo se compone de lo mismo en diferentes dimensiones, nadie piensa igual que el otro. Así que, lo que para uno es negro para el otro es azul. Si ella piensa en ser madre, habrá otra que ni lo sueña. Mientras que una desea viajar, la otra piensa en comprarse un auto, y habrá una que concluya que invertir su dinero es la mejor opción. Precisamente por ello es difícil custodiar dos pensamientos o ideas en una misma trinchera. Cada quien ve lo que quiere ver, o idealiza sus metas de acuerdo a sus aspiraciones. Según sea su apetito, o su estrechez. Nadie es igual al otro. ¡Vivimos en distintos universos!

Tres chicas en edad de merecer, en su departamento, conversan de la sal y la pimienta. Los tópicos son variados y no conducen necesariamente a un orden específico en su multiplicada charla. Mientras que, una pregunta lo que se le ocurre, la otra contesta lo que se le apetece.

Sitio: No importa. En cualquier ciudad.
Fecha: 2018. Aunque todos los días lo vemos.
Tema: Crónica de un sueño americano.

—Escuchen, por favor. Kass y yo conversábamos la otra noche sobre este tema en particular, mientras él manoseaba un ejemplar de un libro de Virginia Woolf, una talentosa escritora británica nacida en el siglo XIX, quien defendía, desde aquel entonces, y sin parar, la independencia de la mujer. Entendiendo por independencia su autonomía y su individualización, partiendo desde su entidad femenina. Es decir, Kass me mostraba las cosas buenas de ser mujer. Según la filosofía de esta escritora, soy libre de querer como yo quiera, sin que el hombre me obligue a quererlo como él quiera. Kass me dijo aquella noche: «Me encanta la mujer que es mujer por sí misma, que no intenta parecerse a nadie, la que crea su propia identidad, la que crea su propio yo, sin la imperiosa necesidad de un hombre a lado. Dicho así, no necesitas a un macho para ser feliz. Aprende a ser una fémina intacta partiendo del momento en que te liberas del hombre para edificar tu estilo de vida. La felicidad tiene que partir desde tu interior y no buscarla en otra persona, para que, a través de ella, seas feliz. Con todo esto te digo que no estás obligada a quererme o a estar sujeta a mi jurisdicción solo porque recibes mi ayuda económica para soportar tus estudios. Si tú quieres estar conmigo, ¡bienvenida!, y si no, eres muy libre de hacer lo que, como mujer, te plazca. Aunque yo esté enamorado de ti».

Tamara hizo una pausa distendida, tragó saliva, miró a sus amigas directo a la complejidad de sus expresiones. Ellas la escuchaban tan atentas como a Sor Juana en misa. Entonces continúo:

—Esa pues, es una más de las múltiples razones por las que ese señor me llena. A ese hombre lo quiero, porque yo quiero quererlo y no porque me obligue a hacerlo. Es decir, si comparto mi cuerpo y juventud con su experiencia, es porque yo quiero, y solo porque yo deseo hacerlo. Y el día que ya no quiera estar con él, simplemente me iré. Así debe ser. Cierto, no lo amo como al hombre que siempre soñé, pero me apetece y deseo compartir con él mi tiempo y espacio, porque es un hombre que merece tenerme. Por último, quiero dejar claro que la convivencia entre un hombre y una mujer no debe ser freno para la independencia de cada individuo. Y cuando llegue la hora de partir hacia los Estados Unidos, lo haré sin voltear atrás, para evitar tropezarme. Ese país me atrae tanto como si fuera el mío. Existe en mi interior una afinidad ciega que me incita a regresar lo más pronto posible.

—Por lo que a mí corresponde, todo está claro. Aunque, sin lugar a dudas, y desde mi punto de vista, has aprendido más de ese viejito que de las aulas de la escuela, ¡eh! —respondió Sabrina con franqueza.

Tamara fue de volada a la cocina y agarró una *hamburger*, le untó su mayonesa *McCormick* y luego la embarró de frijoles refritos. Enseguida le sumó dos rebanadas de jamón, colocó encima una rodaja de jitomate y una más de lechuga, con una rajita de cebolla morada, y pa' dentro. Para evitar atragantarse, vació jugo de naranja en un vaso, de una botella que decía *Orange Juice*, y de ese modo siguió tejiendo la charla con sus amigas:

—¿Y ustedes, qué onda?

Raquel se autoanalizó con una mueca de disgusto en un plan medio amigable:

—Pues yo como siempre. De la casa a mi trabajo. Nadie se digna a echarme un piropo. A veces le pregunto al espejo si de a tiro estoy para el arrastre. El otro día me invitó un chavo a salir. Fuimos al cine, pensé que me iba a proponer algo, pero, como el viento a Juárez, ni se despeinó. Nada me dijo, ya no me habló y aquí sigo, turisteando. ¡Pero ya me ha de llegar! ¡Ya ves tú, batallaste de a de veras para encontrar a tu viejito querendón...! ¡Y en mi oficina, todo igual! No se miran cambios. Mismo jefe, mismos colegas, mismo escritorio. En fin... ¿Y tú Sabrina? ¿Qué acción?

—No comparto su aflicción. Yo estoy saliendo con un hombre casado.

—¿Cómo?, ¿por qué? —protestó Raquel.

—Como dices tú, Tamara, acertadamente... ¡Porque quiero! Porque se me pega la gana. Miren, les explico. Yo aún estoy en edad en la que me toca escoger. Ese hombre es casado, sí, pero me da sus mejores momentos y sus más bellos pensamientos. Él es cinco años más joven que yo, dice que me ama y supongo que es así por la forma que tiene en demostrarme su cariño. Sus celos me ponen chinita, me encanta que ande tras de mí. Me llena de mimos y regalitos que aprecio, se nota que lo hace con sinceridad. Y en la intimidad me place y me complace. Me pone, me quita, me mete, me sube, me baja, y su pasión y fervor me excita tanto que me hace sentir amada. Así que, para mí todo está bien...

—¿Y se va a divorciar?

—¡No! No creo que sea para tanto, pero disfrutamos mutuamente lo que nos toca vivir. Yo sí estoy enamorada, lo confieso. Pero no me gustaría provocar un conflicto con su esposa o con su hijo. Capaz que después me lo reprocharía. Si él quiere divorciarse, adelante, no lo voy a presionar. Tampoco soy de aquellas viejas caprichosas que para sujetarlo me voy a dejar embarazar. Para nada. No soy de esas. Me gustan los bebés, pero el día que me decida tener uno, lo pensaré en serio.

—Por cierto, Tamara, ¿qué haces tú al respecto para evitar un descalabro?

—Yo, nada. Kass no puede tener bebés. *"Él sopla, pero no infla"* —contestó ella muy quitada de la pena y con cierto aire de seguridad.

Se sonrieron las tres en grande, festejando la ironía. Y siguió Tamara con su chaca-chaca. Mostrando su universo ante el de ellas.

—Yo no soy presa de nada ni lo quiero ser de nadie. Ser madre no está en mis planes. Yo disfruto de lo que me da mi viejito precioso. Cierto, él me lleva 30 años, pero justo es lo que yo aprovecho para crecer y aprender, además de lo que me enseña en la cama porque, al igual que tú, Sabrina, me tiene contenta, solo que aquí yo soy la abusiva, la que lo viola, la que lo asalta, la que lo monta hasta hacerlo aullar, y él se porta bastante cariñoso conmigo. Y cuando de él nace la iniciativa me encanta que me lo haga despacito, de verdad lo disfruto —dijo firme, sólida y categórica, con sus veintisiete años encima de su fortaleza. Y siguió sumando—: Se los anuncio. Por ende, dudo que algún día esté casada con algún fulano. Yo nací para ser una mujer libre, independiente, autónoma. Nunca me amarraré a un compromiso. Escuchen bien, nunca. ¡Quiero ser yo, siempre yo! Hacer lo que me plazca, ir a donde crea conveniente, sin estar sujeta a una liga familiar o laboral. Quiero trabajar donde aprenda más y me paguen mejor. Vivir donde mi calidad de vida sea inmejorable. Me gustan los niños cuando ríen y son traviesos, me disgustan cuando demandan y lloran. Me gusta el papel de madre cuando la miran y se enternecen, pero me disgusta cuando tiene la penosa necesidad de cumplir con sus mil quehaceres. ¡Puff! Me gustaría ser una amada esposa, pero me disgustaría, y mucho, ser una mujer mantenida y esperar a que el hombre me haga sentir satisfecha dándome sus dadivas entre las sábanas y para el gasto familiar.

—¡¡Se nota el rencor en tu monserga, eeh…!! ¿Tienes algo en mente que te hace desvariar al respecto? —inquirió acremente Raquel.

—La mujer siempre ha sido comparsa del hombre. Y éste ha aprovechado bien y bonito las circunstancias, no desde ahora, desde siempre. Te escoge para hacer vida con él, al final no te agradece lo que hiciste por su vida. Te embaraza para que le des descendencia y al final eres la culpable si el producto sale rebelde o defectuoso. Si el hombre enferma o convalece por algún padecimiento, tú eres el sostén, sin que para ello exista una recompensa. Y si entre ambos no hay entendimiento, la mujer resulta la culpable, porque es la menos inteligente. O sea, por donde lo vean, nosotras las hembras somos el peón sirviendo al rey.

—Te amargas la vida mi Tamy. Yo no veo las cosas tan tétricas —sostuvo Sabrina desde su banquillo con un *apple juice* en la diestra—. No hay descendencia sin la aportación del macho. Sin el hombre no hay sexo. Sin el hombre no hay con quien compartir, y sin el hombre, la mujer es la mitad de la existencia. No veo porque quieras deshacer una unión que nos convierte en seres humanos.

—¡A ver, a ver! ¡O no me entienden o, acaso yo no estoy poniendo las cosas en su lugar! Les explico. Yo no he dicho que el hombre es inservible. No he mencionado que sin él haríamos vida. Lo que estoy afirmando es que, para que la mujer sea realmente independiente, tenemos nosotras que liberarnos del lazo histórico y social que nos ha impuesto la vida. En otras palabras, yo, mujer, puedo ser feliz sin el indispensable requisito de ser socorrida por la presencia económica o anatómica del hombre. No me urge ser esposa de un fulano. No me urge que un hombre me embarace para sentirme realizada. No requiero de su cercanía para complementar mi vida. Yo, Tamara, puedo ser enteramente mujer si convierto mis sueños en realidad. Si cumplo con el objetivo de terminar una carrera profesional. Si consigo trabajar en los Estados Unidos. Si me ocupo en conseguir una vivienda digna. Si mañana o pasado requiero de su cercanía porque mi organismo me lo exige, buscaré sin compromiso una relación que me regale el calor que complemente mi existencia. Justo en eso estriba la liberación femenina, en liberarse una misma de los atavismos del machismo.

—¿Y porque esa persistente terquedad de ir a hacer tu vida a los Estados Unidos? Pudiéndola muy bien realizarla en nuestro país. Desde que vivías con nosotras has sido terca con esa locura. ¿Pues qué traes? Sigues necia con ese sueño americano. ¿Por qué? Perdón que insista, pero una vez que estés titulada como Licenciada en Derecho Internacional, que, por cierto, te falta muy poco para terminar, tendrás cabida en cualquier parte de México. No comprendo tu obstinación.

—Bien, aquí entramos al espinazo de la charla. Revisa la geografía de México antes de la mitad del siglo XIX y sabrás por qué quiero irme con los güeros. Revisa en internet o cualquier otro libro de historia, qué idioma se hablaba primordialmente en el México Independiente que abarcaba lo que hoy es Alta California, Arizona, Nuevo México y Texas y sabrás por qué quiero migrar. Checa en los anales de la historia, por cierto, ni tan antigua, a quién le piden ayuda de mano de obra, cuando los güeritos se entrometen en las guerras mundiales, que, para variar, les encanta meter las narices por doquier. Checa, si no, que su cultura popular está bien adentro de la nuestra y viceversa. Revisa su gastronomía y sabrás de lo que hablo. La mayor parte de sus platillos, después de sus tradicionales comidas rápidas, la cocina mexicana es la que reina en sus comedores. Si no lo sabré yo, que trabajé en un restaurante sirviendo a los gringos en su tierra. Primero quisieron imponer el francés como segunda lengua, pero el español, aunque lo nieguen, representa una fuerza inexpugnable en la sociedad americanizada. Aparte de todo esto, Estados Unidos de América es el país que está conformado históricamente por una mayor población migrante. En realidad, son muy pocos los blancos estadounidenses que pueden ufanarse de poseer una sangre genuina, pronto lo atestiguarán, en los años por venir se difuminarán providencialmente.

Tomó un trago más de su jugo de naranja y continuó con su perorata:

—Apenas cruzando el río Bravo encontramos una copiosa gama de fulanos e individuos ciudadanizados, originarios de un montón de países del mundo, tales como chinos, japoneses, colombianos, argentinos, cubanos, peruanos, afganos, daneses, africanos, y etcétera. Y claro, más de diecisiete millones de mexicanos, legales o ilegales, que para fines del censo resulta lo mismo. Los estadounidenses son una raza heterogénea. Son un país formado a base de náufragos, donde se habla el inglés, el español, francés, alemán, chino, italiano, polaco, coreano y cuántos más. Es la tierra de Babel, una tierra donde Dios desordenó la lengua de los hombres, pero es envidiada por el mundo entero. A lo que quiero llegar es a convencerlas que nuestro país vecino, es tan nuestro como si hubiéramos nacido en el mismísimo Chicago o San Francisco. Y para qué le sigo. Estados Unidos debería llamarse, territorio de los mexamericanos. Nadie me quitará de la cabeza la idea de que en México y Estados Unidos respiramos el mismo aire. Aunque yo sea tan morena como las tardes del verano. Ellos precisan de ayuda mexicana, así como nosotros de los amerigringos. Para eso Dios nos dio esa proximidad, para vernos como hermanos, aunque a muchos les desagrade el paralelo.

—Entonces ¿no los miras con odio?, ¿después de que tanto despotrican contra nuestros connacionales, aún y si prosiguen con la instalación de su recondenado muro?

—En lugar de criticarlos, los comprendo. Y si no, escuchen lo que voy a decirles. ¿A ti te gustaría que viniera alguien desconocido y quisiera, sin permiso, entrar a tu casa? ¡Pues no! Aunque vivas en una casota inmensa, si alguien desea entrar a tu morada, lo permitirías salvo algunas condicionantes. Por ejemplo: Imaginemos que tu casa es colosal dentro de un predio inmenso de varias hectáreas y observas como la gente llega y te pide ayuda y trabajo. Tú, como buen samaritano les quieres ayudar, así que requieres de un jardinero y lo contratas. Al otro día necesitas de un chofer, y le das trabajo. Al mes siguiente, requieres de una cocinera y también le das trabajo. Y así te vas, pero no puedes darles trabajo a miles de gentes. Y lo más grave, es que todos quieren entrar sin permiso y ocupar un sitio que tú, como patrona, ya tienes destinado. ¿Entonces qué haces…? Te ves obligada a defender a costa de tu vida lo que te pertenece: tu cultura, tu historia y tu espacio para prevalecer. Ahora bien, si ese otro quiere vivir dentro de tu territorio, deberá esperar a que tú le asignes un lugar, en el entendido de que no tendrás capacidad para ayudarle a todos los que quieran plantarse dentro de tu techo. ¿Me explico? ¿Y qué harías si esa multitud sigue invadiendo tu terreno?, seguramente pones vigilancia, incluso hasta guardias uniformados. Y si, aun con esa supervisión la esquivan o la burlan, entonces te verías obligada a construir un muro, sí, ¡UN MURO! ¿Me explico?

La pausa se hizo más que evidente, y la reflexión causó comezón en Raquel y Sabrina, que se miraron desconcertadas.

—A dónde quiero llegar —prosiguió Tamara con energía— es que, desde mi punto de vista, los constantes desencuentros entre los Estados Unidos y la República Mexicana, son el vivo ejemplo de *Dos universos* que, agrediéndose e injuriándose constantemente, congenian de una manera enredada y apreciable su copropiedad, de suerte que se enriquecen mutuamente.

—¿Entonces?

—Entonces, los güeritos quieren que los visites y no que los invadas. Que no les vayas a dejar el cochinero. ¡Quieren un fruto, no un desperdicio! Ellos quieren ser buenos anfitriones y mostrarte sus costumbres, desean compartir y no destruir, y claro, que vayas a dejarles tus conocimientos. En suma, si vas a Estados Unidos, no seas un haragán, sé una buena persona para contribuir con su universo, que así, aunque les parezca extraño y paradójico, estarás ayudando a limpiar la cultura y la imagen de nuestro México. Seamos buenos mexicanos dando el ejemplo en casa ajena. ¡He dicho!

—Después de haberte escuchado, no nos cabe la menor duda —metió la cuchara otra vez Raquel —. ¡De verdad has aprendido de tu viejito, eh! ¡Eres otra…!

Tamara terminó de engullir plácidamente su *hamburger* con su *Orange Juice*. Miró a sus compañeras, se acercó a cada una y les plantó un beso en la mejilla. Fue a la cocina y agarró una taza, y de la cafetera abusó para vaciar un café de *Starbucks* que quiso saborear para amenizar la charla con sus amigas.

Y el mediodía iluminado se escapó grácil y ligero por entre las ventanas desvencijadas del departamento rentado.

¡Qué ironía!
Creemos que somos iguales,
pero somos muy distintos uno del otro.
¡Porque cada cabeza es un mundo!

Ironía 5
Pacita

La palabra viaja más rápido que cualquier misil. La palabra antecede y marca una circunstancia antes que la acción proceda a moverse. Por eso es que hablar bien y a tiempo es indispensable para fincar cualquier condición pertinente. Pero cuando la palabra se desprende sin análisis, cruza paredes que trastocan o hieren susceptibilidades. Es el caso de un joven muy macho que usa su palabra para lucir su hombría, y una hembra muy mujer, al que el destino confronta de poder a poder. Él quiere y no puede, y ella no quiere y sí puede. Es una contienda abierta y descobijada en donde la fuerza no cuenta, sino la experiencia de ser y vencer.

Anoche te amé...

Pareciéndome la última vez
entré en tu espacio celoso que te hace mujer
tus labios me citaron y me asaltó tu boca,
tu boca inquieta y jugosa.

La noche de ayer...

Visité tu cuerpo como la luna a la ventana
que cotidiana define sin visado tus abriles
y en la noche que anoche vivimos
alcancé pleno la línea de tus perfiles.

La noche de ayer...

Cerró mi beso tus ojos y tu silencio habló,
custodié tu desvarío y tu respiración agotada,
mi pasión complacida había complacido la tuya
y así murmuró tu lasitud desmayada.

La noche de ayer...

Hace mucho tiempo, al interior de una fábrica textil, un joven llamado Orlando andaba en persecución de una dama portentosa quien fungía como la secretaria del director general de una empresa textil. La chica en discordia se llamaba María y se apellidaba Paz. La mayoría de los varones en esa industria textil la miraban con lascivia cáustica. Aunque Orlando, más disimuladamente, se la quería comer en el repaso de una ojeada. Incluso, cada vez que pasaba por los pasillos de su área de trabajo el sinvergüenza la seguía descaradamente sin perderla de vista.

La oficina donde el director de la empresa despachaba sus asuntos tenía una geografía un tanto difícil de abordar. Las características del edificio en cuestión ubicaban a las oficinas principales justo en medio de la planta textil. Y como eran tres áreas gigantescas de producción, entonces los interesados en entrevistarse con el director o cualquier ejecutivo de la fábrica debían caminar un buen trecho para lograr llegar hasta allí.

La entrada, o salida principal de la compañía, justamente se localizaba al extremo derecho de la planta, de manera que la secretaria ejecutiva, María de la Paz, se veía obligada a transitar diariamente por los estrechos corredores para llegar hasta su escritorio que se situaba en el primer piso del edificio. Y justo en ese trance era donde el personal fabril la captaba en toda su dimensión.

María era una joven que acaso tendría 29 primaveras en su haber. Con su piel morena, se diría clara oscura, un pelo muy negro, de ojos como la noche sin luna. Unas piernas que parecían de gimnasta, sumamente fuertes y musculosas, que alargadas al pisar con tacones medianamente altos, lucían asombrosas con la hermandad envidiable de una cinturita de muñeca.

Para todos sus admiradores era lógico pensar que esta mujer le dedicaba bastante tiempo al brillo de su figura. Le encantaba vestir *sweaters* finos y delgados a modo de blusa que se ajustaban perfectos a su cintura. Prefería el cuello en "V". Destacaba vistosas insignias en torno a su pecho donde se apreciaban cadenas de oro colgando desde su garganta, mostrando imágenes de santos o alguna virgen de su predilección. Siempre, siempre, usaba falda. Le encantaba verse de colores claros, el blanco era su predilección. Nunca se le veía un pantalón adornando su altivez. Exhibir sus piernas era su orgullo. Por ello es que lucía siempre muy femenina. Distinta al resto de las féminas que rondaban por las oficinas de la empresa. Generalmente se hacía notar con excesiva arrogancia, en ocasiones se mostraba en minifalda, aunque no tan mini, luego en falda recta, a veces en forma de tubo, o falda tipo "A" plisada. Nunca acostumbró a la vista de sus admiradores un solo tipo de vestimenta. A diario sus prendas acusaban una variedad distinguida de toda clase, informales, formales, incluso elegantes. Ella imponía su gracia y elegancia a la hora de exhibirse en una reunión, en una charla, caminando sobre los vericuetos de las oficinas. Su atavío mostraba una cuidadosa selección y preferencia. Exhibía su estampa espléndidamente dándole un brillo especial a su personalidad. Para nadie en la fábrica María de la Paz pasaba desapercibida, cada empleado de la misma, hombre o mujer, sabía quién era la secretaria del director de la empresa.

El jefe de turno del área de hilados, el ingeniero Orlando Flores, la veía cruzar todos los días por sus dominios. Estaba prendado de la despampanante figura de esa señorita que a diario y sin falta tenía que pasar por ahí. Él, sin disimulo alguno, la vigilaba con acuciosidad oftalmológica, hombre, si hasta diríamos que con insolente embeleso.

María de la Paz tenía un horario de nueve de la mañana a las a seis de la tarde. Llegaba con el sol en el azul recién iluminado y se iba con el azul a punto de extinguirse. Claro, le daban una hora para ingerir sus alimentos, y, por cierto, el comedor de la empresa se hallaba en el área contigua a la planta principal de hilados.

Mientras que el horario de Orlando era de las ocho de la mañana hasta las cinco de la tarde. Bueno, eso era un decir, en realidad nunca salía a sus horas, siempre había algo que se atoraba en el camino y debía quedarse muchas veces más allá de las siete de la noche. Cuestión a la que ya estaba acostumbrado después de hacerlo durante cinco años.

Recién había cumplido las 27 primaveras. Entró muy joven a trabajar a esa fábrica textil por una recomendación de su tío que conocía al dueño, aunque después solito se ganó la confianza del patrón quien se cercioró de su pujanza y facultades para convertirse en un excelente empleado de confianza. Ya en dos ocasiones le subieron el salario más allá de lo ordinario: Por esa instancia no se quejaba, ganaba bien, además gozaba de ciertos privilegios a la hora de tomar decisiones sobre la marcha, referentes a las actividades dentro de la planta que él gobernaba. Por ejemplo, uno de esos privilegios era nombrar o designar a qué chicas despedir cuando la producción caía por debajo de los niveles normales. Por ende, se veían en la urgente necesidad de deshacerse de mano de obra. No ocurría muy seguido, pero a veces las circunstancias los obligaban. Otro privilegio era decidir a quién recontratar toda vez que pasaban los tiempos de crisis. Por lo que muchas candidatas hacían fila afuera de la empresa para ser tomadas en cuenta por él. Y en tiempos mejores le tocaba designar a qué chica darle tiempo extra para que la producción saliera de acuerdo con el calendario establecido. O sea que, en cierto modo, Orlando era un ingeniero socorrido por las circunstancias de la fábrica; y, por otro lado, era un joven soltero, sin compromisos, nada feo, musculoso, de trasero atractivo, ya que usaba sus mezclillas un tanto ceñidas a la caída de sus piernas dinámicas y fuertes. A cualquier trabajadora de la empresa no le faltaban ganas para salir con él.

Este tipo de situaciones se le presentaban seguido en el campo holgado de sus funciones, le otorgaban la suficiente influencia e importancia para ser urgido por los ruegos y súplicas de las chicas asalariadas que, de alguna manera, necesitaban estar empleadas. Ya sea porque no encontraban en otra parte o porque estaban muy familiarizadas con la tarea y no querían emplearse en otra factoría, así que esperaban a que nuevamente hubiera oportunidades de empleo y contratación. Por todo lo anterior, él se sentía bastante consentido con las chicas que comandaba. Unas le llevaban el café hasta su escritorio, cuando no, un té de manzanilla, acaso una fruta para que no pasara hambres, pero las más aventadas se iban con él al terminar el turno y le daban rienda suelta a sus deseos carnales encerrándose en un hotel cualquiera. El caso era estar bien con el jefe, para que éste las tomara en cuenta a la hora difícil.

Por tanto, él ya había probado las mieles femeninas de Panchita, de Josefa, de Leticia, de Patricia, de Teresa, de Lupita, en fin, tenía su harem industrial. Y, además, bien que les advertía: «Si tú dices algo al respecto, no te vuelvo a dar chamba, así que ya lo sabes, calladita te ves más bonita».

Y la verdad es que, al igual, el ingeniero Orlando no era mal partido. Ellas se la pasaban bien con él. Era un profesionista joven, bien acicalado, dispuesto, bien preparado, honesto y muy trabajador. Siempre oloroso a jabón y con modales finos; aunque lo que siempre lo distinguió, por encima de todas las cosas, fue su cortesía y amabilidad para comandarlas. Nunca de su boca salía un insulto, una palabrota, aun y cuando ellas se lo habían ganado a pulso. Razón por la que todas le tenían ley, y aprecio, aunque él siempre se guardó sus preferencias. Nunca le asignó a una dama en particular un escaño seguro. Él salía con la que se le antojaba, sin condición alguna. ¿Quieres?, Vamos. ¿No quieres?, ahí nos vemos. Incluso, en algunas ocasiones llegó a enterarse de broncas a golpes entre ellas, luchando por la primacía de su elección. La disputa entre las obreras era real e innegable. Todas querían con él. Ya sea por conveniencia o preferencia.

Por eso precisamente Orlando se enamoró de María de la Paz. Porque la indiferencia de ella era total, absoluta. De plano ella ni un lazo le echaba. Pasaba por el corredor de la planta de hilados sabedora del acoso visual del mujeriego supervisor. Ella intencionalmente lo hacía, ni siquiera volteaba a verlo. Seguía con paso firme, decidida, cruzaba por ahí, bajo la sombra de su perseguidor, con los ojos puestos en el paso que daba por delante. Además de que, con apenas un año de antigüedad no tenía la suficiente confianza, así como para detenerse a platicar en los patios de la factoría con los ingenieros.

¡Para nada, ella se hacía respetar!

Algo muy peculiar en su caminar era que lo hacía a base de pasos largos. Caminaba con paso extendido, con zapatos de tacón regular, de estilo clásico. Usaba medias para calzar sus piernas, algo extraño para una mujer del siglo XXI. Su apariencia estética provocaba el saludo de cada una de las personas que de frente se encontraba. Quizás por eso era que siempre venía vestida de falda. No negaba en absoluto ser una mujer coqueta, pero no resbalosa.

Su cabello, aunque no muy largo, caía sinuoso hasta alcanzar sus hombros y lucía un copete discreto que adornaba su frente y enaltecía su artificiosa sonrisa, pero con una extrema frialdad para mirar al que debía saludar. ¡Con ojos tan femeninos, cuya dirección hería la del rival masculino!

Era ella de aquellas damas que no les gusta mucho eso de regalar sonrisas por doquier. De rostro grave, serio, austera, de aspecto juicioso.

¡Y eso era todos los días!

Orlando la perseguía sin disfraz, con ojos eróticos, sitiados desde una toxica intención de deseo. Facilito para emitir piropos y florear a una chica. Dicharachero, audaz, a veces impropio, un Cid Campeador dentro del campo de la conquista. Y con una sonrisa de regalo para toda mujer que se le cruzara. ¡Ese era Orlando!

Pero María, firme como el semáforo de la esquina, marcando su ritmo, sin detenerse. Hasta que un día, ¡siempre hay uno!, cuando ella se escapaba de su horario vespertino, después de haberlo cumplido con éxito, Orlando se armó de valor, respiró hondo y profundo justo cuando pasaba ella y le dirigió con mucho respeto la palabra:

—¡Hola, buenas tardes!

Ella, volteó despacio, como si trajera un grillete en su cuello y contestó del mismo modo, con voz clara y nítida. Tanto que también de eso él se enamoró. Porque la famosa María tenía una voz con el timbre muy parecido a una cantante de ópera, armada de una fonética musical que subyugaba a cualquier rockero que la escuchaba.

—¡Hola ingeniero, buenas tardes! —contestó, pero sin regalarle un gesto humano y risueño. Fue un robot al hablarle.

Orlando se quedó pensativo *¿Cómo supo ella que yo soy ingeniero? Podría haber sido médico, arquitecto, contador o* *licenciado. ¿Cómo se enteró que soy ingeniero? ¡Ah bruto!*, se dijo luego, *en la planta todos los jefes de turno y supervisores somos ingenieros*… Así que dedujo que lo había tratado como uno más del montón. Sin duda, pero bueno, el caso es que a partir de ahí, ese fue el pretexto para saludarla a diario. ¡Hola! ¡Buenos días! ¡Buenas tardes! ¡Hasta luego! ¡Que le vaya bien…! Circunstancias que con el paso de las semanas dio pie para que este audaz tenorio con mayor atrevimiento la buscase con otra clase de demandas distintas a las iniciales.

—¡Ya son las seis y media, hoy la entretuvieron más en la oficina! Espero que halle transporte para poder llegar a tiempo a su casa.

—No se preocupe, ingeniero, tengo mi auto esperando afuera. Y sí, tuve que quedarme un poquito más para darle fin a unos pendientes, se atoraron algunas cosillas, pero nada de importancia.

La relación entre ellos discurría en diferentes tonalidades. Orlando trataba de interceptarla en el pasillo a la hora de la entrada o de salida, para cruzar con ella algunas frases con las que él se proyectaba de manera excepcional. Siempre pendiente, fisgón, astuto, puntual y preciso a la hora de elaborar sus preguntas. Ella le generó tanto enigma que al rato el ingeniero industrial comenzó a sonreírle francamente y se comunicó con ella de mejor manera.

—¡Qué bonita viene el día de hoy! Se ve muy bien. ¡Qué guapa!

—Gracias ingeniero, le agradezco el piropo que no merezco.

La respuesta cotidiana no iba más allá de lo ordinario. Sin pormenorizar, sin salirse de lo acostumbrado. Se percató que bajo cualquier artificio no podía sacarle una sonrisa. Y detener su marcha era imposible.

Sin embargo, María archivaba pensamientos que no viajaban en el mismo sentido en que Orlando los administraba. *¡Seguro, es más joven que yo! Si, es muy guapo, pero… ¡Cada vez disimula menos que quiere conmigo! Es evidente el modo en que me espera. Ya no finge que sea un encuentro casual, de plano me aguarda a que yo pase por su área de trabajo. Pero si este muchachito piensa que caeré en sus garras igual que sus chicas a* *las que comanda, está en un error. Según he sabido, se las lleva rapidito a cobrarles el favor. Seguro piensa que yo seré una más que va a rondar por su corazón de hotel. ¡Para nada!*

La fama de Orlando era ingrata, había cruzado la frontera de la ética y la moral. Y todo se sabía, pues laboraban en un centro de trabajo cuyas características y condiciones hacían que hasta la respiración del vecino se oyera.

Ahora bien, en una empresa en que el 80 por ciento de su personal era femenino, cualquier maniobra masculina tenía repercusiones severas en todo el personal. Por lo que habría que ir con cuidado cuando de asuntos amorosos se trataba. Razón por la que los hombres gozaban de ser el platillo sexual de las mujeres. Incluso algunas parejas de trabajadores de la fábrica estaban casadas vía pre-conocimiento en la línea laboral. Pero bueno, María de la Paz ya estaba más que informada de la infame reputación del ingeniero Orlando Flores. Muy educado, sí. Muy bien parecido, sí. Pero con un rico historial de conquistador bastante enciclopédico. De modo que ella andaba con tiento, con precauciones, con el periscopio en todo lo alto.

Una tarde en que llovía bajo el rigor de un cielo esquizofrénico y se oía al interior de la fábrica el tremendo aguacero, cuando ella cruzó por la cercanía de hilados, y para su distraída sorpresa, el joven ingeniero le derramó en pleno rostro una declaración sin miramientos. En llanas palabras adornó su comentario diciéndole:

—Me gustaría mucho tener la oportunidad de platicar con usted invitándola a cenar… ¿acepta?

Ella detuvo el paso que seguía cuando apenas salía de sus labores y respondió enfática:

—A mí también me gustaría, pero tengo todas las tardes ocupadas, de modo que me es imposible complacerle. Y los fines de semana debo atender compromisos familiares. De verdad, lo siento.

Es decir que lo dejó con un palmo de narices. Nadie en la fábrica le había negado una invitación. Cuando mucho se la posponían, pero al fin lograba su objetivo. Ella fue la primera, así que el rechazo lo marcó como un sello en un papel.

Sin embargo, la solicitud rechazada le causó una tremenda curiosidad para conocer más de cerca a la dama que declinaba con robótico desdén su petición. Fue así como adoptó el trabajo de detective y se dispuso a investigar de qué pie cojeaba la virtuosa secretaria del director. Su edad, estatura, su domicilio, su estado civil, sus estudios y otros atributos que a Orlando le urgía conocer, como, por ejemplo, ¿qué modelo de auto manejaba?, si dominaba algún idioma, ¿con quién vivía? En fin, se dio a la tarea de indagar su humanidad. Al cabo de quince días se enteró a la perfección de los pormenores de su identidad. Así como de algunos detalles adicionales, como el teléfono de su casa, su celular y su correo electrónico.

Supo entonces que era una mujer divorciada, sin hijos, que vivía con sus padres y manejaba un carro compacto de reciente modelo. No se le conocía un pretendiente, era Licenciada en Técnicas de la Información y dominaba el inglés. Por las madrugadas, alrededor de las cinco y media de la mañana y cada fin de semana, acudía a un gimnasio religiosamente. Y quién sabe cómo, pero también se enteró, de un mote adquirido desde hacía años por los vecinos de la colonia donde vivía. Le decían Pacita, de riguroso cariño, por ser primorosa y bella. Y, por supuesto, por apellidarse Paz, su apelativo de afecto, un requiebro que le encontraron sus vecinos.

Conociendo este seudónimo se lanzó sin reparo alguno sobre la secretaria del director un lunes a la hora de entrada. Una oportunidad que no dejó pasar por alto.

—Buenos días, María de la Paz. Gusto en saludarla. ¿Cómo pasó el fin de semana?

—Bien. Todo bien. Muchas gracias.

—¿Sabe qué…? Perdone mi atrevimiento, pero en lugar de llamarla Paz, la llamaré Pacita, por lo que despierta usted en mí. Es un diminutivo que le queda a la perfección. Espero que no se ofenda.

Al oír lo anterior, más que un piropo resultó una sorpresa a la que no opuso resistencia y, rápido, cuestionó al ingeniero:

—Disculpe, ¿cómo dijo…?

Orlando captó de inmediato el impacto que le había causado, de modo que iba a sacarle provecho. ¡Al ataque!

—Lo que ocurre, señorita, es que, al verla diariamente rondar por mis territorios, aunque sea de manera casual, busqué una forma tierna y suave para nombrarla y echar fuera de mi mente el nombre común con que todos la conocen. Y como usted me parece una bella dama en medio de una selva fabril, me he tomado el atrevimiento de nombrarla Pacita, como si fuese un cariño verbal —explicó al tiempo en que le ofrecía una sonrisa hipócrita.

Ella no respondió con otra, hubiera sido falsa, pero fue al grano:

—¿Oiga, de dónde sacó ese apelativo?

Orlando se dio cuenta de que había llegado a la orilla de un enigma. Y ambos se clavaron la mirada con diferentes intenciones. Los dos guardaron ese agregado que quedaba pendiente en el rincón de sus pensamientos. Él, sin decirle cómo lo averiguó. Y ella, sin contarle, que así la nombraban sus amigos y seres queridos desde hacía tiempo. A partir de ese momento la relación entre ellos comenzó a tomar otro matiz.

Y Orlando ya la perseguía insolentemente.

—Pacita, ¿cuándo me dirá que "sí" acepta salir conmigo?, ¿cuándo?

A dicha pregunta, Pacita simplemente le respondía con un gesto de desaprobación, pero sin una sonrisa expresa, por cortesía lo volvía a negar o se quedaba callada. ¡Un robot cruzando por su camino!

Lo gravoso del asunto fue que el ingeniero lo tomó por el lado cómico, y eso a ella le molestó aún más. De no impedirlo, al rato todo el mundo le diría Pacita. El tránsito por entre los corredores de la fábrica que hacía diariamente ella era irremediable, no había otra ruta para alcanzar la salida. Ahora bien, a ella no le caía del todo mal este joven, pero no quería tener amores con alguien de la empresa. Mucho menos con alguien más joven que ella. El ingeniero que la acosaba no le disgustaba. Exhibía un cuerpo honorable, digno de poseer. Aunque sabía que de hacerlo y ser del dominio público, los chismes se la tragarían enterita. Ella tenía un puesto magnifico, con muy buen salario, la consideración que le mostraba su jefe era inmaculada, tenía ganado el respeto irrestricto de la plana mayor de la compañía. De modo que echar por la borda todas esas ventajas era como suicidarse.

Entonces reflexionó. *Esto no me conviene. Tengo que cortar por lo sano con este muchacho. ¡Es un descarado atrevido!* Por otro lado, meditaba, *si le acepto una invitación sería para advertirle de los graves problemas en que me vería si tuviera una relación amorosa con él, siendo que yo soy la asistente del hombre más importante de esta fábrica.* Pero no estaba muy convencida de ello, pues ya conociendo el atrevimiento e insolencia del joven ingeniero, iba a ser difícil de convencerlo. ¡Era pedirle un imposible a su procacidad!

El tiempo siguió pasando y las cosas iban de mal en peor....

¡Al fin se decidió! Así que una tarde, sabedora de que él la perseguiría, trazó un plan en su conciencia, el propósito era enredarlo sin que él pudiese dudar de su predisposición para embaucarlo. Al salir de su oficina a eso de las seis y quince de la tarde y caminar por los corredores se encontró con que, efectivamente, Orlando la estaba esperando.

—Pacita, Pacita, ¿para cuándo me dará el sí?, ándele, no sea malita.

Esta vez, la secretaria del director se detuvo. Volteó a ver al joven atrevido al rostro y con una mirada sanguínea ella le respondió:

—Está bien, está bien. Ya no le pondré más evasivas. Aceptaré su amable invitación para el día 30 de febrero.

Al mencionar la fecha para la susodicha cita, provocó una contrariedad en el rostro del joven que primero sonrió del triunfo y después, entristeció, por el significado de la respuesta. Inmediatamente después, ella dio la media vuelta y se encaminó severa a la salida de la enorme planta, mostrándose inequívoca, sin perplejidad en su expresión. Obvio, dejó al ingeniero hecho garras.

¿Cómo es eso?, pensó Orlando. *Si no existe el 30 de febrero en ningún calendario. ¡Ah! Qué vacilada me puso, ¡condenada traviesa!*

Dicen en las universidades que los ingenieros estudian para ingeniárselas. Es decir, tener el suficiente ingenio para solucionar un problema determinado. Bueno, pues aquí se le presentaba uno, bastante voluminoso. ¿Qué hacer? Se fue para la izquierda, nada. Se fue para la derecha, nada. Para arriba, nada. Para abajo, nada. Para el centro, nada. Pasaban los días y no hallaba solución al conflicto en que lo metió su famosa Pacita, que ahora pasaba libremente por los pasillos, sin que él la acometiese como todos los días. Le daba pena manifestarse como siempre. Sin embargo, después de semana y media de estarlo pensando como si fuese un filósofo griego en tiempos socráticos, halló una razón para darle una feliz conclusión a ese asunto, que ya lo tenía al punto del infarto.

El sábado siguiente salió de su domicilio muy determinado, con la mirada puesta en su objetivo. Decidido, resolutivo, dispuesto a todo, para darle fin a su conflicto con Pacita. Primero fue a la papelería y compró varios ejemplares de calendarios. Uno chico, otro grande, otro rectangular, otro cuadrado, y así se armó de varios. Luego, fue a buscar una imprenta. Cuando llegó hasta allí habló con el impresor.

—Quiero que por favor le ponga a cuatro de estos calendarios, la fecha del 29 y 30 de febrero. Pero deseo que se los ponga de color distinto al que se observa. O sea, quiero que se note la diferencia. ¿Me explico?

El impresor todo intrigado preguntó:

—Oiga, usted sabe lo que hace, ¿verdad? Esa fecha no existe.

Y riendo a carcajadas, lo asentó, para que le quedara claro al impresor. Lo puso al corriente de la situación y al final los dos salieron sonriendo de la duda que al principio ocasionó esa desacostumbrada petición. Le dijeron a Orlando que tenían mucha chamba, pero que para el miércoles siguiente seguramente se los entregarían. Él, conforme, salió del negocio sobándose las manos, sonriendo de la travesura que estaba fabricando. ¡Ah! Condenadillo. Figuraba la segunda semana de febrero, por lo que sobraba tiempo en el calendario para hacer vencer positivamente la resistencia de su Pacita.

Ella ignoraba por qué al verlo ese lunes, él volvió a saludarla, a reír, pero de un modo distinto, ahora su sonrisa tenía un rictus travieso, de bribón, diferente a los que normalmente le obsequiaba. «Adiós, Pacita, que le vaya bien». «Que tenga buen día». Sin esperar su respuesta. Solo hacía la reverencia y se retiraba. María de la Paz se preguntaba si este joven pícaro se traía algo entre manos. Así fue durante el lunes y el martes. Llegado el miércoles por la tarde Orlando fue a la imprenta, donde le entregaron sus calendarios debidamente impresos con los días 29 y 30 de febrero. Ahora sí, estaba armado. De manera que el jueves la admiró cuando ingresó a la empresa y más todavía de cerca, cuando cruzó para encaminarse a su oficina en el primer piso de la dirección general.

Orlando se dijo, *¡Al rato voy...!*

Dando las once y media de la mañana Orlando abrió su portafolio y sacó los cuatro calendarios que había modificado en la imprenta. Los metió en un fólder y se dirigió derechito a la oficina del director. A María de la Paz le pareció extrañísimo ver al ingeniero encaminarse hacia ella tan determinado. Cuando estuvo al pie de su escritorio, enfático la encaró:

—Pacita —le dijo con una cínica sonrisa—, el otro día me dijo que aceptaría mi invitación a cenar para el 30 de febrero, ¿no es así? —inquirió al tiempo que le mostraba un semblante expectante y risueño.

—Pues sí, ingeniero, eso le dije —respondió ella muy ufana, con un gesto desafiante, sin sonrisa alguna.

Repentinamente Orlando puso el fólder encima de su escritorio, lo abrió para dejar entrever lo que traía entre sus manos, mostrándole los calendarios, uno por uno.

—Pues mire, señorita, qué casualidad. Este calendario de la miscelánea "La gordita", dice que el sábado de la próxima semana es 30 de febrero. Este otro de la tlapalería "Un clavo saca otro clavo", como podrá ver, también señala que ese día es el próximo sábado. Este, de la carnicería "la vaca contenta", nos muestra que el sábado 30 de febrero sí existe, y finalmente, este rojito, de la tienda "Los tacos de Juan", menciona que justo el 30 es el sábado siguiente. ¿Cómo ve?

Un instante no perdieron para que ambos disparatadamente, sin temor a ser vistos y escuchados por los demás, rieran como dos cómicos teatrales sobre candilejas. Orlando se reía de lo que había causado en ella, y es que la figura de Pacita se descompuso por completo, riendo por primera vez ante la presencia de Orlando, casi a horcajadas sobre su silla secretarial. A ella le causó muchísima risa el hecho de que a este joven se le ocurriera la desfachatez de mandar a imprimir calendarios con esa fecha inventada. Ambos se vieron al rostro. La alegría afloró como dos buganvilias en el jardín.

—¡Está bien ingeniero! Me rindo. Saldré con usted de este sábado al otro. Después nos ponemos de acuerdo, dónde y a qué hora. ¿Le parece?

—Me parece bien, señorita. ¡Que pase buena tarde! Con su permiso.

Orlando salió victorioso del edificio donde había ganado la partida. Saldría con una dama que lo traía como un trastornado. A todas horas pensaba en ella. En cualquier calle alucinaba que la veía. Luego se figuraba encontrarla marchando por los corredores de la fábrica sin que su visión acertara en el blanco. ¡Pero bueno! El asunto ya estaba cocinado. Ahora, a preparar el campo de batalla.

Quienes empezaron a sentir el rigor del cambio fueron sus chicas a las que comandaba. «¡No puedo salir contigo!». «Discúlpame, estoy ocupado para entonces». «Es que tengo examen para el fin de semana y tengo que estudiar, *sorry*». Su celular empezó a enviar a todas sus chicas, al área de "buzón", no estaba para nadie. Ahora vivía solo para una nueva aventura y se llamaba María de la Paz, alias Pacita.

Se volvió una costumbre su saludo, tanto en la mañana como en la tarde. Al encontrarse por entre los corredores de la fábrica se sonreían el uno con la otra e intercambiaban cortesías, hasta que el miércoles de la siguiente semana el ingeniero volvió a la carga y repreguntó si sostenía su aprobación a cenar.

—Buenas tardes, Pacita. ¿Le parece bien el restaurante "La canasta" para llevarla a cenar? Y si no se opone, la vería allí como a eso de las de las ocho de la noche. ¿Qué piensa?

Pero Pacita traía las municiones consigo, no se iba a dejar que este audaz ingeniero la mangoneara. ¡No señor!

—¿Cómo ve si en lugar de "¿La canasta", vamos al "Gaucho"? Creo que es un sitio un poco más esplendido. El sabor argentino de la comida me despierta una comezón sin igual ¿Le parece? Además, espero que no le moleste si propongo que nos viéramos a la nueve de la noche. La hora es ideal para saborear un buen platillo. Le pido, por favor, que no me haga esperar porque me disgusta mucho. ¡Ah! Y no me gustaría llegar sola al restaurante. ¿Podría pasar por mí a la calle de Ayala esquina con Salinas? Es en la colonia de los Remedios. Dejaré mi auto en el estacionamiento para que usted me haga el favor de pasar por mí.

¡Órale! A Orlando le salió el tiro por la culata. Esta chica desde hoy traía el campo minado. Era la que ponía y disponía. El lugar, la hora y la geografía de la cena. O sea que si él quería tener una relación con Pacita, ya desde aquí le estaba imponiendo condiciones. Ella llevaría la varilla y él sería el de la última palabra. ¡Sí mi amor!

Ordinariamente Orlando era el que ordenaba y organizaba. Acostumbrado a encabezar la ruta y el destino de las citas de carácter amoroso. Él elegía y se perfilaba hacia los sitios que consideraba prudente. Su compañera generalmente decía: «Sí ingeniero». Pero hoy las cosas iban en dirección totalmente contraria, se dio cuenta de que a esta mujer le disgustaba que el hombre la maneje, era ella quien llevaba la batuta, de manera que, si quería un encuentro romántico con su Pacita, debía someterse a los caprichos femeninos de quien dictaminaba. No le quedaba de otra. Salir con esta dama merecía la revolcada.

Por otra parte, y en otro orden de ideas, María de la Paz desplegaba manías nada convencionales para enfrentar a su rival masculino. Tenía una forma muy propia de deglutir sus compromisos. Efectivamente, no era nada dócil ni dúctil en manos de un macho. Desde su fracaso matrimonial se manejaba con mayor cautela, había adoptado ciertas reservas que las ponía en práctica cuando eran necesarias. Abrirse de capa ante un galán era como pararse justo a la orilla de un precipicio.

Este muchacho me tratará igual que si fuera una de sus operarias y seguro querrá llevarme a donde se le antoje, pero no se lo voy a permitir. Le voy a sugerir, de hecho, a ordenar, el sitio donde quiero cenar, donde quiero que me lleve. No aceptaré su hora y deberá ir por mí, adonde yo se lo indique. ¡Así será! Además, le voy a demostrar qué tan caro le saldrá tentarme.

Esta mujer no es como cualquiera de mis operarias, Orlando reflexionó. *Esta hembra es toda una dama. ¡Sí señor! Exigente, distinguida, sobria, educada y elegante, hasta minuciosa para escoger dónde tener una cita. Ni hablar. Aunque me cueste un ojo de la cara, vale la pena el sacrificio.*

Sin embargo, la distancia entre los dos ya era evidente. Él quería tener una cita con la chica más guapa y linda de toda la fábrica y ponía sobre la mesa todas las armas de que disponía, su dinero, su tiempo, su ambición, su intención de ser el único para ella, besarla, abrazarla, hacerle el amor, sí, pero para quedarse con ella, con la mujer más codiciada por todos. Y no tanto para presumirla, sino porque tal hermosura bien valía la pena quedar atrapado.

¡Definitivamente!, ¿por qué no…?

⌘⌘⌘

Se llegó el dichoso sábado. Y en primera instancia Orlando pensó: *El sitio al que vamos es muy selecto, así que olvídate de ponerte pantalones de mezclilla, ni se te ocurra buey. Lo más prudente es ir de corbata y con fistol. Más vale que sobre y no que falte. Bolearé mis zapatos para que estén lustrosos. Lavaré mi coche por fuera y por dentro, y tendré listas mis tarjetas de crédito. ¡No vaya a ser el diablo!*

Dieron las nueve de la noche y Orlando estaba puntual en la dirección que le había copiado Pacita. La vio de lejos. Estaba parada al filo de la banqueta. Él acercó el vehículo, apretó el botón eléctrico para bajar la ventana del pasajero. Cuando la tuvo a su lado, Orlando le llamó y le dijo:

—¡Pacita, suba!

Pero ella solo le regaló una sonrisa pétrea. Su actitud fue de androide, siguió como estatua clavada al piso. No se movió. Él creyó que no le había oído y volvió a gritarle con la ventana completamente abajo:

—¡Pacita, suba por favor!

Ella siguió sin moverse. Entonces Orlando comprendió lo que sucedía. Ella era una dama, y él debía ser un caballero, abriéndole la puerta personalmente para que abordara el auto. Así que puso el freno de mano, abrió su puerta y salió dirigiéndose al otro lado del coche. Cuando caminaba rumbo a su objetivo vio el rostro de Pacita que le regalaba una sonrisa apenas amable y cordial, pero con toda la entereza de ser una mujer que le gusta un trato de primera. Una vez abierta la puerta ella gustosa penetró al interior, arreglándose la falda de tal manera que no enseñara más allá de lo permitido. Un poquito arriba de las rodillas era suficiente para despertar la imaginación masculina. Venía con un aroma tentador, rico, a perfume internacional. Un abrigo vistoso y costoso. La falda amarilla de una sola pieza, blusa floreada con tonos violeta que resaltaban lo bronceado de su rostro. Zapatos de tacón, azafranados, y al brazo llevaba una bolsa de mediano tamaño, pero de piel. Las prendas que le adornaban tenían la certeza de ser muy selectas, no era un disparate pensar que fueron adquiridas en almacenes de categoría.

Al tenerla en el interior del auto, él, contrario a otras veces y con otras chicas, se sentía preso ante la grandeza de esta princesa que hoy engalanaba su compañía. A todas luces le impactó el hecho de haber sido obligado a bajar del auto para abrirle la puerta. Eso le movió el tapete. Lo trastornó. Fue un acto que nunca, en toda su vida de mujeriego, una mujer le provocó. Bien, pues ésta lo obligó a hacerlo sin proferir un solo reproche.

Manejaba desarmado, nervioso, inseguro, vulnerable. Traía consigo a una chica que asemejaba ser la embajadora de un país desconocido. Conducía el coche de manera autómata. De hecho, se equivocó al tomar la ruta rumbo al restaurante. María de la Paz tuvo que intervenir para aconsejarle por dónde irse. En eso sus manos comenzaron a sudarle como si estuviera en una sesión de pesas en el gimnasio. ¡Se le fue el habla! Lo peor: ¡Ella se dio cuenta! Y de ello por supuesto que se aprovechó. Iba a demostrarle cuán caro le saldría haberla invitado a salir, como si ella fuese una de sus chicas que manipulaba a su antojo. ¡Se iba a arrepentir!

Así fue, empezó a divertirse con él, a partir de ese momento.

—¿Qué edad tienes?

—Veintisiete, tengo veintisiete.

—Te llamas Orlando, ¿verdad?

—Sí, así me llamo.

—Soy mayor que tú. ¿Lo sabías?

—Mis padres me enseñaron que a las damas no se les debe preguntar su edad a menos que ellas mismas lo confiesen —mentira, sabía perfectamente la edad que tenía. ¡Hipócrita!

—¿Y tus papás no te dijeron que salir con una mujer mayor que tú puede acarrearte problemas de ubicación cerebral…?

¡Carajo, qué respuesta! Orlando meneó la cabeza y quedó mudo. Se le vino una lluvia de achaques, de dolencias en el seso, decenas de ideas que al mismo tiempo se le cruzaron. Solo se repetía sufridamente: *En cuanto lleguemos al restaurante sé que tendré que irle a abrir la puerta nuevamente y extenderle la mano para que se apoye en mí y salga del automóvil. ¡Qué bronca…!* También pensaba en su apariencia: *¡Qué bien vestida viene! Está guapísima, bellísima, hermosa, es un encanto. Huele a una fragancia tan deliciosa como si estuviese en un bosque recién llovido. ¡Qué piernas, Dios mío…! Esta mujer me impone, no sé por qué, pero juraría que le tengo miedo. Me despista su seguridad. Habla con tanta convicción, como si fuese fiscal ante un jurado. Lo que emite su voz es perfección, sin equívocos, está bien dicho. Imposible pensar que de su azucarada voz salga una imperfección mundana. Debo estar siempre muy concentrado con este bello espécimen. Si sigue así, me hará pasar una noche de cuadritos, probándome y evaluándome, como si fuesen los primeros rounds sobre el ring. ¡Abusado buey!*

Pacita, con toda intención, dejó pasar unos minutos y volvió a atosigarlo:

—Las mujeres mayores no nos dejamos seducir tan fácilmente. ¿Acaso tu invitación persigue ese propósito? ¿Me vas a seducir?

Obvio que, con ello, su plan era hacerlo pedacitos, acorralarlo, convertirlo en enano. Deseaba también conocer con qué clase de persona estaba tratando. ¡Con un mentecato, con un aprendiz, o con un hombre de a de veras!

Orlando se apendejó totalmente. La pregunta había tocado el espinazo de sus huesos artríticos. Se hizo de la primera excusa que afloró a su mente:

—Para esa pregunta tengo la respuesta exacta. Hemos llegado, en cuanto nos asignen la mesa daré respuesta a tu cuestionamiento.

No fue necesario que Orlando corriera para abrirle la puerta de su lado, el *bell-boy* del lujoso restaurante ejecutó con elegancia el protocolo acostumbrado. Ella, en cambio, muy conocedora de estos menesteres esperó a que su compañero diera la vuelta para afianzarse a uno de sus brazos, y juntos, encaminarse al interior del opulento establecimiento. Orlando jamás había entrado a ese lugar. El vistoso panorama lo impresionó. Era un local bastante grande. Se distinguía porque a cada diez metros había un par de escalones que le daba una dimensión desnivelada a la superficie, pero debidamente estudiada. Era una superficie de aproximadamente veinte y tantos metros en donde se asentaban unas doce mesas. Luego se miraban un par de escalones para volver a ubicar otras tantas, pero en un plano diferente. Tal conformación le daba un sello de distinción al restaurante ya que los comensales desde su mesa dominaban el trayecto de los meseros. Su escenografía se componía, además, de unas lámparas de alumbrado tenue, medio amarillento y un tanto verduzco, que se descolgaban del cielo por sobre cada mesa, invitando a la intimidad en cada una de ellas. Éstas, a su vez, estaban protegidas por una barda metálica dorada, de mediana estatura, para separar intencionalmente a los comensales. De modo que ninguna mesa se coludía con otra, haciendo que la topografía alfombrada adquiriera dimensiones íntimas y sensiblemente románticas. Bello y distinguido el sitio, sin lugar a dudas, ideal para platicar sobre tópicos lo suficientemente privados.

Para responder de manera directa al cuestionamiento que le hizo, Orlando tuvo el suficiente espacio para pensarlo, y darle una respuesta que sonara lo más sincera posible y acorde con la realidad del tiempo que estaban viviendo.

—Pacita. Discúlpame, en primera instancia, que siga llamándote así. La verdad es que no puedo evitar en hablarte dulce y tiernamente. Tu belleza me tiene absorto, incluso me pone nervioso. No solo eso, me impone tu desenvoltura y seguridad con la que te conduces, también me impresiona tu elegancia. Quizás esté confesándote cosas que no debo decir como hombre, y menos en la primera cita, pero es que no puedo evitar sentirme pequeño ante tu presencia como mujer. Esa es la verdad. No tengo otra. Perdona si te desilusiono. Me ha sido fácil hasta ayer salir con otra clase de chicas, pero la verdad, ninguna como tú, y lo peor, no sé cómo seducirte, ya que no conozco este campo. Insisto, hasta ayer yo era una persona que si alguien me agradaba le pedía salir con ella, le solicitaba lo que se antojaba, si me lo daba, qué bueno, y si no, pues ahí quedaba la cosa, sin merma para ambos, pero con tu persona es totalmente distinto. En primer lugar, no deseo entrar a tu mente hoy y salir mañana. No quiero abrir tus ojos y que tu palabra me lo prohíba. Sé que la seducción es como un campo imantado que ejerce su fuerza a través de la atracción hacia un cuerpo preciso. Y yo no me siento capaz para incitarte, con promesas o engaños, a inducirte a una relación a base de mentiras. No soy de esos.

Dicho todo lo anterior, María de la Paz pensó: *Este jovencito no se guardó nada, y, efectivamente, como él dice, le falta experiencia para que yo lo considere un lobo en las lides de la seducción. Por lo que me obliga a ser yo la que determine si esto sigue o aquí se acaba, pero bueno, todavía no quiero retirarme de la contienda.*

—Sino fue con la intención de seducirme, entonces ¿por qué me invitaste a salir contigo?

Ella también lo empezó a tutear, seguir presionándolo le arrojaría buenos dividendos, María de la Paz lo sabía, tenía que hacerlo expulsar todo lo que traía dentro de su cueva.

—Bueno, ya te dije, me gustas mucho…

—¿Y…?

—¿Qué más quieres que te diga? Me siento muy honrado que estés aquí conmigo. Y que hayas aceptado venir a cenar.

Orlando se sentía muy forzado. No sabía qué más agregar. Mirándole el rostro a esta mujer se le figuraba que ella esperaba algo más que él no traía en el baúl de su imaginación.

—Tú mismo me contaste que cuando sales con otras chicas, rápido les dices lo que piensas y lo que pretendes con ellas, ¿sí o no?

—Bueno sí, más o menos eso fue lo que te dije.

—Entonces, ¿qué pretendes conmigo?

Más arrinconado que ahora no podría estar. Suspendido en la cuerda floja. Aunque no lo trajera en su bolsillo tendría que decir qué es lo que pretendía con esta invitación. Así que viéndose atrapado tuvo que desflorar sus pensamientos. Se vería muy acelerado para emitir propuestas como: «Quiero casarme contigo». O, «me gustas tanto que quisiera que viviéramos juntos». La mirada de ella era escrutadora, insinuante, fiscalizadora. Quería escuchar algo sustancioso, y no cualquier pamplonada, así qué Orlando lo dijo como va… sin pensarlo mucho.

—¡Quisiera hacerte el amor!

Y ella al instante disparó:

—¿Quieres hacer el amor o tener sexo conmigo?

Orlando la miró al rostro asustado, sorprendido y estupefacto. Ella decía, proponía, ultimaba. No se mostraba asustada, ofendida. Al contrario, ella lo veía con ojos retadores, irónicos, acompasados de una sonrisa cordial, pero ficticia, como si estuviese negociando un contrato meramente empresarial.

—Con el tamaño de mujer que representas tú, no sería capaz de tener sexo contigo. No soy robot, soy terrícola, con todos mis errores. Hacer el amor contigo sería descubrir la gloria y ascender al paraíso del placer. Incluso estoy seguro de que me encadenaría a tus caprichos y tus deseos, sería un siervo, un esclavo de tus anhelos. No me atrevería a cruzar otras fronteras de este mundo sin consentir tu aprobación.

Una poesía de Neruda hubiera sido más difícil declamar que lo que justo ahora acababa de recitar. En cambio, ella, sin conmoverse por los sentimientos de Orlando, ordenó de manera expedita:

—Yo, gustosa, de verdad, gustosa. Eres un buen chico y no me desagradas. Solo que quiero advertirte algo importante. ¿Tú crees que puedas con el paquete?

Él la miró desconcertado…

—Me explicaré: No quiero que seas de los machos que teniendo sexo con su pareja inmediatamente eyacules sin otorgarle el deleite y la satisfacción a tu compañera de que disfrute a la par contigo de la intimidad. Hacer el amor o el sexo, como quieras llamarle, no es unilateral, es compartido. Se hace entre dos. Y esto quisiera que te lo grabaras. Si me vas a llevar a la cama, quiero disfrutar a la par contigo, y no ser tú, únicamente, quien goce de la situación. Quiero saborear del placer de estar juntos y hacer el amor, como dices. De no ser así, créeme, nunca más quisiera volverte a ver. Es más, si no eres capaz de hacerme feliz sexualmente, pensaré que como hombre eres un guiñapo. ¿Está claro? No se vale que el hombre use a la mujer en la cama como si fuera un juguete. ¡O me das el gozo, o te vas al pozo! Porque también supongo que no querrás estar conmigo un rato, querrás estar por lo menos toda una tarde, tiempo suficiente para hacerlo dos o tres veces. Bueno pues, ahí está la advertencia. Yo sí voy contigo, pero bajo esas condiciones. Si tú me haces feliz, yo te hago feliz. ¡Somos dos, no uno! ¡Ah! Y otra cosa que me parece importante: No quiero que me acuestes en cualquier hotelucho. ¡No soy una cualquiera! Si me vas a hacer el amor, quiero un lugar exclusivo, no me lleves al basurero. Trátame como una dama, no como una de tantas.

¡Jijoossss…! Lo expuesto por ella sonó como una sentencia emitida por un ministro. Su cerebro lo asimiló con miedo y como una gran responsabilidad.

Después de oír lo anterior Orlando disfrutó a medias la cena. No, ni a medias, no la disfrutó. El cuentón ascendió al costo de tres días de su trabajo. Tuvo que pagar una buena cantidad para poner a salvo su integridad. Pero bueno, salió ileso de la conflagración con un tarjetazo.

La llevó en su coche hasta donde la había recogido por la tarde, ahí se besaron no con mucho regocijo y sí con mesurada cautela. Ella, curtida en esos menesteres, con sus manos le regaló varias caricias, en sus labios, en la frente, en las manos, y en sus muslos y otras que viajaron por su pecho, por el cuello, hasta rondar por la cintura. Orlando a su vez pasó su mejilla por la de ella, su boca besó sus parpados, su frente y la entrada a su cuello. Ella lo permitía, él se deshacía. La mano de Pacita sujetó la de él y la transportó ágilmente hasta su vientre caluroso, de manera absorbente.

"Tocaban el pastel sin morderlo".

—¡Te estaré esperando el próximo sábado! Luego me indicas el hotel donde me vas a llevar.

—Me parece perfecto, el próximo sábado —respondió él comprometido.

⌘⌘⌘

La semana comenzó a correr como corren los caballos en el hipódromo. ¡A toda velocidad! Pero en el cerebro de Orlando las imágenes y presencia de su Pacita lo tenían revolucionado. Él estaba subyugado, con la droga inyectada en sus venas. Llámese amor o lo que fuere, descubrió que estaba enamorado de esa mujer que parecía una deidad de otra bóveda celeste. La soñaba a diario, dormido o despierto, la traía tatuada en su mente. Una flor en su pensamiento. Grabada. Afirmándose a sí mismo: *Ya lo verás Pacita, te haré el amor de todas las formas y de todas las maneras y en todos los sentidos. De frente, por detrás, de pie, de lado, parado, en cuclillas, en el baño, en la regadera, en la calle, en el coche, como quieras, serás mía, mía nomás.* La imaginaba desnuda, a flor de piel, completa o en pedazos, a medias o descubierta, vulnerable, con pantaletas y sin ellas, en la cama, en el suelo, haciéndose arrumacos, besándola por doquier y a todas horas. Soñó cada noche con ella sin desperdicio de otras minucias en su tiempo pensante, tuvo sexo con su Pacita, mañana, tarde y noche. Decenas de veces. Especuló con numerosas posiciones. La imaginó complacida, satisfecha, harta, llena y rendida. Hasta la soñó cuando le gritaba: «Ya no más, es suficiente, eres el hombre que esperé toda la vida». Obvio, sus desvelos eran quienes pagaban la cruda de su pronunciamiento erótico. Se masturbaba para cobrarse los desvelos imaginarios de su venus desnuda. Dormía poco, casi nada, se metió en la cabeza que era ella la mujer ideal para su existencia. La iba a ser feliz en la cama. ¡Claro que sí! Siempre había cumplido a cabalidad con las otras chicas a las que dominó con sobrada hombría. ¿Por qué pensar que esta vez sería diferente? Orlando era capaz de eso y más. Por supuesto que lo único a cambiar sería el trato que le daría, con mayor delicadeza, con esmero, siendo caballeroso, aun en la cama.

Las advertencias de María de la Paz sobre el amor o el sexo, que no debía ser unilateral, sino compartido: *Hazme feliz y yo te haré feliz*, no se le escapaba del cerebro. *El amor se hace entre dos, no es unilateral* eran demandas que traía grabadas como un glifo pedernal. Con todo, lo positivo brillaba con mayor fuerza. Su piel morena como esmalte iluminaba su mañana, lisa y tersa como la alfombra del cielo. La figuraba con sus ojos grandes que no se perdían de su panorama vital. Su boca naranja que mordió sus labios en buena lid. Su voz, notas de una melodía de amor. Una princesa adornada por una corona de piropos. Nunca antes llegó hasta el umbral de su hombría un modelo de esta talla. Por tanto, tenía que ejecutar un trabajo perfecto sobre la integridad corporal de su camarada.

Llegó el sábado prometido. Para entonces Orlando ya le había hecho el amor en su imaginación unas cuarenta y cinco mil veces, estaba muy ilusionado con lo que el destino le regalaría. Por lo que le llamó por teléfono para ultimar detalles…

—Pacita: ¿Está bien si paso por ti al mismo lugar de la semana pasada a eso de las nueve de la noche?

Ella a su vez respondió de manera tajante y absoluta, como si hablase el general de división a sus soldados:

—¡No, no me parece bien! He pensado que será mejor que me digas a qué hotel me invitarás, y yo llegaré allí una vez que tú hayas ingresado a la habitación. Por favor, déjame la llave en la recepción, no me gustaría que un inspector me detuviera antes de llegar a mi objetivo. Sería una desatención de tu parte. Otra cosa, a las nueve me parece muy tarde para la tarea que tienes que realizar, es conveniente que sea más temprano.

El miedo lo envolvió. Ella, una vez más, lo consumió en su totalidad. Lo enajenó, nuevamente le robó su determinación. Difícil complacer a una mujer que barajaba todas las cartas entre sus manos. Pacita volvió a mostrarse rígida, exigente, severa y rigurosa. Su estructura femenina era de una pieza. Se lo había manifestado la cita anterior. *¡No soy una cualquiera, así que trátame como una dama!*

De manera que cuando le tocó nombrar el hotel escogido, pensó que también iba a rechazarlo, lo esperaba. Aunque pensó rápidamente en decirle que la habitación ya estaba reservada.

—Es el Hotel de la Enramada, que está sobre la avenida de los Laureles. Ya tengo la reservación hecha. Te dejaré la llave que me pides en la recepción.

—Estoy conforme con el hotel que mencionas, ya lo conozco y sé dónde se ubica. ¡Bien, te veré a eso de las seis de la tarde!

—Llegaré quince minutos antes, Pacita, para evitar cualquier contratiempo. Ahí nos vemos. Hasta la tarde.

Fue inútil, ya no se concentró el resto de la jornada. La chamba salió porque ya era un proceso cotidiano, pero si ese día se hubiera atorado algo, habría ocurrido una verdadera desgracia.

Lo volvieron a bombardear sus ideas de Febo. *Le voy a dar, le voy a poner, le voy a quitar, le voy a hacer, la voy a saciar.* El turno de ese sábado comenzó a las ocho de la mañana. Salió a las dos de la tarde y de volada se fue a cambiar de ropa a su casa y a darse una ducha, para estar listo a la hora convenida.

Dieron las seis de la tarde y Orlando ya estaba en la habitación desde las cinco y media. Como relojito suizo. Puntual. Nervioso, impaciente, angustiado. El miedo empezó a crecer hasta convertirse en pánico. Surgieron recriminaciones y debilidades. Se sintió chiquito frente al tamaño de esa mujer que no tardaría en llegar. *La bella y la bestia. La dama y el vagabundo.* Emprendió a la orilla de sus ideas el franco declive de no poder hacerle frente a un compromiso de esa envergadura. Ella lo sentenció desde un principio; «Quiero disfrutar a la par contigo de esta intimidad». «No es uno, son dos, los que hacen el amor». Estaba por llegar una ninfa. Una nereida a su encuentro. Un ser de la mitología a la que no sabría darle su lugar de soberana. Le asaltó el desvarío y el abatimiento. Se alteró demasiado, entró en el túnel de la depresión, de modo que sintió no poder con el enorme compromiso. Porque hacerla feliz como lo había exigido era un espinoso compromiso. *¡Mejor me voy, sí, ya me voy! Es mejor que salga ahora, después será muy tarde. Ella es toda una Cleopatra que no me corresponde tomar y yo no estoy a su altura. Lo siento, he llegado muy lejos con este estúpido capricho. Más vale que digan aquí corrió, que aquí hice el ridículo. Vámonos.* Agarró su mochilita donde cargaba sus plumas, cartera, agenda, lentes y su celular, y se dispuso a fugarse del cautiverio y de la cárcel de sus conjeturas, pero justo en ese momento oyó que la puerta se abría para dar paso a su Pacita, quien ingresó como si fuera la dueña del alojamiento.

Entró serena, indemne, invulnerable, bellísima, hermosa, tanto así, que dejó en plena parálisis a Orlando.

Se percató a destiempo que esta era una dama con una misión incendiaria. Tenía fuego en su talle, altivamente peligrosa. Una hembra a quien era preferible soñarla que poseerla.

Al ingresar a la habitación la vio venir inflexible, acerada, pero también inmaculada. Ataviada con un vestido de una sola pieza que dibujaba franjas negras y blancas en forma diagonal que cruzaban toda su silueta. De su alzado cuello colgaba un collar de perlas que le quedaban a la perfección. Un toque fantásticamente femenino. Sus labios color bermellón listos para morder, que algo dijeron, pero que él no alcanzó a escuchar.

Inminente afasia en el momento más inesperado. Parecía un títere con severos trastornos para tener una conversación. ¡Dificultad para expresarse!

Orlando se percató apenas que había entrado una sirena a la morada de un tiburón amedrentado, buscando arruinar su ego y su hombría. Intuía que su propósito era hacerlo pedazos y quebrar su miserable actitud de seductor. Y lo estaba logrando. Además, muy dentro de su virilidad se autoflagelaba, pensando que, a una mujer tan bella, inmensamente bella, como María de la Paz, no debía amarla un ser tan ordinario como él. Y mucho menos cumplir con la obligación de hacerla sentir plena y feliz en la cama, según su sentencia.

⌘⌘⌘

En cambio, María de la Paz, con la experiencia que dan los momentos de amor dulces o amargos, se adaptó a ese instante a la perfección, su estabilidad era de gendarme ataviada de mujer. Por ende, Pacita se percató, viéndolo a los ojos, que su compañero estaba anestesiado. Tal y como ella lo había planeado desde un principio, lo tenía arteramente sometido. Dejó su bolso sobre la cama y lentamente caminó hacia su robótica ingravidez hablándole casi al oído:

—Buenas tardes, Orlando, ¿Cómo estás? Aquí me tienes. ¡Soy toda tuya! ¿Qué vas a hacer conmigo?

Su proximidad era explosiva. Embajadora de una impactante serenidad. Se plantó ante él sin sonreír, con su rostro adusto, sin mostrarse descontenta, pero dueña de una entereza militar. Propietaria de una fisonomía endurecida, estricta, escondiendo en su diccionario corporal una actitud benigna y dulce, antes no mostrada.

¡La bella espantando a la bestia!

Como un signo innegable de su femineidad, su periferia estaba inundada de una fragancia fresca, pulida, sensualmente embriagadora. Un perfume tan delicioso que nomás de olerlo a él le circundaba el signo de pesos en su cerebro. Erguida a una distancia milimétrica de la boca de Orlando. Tan cerca de su anhelo. Besarla era casi una imposición, los bordes de sus labios se antojaban para humedecerlos con los suyos.

Él, a punto de caer privado de sus motivos, casi en el desvanecimiento, veía un portento de ser humano al que no sabía cómo abordar. Nunca, pero nunca, en toda su vida, una mujer de estas proporciones compareció ante su complacencia, y, mucho menos, en estas condiciones. Sus ojos sangrados veían a los de Pacita casi desde la misma estatura. Su piel bronceada reflejaba una sinonimia en la dermis de su esmaltado color. Todo en ella era excelso. Perfecto, sin mácula. Pero, mirándola, ¿parecía enojada? ¿irritada? ¿acaso contenta?, ¿cómo…? *¿Y si me agrede con su cercanía volcánica? Dios mío, ¿qué hacer si ella busca mi beso?*

Su silencio marcial atormentaba su oído.

Además de que su estatura le donaba un porte distinguido de emperatriz, tenía ante sí a la dama más perseguida de la zona industrial. Cualquiera hubiera dado lo que sea para estar viviendo lo que ahora tenía a milímetros de su tórax.

En este momento crucial se esfumó la destreza que Orlando mostraba en el manejo acostumbrado con sus muchas mujeres. Ahora sabía que la cantidad no supera a la calidad. Se ablandó el tigre esgrimiendo su fiereza. Se perdió el felino feroz por entre la espesura de la nimiedad. ¡El gigante se hizo enano! Una piltrafa ante un regalo que traía moño para tener el placer de desenredar. Él seguía engarrotado. Como un cable en el desierto, sin conexión.

Al percatarse del evidente entumecimiento de su contrincante, Pacita quiso aun darle un escarmiento adicional. Ponerlo en su lugar y dejar en claro que ella era mucho más mujer que todos los atributos masculinos de su rival. Con ambas manos lo acarició en las mejillas bien afeitadas y acercó sus labios a cada una de ellas, para sobarlas como a un bebé recién nacido. La idea era hacerle sentir su calor humano. En seguida bajó su derecha y se fue sobre los botones de su camisa azul a rayas que él había planchado con mucho esmero esa tarde. Los desabotonó uno a uno viajando de ojal en ojal, viéndolo a los ojos, sin perder de vista la melancolía que acusaba su mirada. Ella continuaba sin regalarle una sonrisa, y en una actitud castrense le quitó la camisa. Después, comenzó a desajustarle el cinturón del pantalón color azul marino que el día anterior había recogido del sastre. Orlando seguía estático, tembloroso, mudo, con el mal de Parkinson en vilo, con un miedo atroz ya convertido en cobardía ante el sometimiento de que estaba siendo objeto. Hasta que en trusas se sintió. En ese momento ella notó algo inusual. La prominencia que se supone asomaría debajo de su ropa interior, no daba muestras de vida. Pacita volvió a verlo de frente a los ojos para preguntarle, sin palabras, qué ocurría con su reacción viril. Observó que él sudaba por todo el contorno de su rostro, transpiraba profusamente cual llave de vecindad descompuesta. Daba muestras de estar encerrado en una cárcel a cuarenta y dos grados centígrados. Luego, ella pensó que con seguridad a la hora de verla desnuda él se repondría, dándole vida a su integridad varonil con una digna respuesta corporal, por lo que rauda le ordenó:

—Ahora te toca. Comienza a desnudarme, ¡anda!

—Sí, ya voy —Orlando balbuceó escleroso.

Pacita se volteó para que él corriera el zíper de su vestido. Él lo hizo con evidente temblor, sus manos parecían sostener dos cables electrificados.

Cuando la prenda cayó al piso, ella le ordenó enfática:

—¡Levántala, levántala! —Y él, como escolapio, rápidamente la levantó.

Pacita volteó y en dos pasos más se sentó en la cama. Izó una de sus piernas y volvió a ordenarle:

—¡Quítame las ligas y las medias! ¡Hazlo despacio, muy despacio…!

Orlando, cual robot, lo hizo con los cuidados que ella le advirtió. El color blanco, blanquísimo, de sus prendas íntimas en contraste con el color de su piel lo engarrotó aún más. La aprensión lo delató. Padecía de un pavor nunca vivido. El aroma que ella seguía desprendiendo cada vez que avanzaba sobre el cuerpo del delito lo embriagaba igual o más que un café mañanero después de un desvelo. Seguía sudando copioso por la frente, el cuello y los hombros. Obvio, la sudoración por las axilas también comenzó a manifestarse. Cuando terminó con la tarea encomendada, igual que una máquina que acaba de cumplir con lo ordenado, se quedó paralitico. ¡Empantanado!

Aun así, ella continuaba con su actitud militar, desafiante, disponiendo de su capitanía para hacer cumplir sus caprichos a un aterrado soldado raso.

—Y bien. ¿Qué sigue? Aquí estoy, ¿qué esperas…?

La orden había salido de la inmediatez, de la urgencia superior de una autoridad cuyo acento era apremiante.

—¡No voy a estar aquí toda la noche esperándote…! ¡Lo que tengas que hacer hazlo rápido, que me estoy desesperando!

Cuando dijo lo anterior ella se incorporó junto a él, a una distancia prisionera. Componían una caricatura, un garabato de amantes en un punto de inflexión, hasta que la situación llegó a su máxima expresión.

Él, casi en llanto, con el terror en su voz se atrevió a decir:

—Lo siento María de la Paz… De verdad lo siento. ¡No puedo hacerlo!

Era la primera vez en todo el recorrido de su comparecencia que la llamaba por su nombre completo, sin diminutivos. ¡María de la Paz! Incluso a ella se le hizo tan raro escuchar su nombre en ese tono y con esa podredumbre que sonó como si hubiera sido emitida desde el fondo de una tumba.

—¿Qué dices? ¿Cómo que no puedes? ¡No entiendo! ¡Explícate!

Ella respondió con muestras de enojo, pero de exitoso resultado.

La garganta de él lo denunció, se portó flaca y tartamuda. Luego entró en un espasmo de ansiedad. La temblorina llegó sin permiso a sus piernas y tuvo que refugiarse en la orilla de la cama para no caer. Ella miró sus trusas y se percató que la erección nunca afloró independiente, liberándose de la prisión. Él mostraba su incapacidad para ejercer una función sexual.

Por lo que, dándose cuenta del problemón, ella no quiso meterse más en honduras, se fue de lado y buscó la otra orilla de la cama para colocarse otra vez las medias con todo y las ligas, ataviadas intencionalmente. Lo hizo tan despacio como pudo, por si él de un momento a otro rugía como los leones de la selva, pero nunca sucedió dicha escena. Por el contrario, Orlando buscó refugio en su derrota. Se encerró en el baño para llorar su desastre.

Una vez vestida totalmente, ella quiso despedirse con un beso amistoso, pero él estaba prisionero con sus pesares masculinos. ¡Quebrantado! Herido en su honor. Imposibilitado para hacerle frente a su vergüenza. Había rabia en su anulación. Y del interior solo alcanzó a decir:

—Lo siento, de verdad lo siento, es la primera vez que me pasa. Haces bien en irte, ¡que te vaya bien!

Emitía su veredicto de manera rotunda. Ansió estar solo, para condolerse a sus anchas y llorar ruidosamente su indefensión. Sufrir como los perdedores en las grandes lides.

⌘⌘⌘

Efectivamente, Pacita salió de la habitación y caminó lentamente hacia el elevador. Sin embargo, no salía del hotel la misma mujer. Ella al final se había conmovido de la impotencia de su seductor. En cierta manera no le fue tan sencillo vencerlo. Tuvo que echar mano de su experiencia y su convicción para dominarlo. Al llegar a la planta baja, cruzar el vestíbulo y ver que la tarde lánguida moría, le llegó a su columna cerebral un irremplazable ejercicio de introspección que la obligó a detenerse en el umbral del edificio.

Sin embargo, en alguna parte de toda la escena se coaguló una opinión:

A ver, el muchacho me agrada. Es un joven preparado, de buen ver. No es un maleante y nunca se portó grosero conmigo. Siempre, siempre me respetó, nunca me dijo algo de lo que me tenga que arrepentir, al contrario, sus piropos me hicieron sentir mujer y elevaron mi ego. Me invitó a cenar donde yo se lo pedí. Rentó una habitación digna, en un excelente lugar, a mi entera satisfacción. Me obedeció ciegamente. Hizo hasta lo imposible para complacerme. Además, él es un chico que no tiene compromiso con nadie, es decir, es solterito. Si yo quisiera, podría amoldarlo a mi voluntad. Dominarlo, manejarlo, plegarlo a mi antojo.

¿Y si subo para consolarlo será prudente...?

Pero su otro yo no estaba conforme con su flaca conmiseración. Así que su conciencia le ordenó ver el otro lado de la escena, para tener una mejor visión de los acontecimientos....

Lo que verdaderamente me disgustó fue su actitud de don Juan y presumir de que todo lo puede con las mujeres. Un seductor en constante pie de guerra abusando de su apariencia física y su estatura envidiable. Y justamente ahí no está lo que yo necesito. No busco el sexo, busco el amor. Quiero el beso, la caricia, la lisonja y la palabra que ensalce mis motivos para abrirme a una pasión. Me desagradan los bocones y los seductores que como él se inquietan si no tienen una aventura. No quiero a un hombre que esté enamorado del amor. Quiero a uno que esté enamorado de la mujer que soy yo. Por lo que este jovencito no posee lo que yo pretendo para sentirme cómoda como mujer. Le falta crecer.

¡Vámonos!

¡María de la Paz meditó meticulosamente su realidad y en base a eso tomó su decisión! Reacomodó su bolso en su brazo derecho y terminó de bajar la escalera de la entrada principal del hotel, partiendo hacia su domicilio, con la seguridad de que al lunes siguiente, en la fábrica, a Pacita nadie le echaría un lazo.

¡Qué ironía!
A veces lo que más deseas nunca se cumple
¡y lo que menos esperas, ocurre!

Ironía 6
Los arquitectos

Con cierta mordacidad pensamos que todo en la vida es igual y nada es diferente a como la vemos a diario. Esta pequeña historia de amor nos enseñará a entender que no todo en la vida es idéntico. Seguro estoy que (casi) todos fuimos a la escuela primaria. Es el arranque hacia el mundo del aprendizaje. Y de ese estrado se despega para aterrizar en los estudios superiores. Pero si acaso tenemos suerte y conseguimos acceso a la formación universitaria, estaríamos en pie para terminar con una especialización en la materia que escojamos. En este caso en particular tocamos a la arquitectura para rehacerla y reconstruirla, basados en una historia (real), en la que los arquitectos saben mucho de planos y diagramas, pero a veces, aunque usted no lo crea, no saben contar. Incluso nunca sospecharon hasta donde iban a llegar para componer su felicidad. ¡Uno más uno no siempre es dos!

Si queremos

Si yo quiero, ella no quiere
Si yo puedo, ella no puede
Si yo quiero y puedo, ella enmudece
Pero si ella quiere y puede
¡Yo la quiero!

Si ella quiere, yo no quiero
Si ella puede, yo no puedo,
Si ella quiere y puede, yo enmudezco
Pero si yo quiero y puedo
¡Ella me quiere!

Si yo quiero y ella quiere, no podemos
Si ella puede y yo puedo, no queremos
Si ella quiere y puede, y yo también, nos besamos
Y queriendo y pudiendo
¡Sí queremos!

El valor de la amistad (Un corazón)

¿Qué es la amistad? Dicen las personas con severas inclinaciones a tener amigos, que es como abrazar una almohada confesora en la que dos individuos (hombre o mujer) se proclaman confianza y afecto sin algún interés sobrado, o más allá de la procuración de su bienestar. Porque amistad es sinónimo de solidaridad, de sacrificio, de dar lo que tengas para ayudar al otro. Ser amigo de alguien es proteger a quien confía en tu promesa, encubrirlo, consentirlo, decirle que sí puede, que lo haga, que lo deshaga, que lo vuelva a intentar, que no se rinda, que es una magnifica persona. Es pasar por alto sus equivocaciones y errores. Es apoyarle en las buenas y en las malas, es ir detrás de ella como un guardián sin salario. Si hablamos de mujer a mujer es todo esto y más, y si hablamos de hombre a hombre, es todo lo que cabría en el Diccionario de la Real Academia Española.

Ya lo cantó Alberto Cortez alguna vez:

"Un barco frágil de papel parece a veces la amistad,
pero jamás puede con él, la más violenta tempestad.
Porque ese barco de papel tiene aferrado a su timón,
por capitán y timonel... ¡un corazón!".

Tres arquitectos sembrando y cosechando lo que ellos mismos plantaron. Una historia increíble pero verídica y sensual. Un desenlace impensado y una cordura tripartita difícil de explicar. Digna de dar a conocer. Porque en el siglo XXI, todo se puede y todo se vale. Hoy en día, *"la pregunta más tonta es la que no se hace".* ¿Y qué fue de estos tres arquitectos? ¡Veamos...!

Ciudad: La que nunca descansa.
Fecha: Año del 2009
Tema: Uno más uno, son tres.

Bueno pues...

Andrés y Arturo eran amigos, muy buenos amigos, ¡que conste! Semejaban un tronco pegado a la raíz. La historia de su amistad empezó muchos años atrás. Juntos estudiaron la preparatoria, les tocó también ser compañeros en la universidad. Ambos estudiaron la misma carrera. «Arquitectos de vocación, no de ocasión», decía Andrés. Un sueño convertido en realidad. Siempre los dos en la misma escuela. En la misma aula. Con las mismas tareas y casi, pero casi, con las mismas aficiones. O sea, uno pegado al otro, como dos calcomanías. Y para rematar con broche de oro, les gustaba el futbol, el buen vino y las mujeres. Los fines de semana lo terminaban con un buen tequila de marca o un *whisky* bien acompañado.

También vivían en el mismo edificio, aunque en distinto departamento. Eso sí: se visitaban casi todos los días esgrimiendo cualquier pretexto. Había dos razones bastante poderosas para que este par de camaradas fueran amigos. La una, que ninguno de los dos tenía hermanos. Y la otra, que les gustaba mucho sobresalir en sus actividades. En la escuela siempre obtuvieron buenas calificaciones, incluso echaban competencias para ver quién de los dos era premiado por la dirección del plantel. Cuando fueron estudiantes generalmente andaban con un libro en la axila o dentro del portafolio, o si no, compartían su tiempo reuniéndose en las bibliotecas, llevando sus celulares, sus respectivas computadoras y checando justo a tiempo alguna enciclopedia de grueso calibre. Eran serios y ecuánimes en sus apreciaciones, ya sea para su beneficio personal o para el provecho del vecino. Según ellos, la vida justa y en su medida era una ofrenda para pagarle al creador por permitirles subsistir de modo providencial. Ambos le daban gracias a la vida por comer, vestir, dormir y respirar. Para tal efecto en ocasiones iban al templo a darle gracias al Señor por las bendiciones que les había otorgado para su beneplácito.

Y qué decir de su apariencia: ¿Feos…? Para nada. ¿Con alguna deficiencia en su organismo…? Para nada. Estaban completitos y de buen ver. Sus regalos para la comunidad eran una sonrisa, un apretón sincero de manos y dotado de gran sinceridad, aderezado con una palabra estudiada saliendo de su cerebro. Nada decían sin haberlo pensado. Así era el cómo, y el por qué, deambulaban por el mundo que les tocó vivir.

Ni siquiera en cuestión de amores existía un pero en su relación de amistad. Cada uno con la suya. Uno con Chana y el otro con Juana. Las llevaban, las traían, las paseaban, las enamoraban y ahí nomás quedaba la cosa. A ninguno de los dos se le presentó su Beatriz hasta el momento. La mujer con quien compartir su vida entera. Ambos cruzaban los treinta y tres años y empezaba a inquietarles su *modus vivendi*. Para ellos la novia era un pasatiempo. Un entretenimiento nada voraz. El beso, el abrazo, el revolcón en la cama y párale. Ninguno se enardeció todavía por un capricho o una elección fallida. En su techo no apareció hasta ahora la molestia de sucumbir ante la belleza femenina. Ninguno había entrado a la senda del amor verdadero. De ese amor que fulmina, que conmueve, que erosiona, que quita el sueño.

Luego, los muy cínicos, se reunían en algún bar para canjear opiniones o intercambiar sus gustos y colores. No es que se burlaran de ellas. Ironizaban su fémina conducta, disfrutaban discutiendo sus propuestas, reían de la intención de los requiebros de las chicas para retenerlos bajo sus faldas prisioneros y así tener la posibilidad de engarrotarlos. Ninguno cedía. Había una especie de acuerdo no acordado, de no caer al acantilado, o de precipitarse sin custodia a cualquier nicho blando en su carácter de seductores. Inclusive, después de pasar el día con ellas, los cuatro paseando juntos en pareja, entraban en un juego de dimes y diretes. ¿Cómo la viste? ¿Te pareció una buena chica? ¿Te gustó? Como que ellos esperaban que llegara algún día una aristócrata capaz de agradarles a los dos, que les gustara a ambos, para poder decir que esa, precisamente esa, era la mujer de sus sueños, la que su amigo estaba esperando. Pero como esa princesa no llegaba, las divas iban y venían sin deteriorar la fortaleza masculina de su conciencia. A la fecha no aparecía quien los hiciera temblar. Daba la impresión de que si uno de ellos tenía novia y al otro no le llenaba el ojo la relación de su compañero iba a su fin con premura.

Y así pasaban los años, los meses, sin pena ni gloria, hasta que un día sin calendario...

—Arturo, fíjate que ayer conocí a una chica sensacional. A primera vista me pareció una mujer distinta. Alguien que inmediatamente demarca el negro del blanco. Tiene apenas 27 años y me dejó desmayado en la primera impresión. Tú sabes que soy exigente y muy selectivo, así que ya has de imaginar a qué clase de mujer me refiero. Elegante, bien vestida, de falda de tubo no muy ajustada, con zapatillas que desnudaban sus pies limpios y sus uñas bien pintaditas. Y justo su estatura le deja ver sus piernas largas y torneadas, perfectas para lucirlas. Una niña de piel rosada, casi blanca, con una altura muy afín a la nuestra. Una chulada de mujer. Una voz de ángel bajada del cielo, y muy preparada. Con un currículo envidiable.

—¿Y cómo fue que la conociste? ¿Quién te la presentó? ¿Cómo llegó allí? Dame el chisme completo Andrés, anda.

—Pues mira, resulta que mi patrón la contrató. Y lo increíble es que, esta Dama de las Camelias, trabajará junto a un servidor, ¿cómo ves...?

—¡Órale! Pues de que privilegios gozas mi chavo. ¿Y eso por qué?

—Hace como tres semanas me quejaba con el patrón de que me veo en serios problemas para culminar la obra del complejo comercial que estamos por levantar en la zona norte de la ciudad. Me quejé de falta de supervisión, de un mando flojo en la adquisición de los materiales, y en la contratación de personal idóneo para la verificación de las estimaciones en el campo de trabajo. La verdad es que las cosas no estaban saliendo como yo quería. Además de que no me alcanzaba el tiempo para controlar las cuestiones administrativas propias del proyecto. Bueno pues, para mi sorpresa ayer me llamó a su despacho el patrón, que digo patrón, patroncito. Me presentó a esta beldad que está como quiere. Así que, a partir de ahora será mi todo. Mi secretaria, mi auxiliar, mi segunda de a bordo, mi mano derecha, pues. La que me lleve toda la cuestión de papeleo, de compras, contratos y las cuentas por cobrar. ¡Uuff! Qué alivio.

—¿Y esa Madona está casada o soltera?

—Está solterita Arturo, solterita. Es yucateca, nació en Mérida.

—¿Y qué estudios tiene? ¿O viene saliendo de la nocturna?

—¡No manches! Como crees. Es arquitecta, titulada, habla inglés y viene con una especialidad en administración financiera.

—Pues presenta, presenta. Esta joya no se ve todos los días. El alto mando tiene que dar el visto bueno.

—Deja que rueden las cosas como deben y ya después te la presento. Por ahora, tengo que hablarle como su jefe que soy, de puros aspectos laborales, de las actividades que debe desarrollar, y, más que nada, del cómo ayudarme para sacar al buey de la barranca, me entiendes, ¿no? Y es que las cosas en este momento están de la cachetada. Aguántame, después con cualquier pretexto te la traigo para que la califiques. Por ahora, chitón.

—¡Ya estás!

⌘⌘⌘

Espero que esta firma de arquitectos donde acabo de entrar tenga mayores expectativas de crecimiento para mí. Ya estoy cansada de trabajar en compañías que su futuro es momentáneo y fugaz, aunque ésta se ve de buen aspecto. La empresa habita en un solo edificio de cuatro pisos, tiene un mobiliario que me encantó y sus oficinas son de primer nivel. Espero no haberme equivocado al renunciar a mi empleo anterior. Por lo pronto me llevé una buena impresión el día de hoy.

Ahora que no sé cómo se llevará conmigo mi nuevo jefe. Se ve un hombre crecidito. Le calculo los treinta y algo, más o menos. Es un señor atractivo, me llamó la atención cuando entró a la oficina. De corbata y camisa blanca, con zapatos boleados y una sonrisa que me capturó. Bueno, a ver qué sale. Espero sacarle provecho a esta nueva experiencia. Por cierto, ¿por qué me diría el dueño que el arquitecto Andrés es solterito todavía? No me lo explico. Si no se ha casado, no es problema mío, yo no seré su pilmama.

⌘⌘⌘

A la mañana siguiente, y a las nueve en punto, Mayte estaba en la oficina de su nuevo jefe, esperándolo. Éste había llegado cinco minutos tarde. Le asignó su lugar, nada envidiable, limpio, con un escritorio digno y una computadora que sería su herramienta fundamental. Un teléfono a su lado y un calendario de la empresa con su nombre ya escrito en la parte baja del diagrama. Le dibujó las instalaciones, lento y con lujo de detalles. Su horario, su lugar para estacionar su vehículo, su número de teléfono fijo, el área del comedor, los sanitarios, la zona de recepción a clientes, incluso le presentó a los que serían sus nuevos compañeros de todos los días. Una vez entregada esa fase de su quehacer se apuró para describirle cuál iba a ser el trabajo a desarrollar junto con él. Planos, diagramas, estudios, bibliografía, historia de las obras que traían en cartera, implementos con los que contaría, su teléfono, su domicilio y le recalcó: «No estoy casado, así que, si es urgente, háblame a cualquier hora. Estoy para atenderte».

¡Más claro ni el agua turbia del canal del desagüe!

Santos, pelos y señas quedaron plasmados en toda su perorata. En fin, Andrés se desgastó en repetirle varias ocasiones acerca de su número telefónico. «No lo tomes a mal, la insistencia de un servidor es para que yo tenga la suficiente confianza de que cualquier información solicitada me la des oportunamente y sin equivocación, sin estorbos».

⌘⌘⌘

Pasados los primeros días de la suntuosa presentación, mi jefe comenzó a hacerse notar ordenándome a sus anchas: «Mayte, apunta en tu agenda lo siguiente por favor. Reunión con los arquitectos de la empresa Arquitectura Barroca para visualizar la instalación del teleférico. Obtén los planos del archivo, les sacas copia y te vas conmigo. Para la próxima semana necesito que hagas una infografía del proyecto del Complejo Comercial del Norte de la ciudad, será necesario mostrar los avances de la obra, mientras que yo revisaré en el campo cómo van las adaptaciones que mandé construir en el ala sur del pasillo general. Además, requiero que vayas conmigo a comer con los representantes de la empresa Porto Marino. Me es importante señalarles que si no se aporta un presupuesto adicional, la obra no podrá ser concluida. Para tal efecto te pido lleves contigo el costo de las estimaciones para pasarla a cobro».

Obvio, supuse que, con este trajín, la hora de la salida, que se supone es a las seis de la tarde, será continuamente violada por las presiones del trabajo.

A las cuatro semanas de estarnos manejando a fondo en los compromisos con las diversas empresas, mi jefe me traía del tingo al tango, de verdad que sí, si hasta me invitó a personalizar un informe detallado de nuestro avance con el mero patrón. Y ya en la inmensa sala de juntas mi jefe me fascinó. Me puso encima de todo, subrayó que sin mí él no habría logrado dichos progresos y que yo era su piedra angular. Me encantó. ¡Jefazo!

Para celebrarlo me invitó a cenar, y… acepté. ¿Por qué no? Lo extraño de la invitación fue que quiso hacerlo el sábado, pudiendo vernos el viernes saliendo de trabajar, pero bueno, no le tomé importancia. Igual que él, yo no soy casada, no tengo compromiso y de buen agrado me presenté ante él.

Adrede llegué un poco tarde. Siempre he pensado que el hombre, siempre, pero siempre, debe esperar a una dama. Así que cuando llegué ya estaba él allí, esperándome.

—¿Qué tal arquitecto? ¿Cómo está? —Extendimos ambos brazos hasta que nuestras manos chocaron para estrecharse.

—Hola arqui, me da gusto verla. Gracias por aceptar esta intempestiva invitación. Muchas gracias.

—No se preocupe arquitecto, al contrario, estoy gustosa y sin presiones aquí con usted. No se diga más, estoy a sus órdenes.

—Bien, entonces para empezar te ordeno que dejes de llamarme arquitecto o jefe, y simplemente me digas Andrés a secas. A su vez, yo haré lo mismo, ¿qué te parece?

—Perfecto Andrés, me parece magnífica tu propuesta. Se me dificultaba hablar de usted con quien tengo trato directo todos los días. Se me hace un tanto retrogrado el asunto.

Entre mis entrañas pensé: *Qué bueno que lo hizo. Para mí ya era un verdadero martirio establecer comunicación con él respetando las reglas de urbanidad y cortesía.*

Cenamos a gusto. Habló primero él o digamos que le di chance de tomar la palabra y se explayó a sus anchas. Lo primero que antepuso fue su soltería. Luego me habló de su academia, sus estudios, los cuales magnifiqué. Me dijo donde vivía y que hacía en su tiempo libre. Sus aficiones y también subrayó que las mujeres le fascinan. «Son una bendición para el hombre», dijo. *¡Órale!, pensé, aparte de ser un arquitecto profesional es un hombre cabal,* me volvió a encantar ese asunto. Cuando me tocó el turno, hablé primero de mis antecedentes de familia, que venía de una mamá sin papá, que después de mi primaria me llevaron a estudiar mi secundaria a Jalapa, y que, obvio, bueno, ni tan obvio, me gustaban los hombres, aunque yo también antepuse, muy hombres. Digo, para estar a tono y dejar fuera las especulaciones.

Me gustó que me respetara. No intentó irse más allá de lo razonable en su comportamiento como jefe y también me gustó ese detalle, porque muchos jefes se creen salvaguardas de la personalidad de quien comandan. Están jodidos. Una cosa es que les reportes tus actividades y les tengas respeto, y la otra es que te humilles para que hagan de ti lo que se les pegue la maldita gana. Así no es. Al igual, me gustó que externara sus puntos de vista sobre los clientes que habíamos visto en las semanas anteriores, poniendo en claro que yo era de gran ayuda para él.

—De verdad que lo haces bien, lo confieso. Pensé por un momento que podrías resultar igual que una momia. Estática y sin voz para manifestarse ante los clientes. Gracias, de nuevo, eres un buen elemento.

No podía quedarme atrás con ese cúmulo de rasgos halagüeños hacia mi persona, era urgente responder con algo adecuado y propio para ponerme a la par de las circunstancias. Incluso, lanzarle piropos para subrayar mi júbilo por escucharlo decir tanta zalamería.

—Bueno, dicen los que saben que de tal palo tal astilla. Es decir, tú eres una persona que sabe dirigir y dar órdenes. Tú lo has de saber mejor que yo. No cualquiera saber dar órdenes. Para ordenar hay que conocer el campo de acción, ser congruente con lo que se pide y decir exactamente qué es lo que quieres que haga la persona a la que le esté ordenándose. Parece fácil, es más, se oye fácil, pero es sumamente difícil cambiar o sustituir una cosa por otra. Y solicitarlo con la exactitud que se requiere. No quiero esto, quiero lo otro. Es mejor que lo hagas de este modo y no como lo pensaste la primera vez. ¡Cuestión de enfoques!

La cena nos copó la garganta y absorbimos, cada quien en su medida, las motivaciones que quisimos meter en nuestra conciencia. Por supuesto, al conocer a este arquitecto no sabía lo que me deparaba el destino. Así es la vida. Si conociera el mañana, tal vez quisiese morirme en el mismo instante en que me fuese revelado, si lo que estuviera por venir fuese un espantoso futuro. O quizás me daría un infarto, licuando el hermoso mañana que me esperaba disfrutar.

⌘⌘⌘

Un par de años después…

La vida de estos dos arquitectos había transformado sus expectativas de manera significativa. Disparan en un solo sentido. Los dos hablan, piensan y deciden por el mismo canal. Sus ideas siguen reflejándose en base a un ideal compartido. Y como hoy nunca antes. Su fraternidad asemeja al ratón y el queso en una mañana soleada. ¡Inseparables! ¡Inquebrantables! Más que hermanos. Ahora resulta que ya son padres de un chiquillo que los espera en casa. ¿Pero cómo?

—¡Que alegría hermano! ¡Ahora somos padres! Padres de un chaval lindo y hermoso. O qué, ¿acaso no lo digieres todavía?

—Por supuesto que sí, no seas burro. Estoy muy contento, feliz de que un niñito venga para alegrarnos la vida. Ya estábamos muy huevones como para no tener obligaciones paternales. ¡Ya era hora!

—A ver, a ver. Doy gracias al Señor porque todo salió bien a la hora del parto. El bebé llegó sin complicaciones afortunadamente, pagamos el hospital y todos contentos. Hay que ver eso, antes que nada. Ahora, hay que atender lo que recomendó el médico, las medicinas, toda la ropita que el bebé necesita, además hay que contratar una ayudante doméstica para que nos eche la mano en las tareas de la casa.

—Oye Arturo: ¿En cuánto salió el chistecito del hospital? Te quedaste con la factura, ¿no? ¿Te acuerdas?

—Claro que sí. Fueron cerca de setenta mil pesitos, por ahí así. Y eso, dijo el doctor, que todo había salido bien. Imagínate si algo se nos hubiera atorado en la cirugía. ¡Pa' que te cuento mano! Qué bueno que nos salvamos de cualquier sorpresita, porque la factura hubiera salido con cifras llenas de ceros. Pero bueno, Andrés, todo lo arregló un tarjetazo. Y san se acabó.

—Dime la verdad, Arturo. ¿Tú cómo te sientes con todo lo que se nos viene encima? ¿Estás contento? O guardas por ahí algún resquemor de que algo malo nos pueda pasar.

—Pues mira yo no tengo miedo, le hemos dicho al doctor la verdad y nada más que la verdad. Que somos muy amigos y que juntos afrontaremos esto con la mayor madurez posible. Si recuerdas, él nos miró como si fuéramos un par de extraterrestres, tan extrañado de nuestro vinculo amistoso y humano. Incluso nuestros padres, que fue la primera barrera que tuvimos que romper, ya lo aceptaron.

—Pero a qué costo, carajo. De veras se disgustaron. Nos dijeron hasta la despedida. ¿O que, ya se te olvidó? Tus papás me insultaron de a buenas, me tildaron de hipócrita, que como yo iba a permitir que eso sucediera en nuestras vidas. Que si no pensábamos en nuestro hijo. ¿Qué creen que piense su hijo de ustedes cuando crezca?

—Cómo se me va a olvidar. Nos hicieron un sainete de los buenos. Ni a mis padres ni a los tuyos les gustó nuestra comunión. Te acuerdas, ¿no? Les dijimos que nuestra relación era irrompible y que pasara lo que pasara no habría viento ni marea que echara por la borda nuestra decisión. Y, peor, cuando tú les dijiste en voz alta: «¡Es que el amor, es el amor!».

—Sí, ya ni me lo recuerdes. Mejor cambiemos de tema. Será mejor que nos cambiemos de casa, ¿no crees? Ya con el bebé a cuestas no cabremos aquí. Tú sabes cómo son los chiquillos.

—¡Oye Andrés! ¿Y porque no compramos una casa? O mejor, compramos un terreno y ahí construimos nuestro nidito de amor. La pagamos entre los dos. Que tenga por lo menos tres recamaras y patio, para que nuestro hijo, y el que vendrá después, aprovechen del espacio suficiente para distraerse. Vamos a mitas. ¿Cómo ves?

—Lo que más gustó es que fue un niño. ¡Jijoossss! Créeme, Arturo, desde que lo supe me quitó el sueño. Un bebito para consentirlo como un pedacito de carne. Cosa divina.

—Lo llevaremos a que vea los partidos de futbol. Desde temprano tenemos que hacerlo hombrecito. Y le compraremos su uniforme para que nos acompañe al estadio a echarles porras a los Tigres.

⌘⌘⌘

Para ellos era una verdadera ilusión que la vida los hubiera premiado con un recién nacido, algo impensado. Su vida se había transformado del cinco al diez. De todo hacían comicidad. Andaban de muy buen talante. En sus respectivos empleos desarrollaban lo mejor de sí para que sus superiores los vieran como piezas fundamentales en la empresa. Recientemente ambos habían dejado claro a sus respectivos jefes que no trabajarían durante los fines de semana. El argumento era de causa mayor. Les era imposible hacerse presente en las obras. De modo que éstos implementaron asistencias a través de otros arquitectos de suplencia. O conexión vía remota. Tanto Andrés como Arturo estaban viviendo días de gloria, de suma relevancia. Tenían que comprar casa, o hacerse de un terreno, comprar ropa para el recién nacido y sus enseres indispensables. Cuna, moisés, canastilla para las camionetas, ollas para biberones y contratar una servidora domestica con la suficiente garantía de que ésta no les fuera a robar cuando ya se ocupara de los quehaceres en la casa.

⌘⌘⌘

Y Mayte sigue pensando y pensando…

Después de esa cena opípara en aquel lujoso restaurante al que me invitó Andrés, siguieron otras con el paso del tiempo. Y yo seguí aceptando. Tal vez dentro de mí me gustaba que mi jefe me tuviera cierta consideración y me premiara con sus confesiones muy particulares a las que yo respetuosamente escuchaba. Además de que se reflejaba en mis honorarios. Hablábamos de todo un poco, de sus sueños y de los míos, de sus penas y de las mías, de sus proyectos personales y de los míos. Y, para ser honesta, a mí siempre me ha gustado tomar mis brandis cuando estoy bien acompañada. Le agarro sabor al trago. Luego nos invadió la confianza y al rato no solo nos tuteábamos, sino que compartíamos secretos de cierta intimidad que no hubiera podido enunciar en otra oportunidad con nadie más.

Hasta que un día, en la cuarta invitación, llegó a nuestra mesa, de improviso y sin haber sido invitado, otro arquitecto al que yo no había visto antes en mi vida. Se llamaba Arturo, luego supe que era amigo fraternal de mi jefe. Eran como dos dedos en una mano. Así, de plano. Me di cuenta a la primera. Lo más sorprendente es que éste se sentó a mi lado, porque siempre Andrés y yo escogíamos un asiento semicircular. Su amiguito fue extremadamente cordial conmigo, me lanzó piropos hasta donde quiso y además pagó la cuenta. ¡Órale!

Por supuesto que hubo nuevamente otra ocasión. Yo decía, me quieren, voy. Me pagan el consumo, bien. Soy la manzana en discordia, dale. Mi jefe me invita, vamos. La verdad es que ninguno de ellos me disgustaba. Mientras uno decía un chiste, el otro lo festejaba como si de él hubiera salido. Es bueno hacer notar que en todo este merequetengue Andrés no se me abalanzó, no tramaba una audacia más allá de lo concebible entre jefe y subordinada. Siempre muy respetuoso. Mejor dicho, respetuosos ambos. Tal vez por eso yo accedía a ese tipo de invitaciones, porque era como una amistad tripartita. Empecé a darme cuenta de que Arturo era más simpático que mi jefe. De esos tipos que tienen un algo adicional en su habla. Que manejan chistes con ironía, sin leperadas y que su vocabulario es amplio y sobrado. Sin añadir palabrotas a su léxico, a pesar de que generalmente los arquitectos andan con albañiles y gentes de la obra. Arturo era atlético y muy vivo, como dicen, las pescaba a la primera y en el aire. En cambio, mi jefe era un tipo ecuánime, sobrio, humilde pero franco, directo, sin tapujos, sincero y honesto hasta las cachas, y aunque no tenía el cuerpo de su amigo, sí poseía lo que a tanta mujer le gusta, que le hablen con la verdad.

La verdad es que los dos me gustaban. Ambos me encantaban. Raro, ¿no?

Para gran sorpresa mía un sábado, después de muchos, me habló por teléfono Arturo y me invitó a su casa. Yo tenía dos años de no salir con nadie en plan de noviazgo y con ellos tenía siete meses de estar saliendo continuamente. Por lo que accedí, no sin antes hacerme la difícil. Se ofreció a ir por mí, no me negué. Llegamos a su departamento. ¡Újule! Qué hermoso estaba. Limpias las ventanas y puertas. Pulcras las paredes y los pisos. La cocina parecía un mármol extendido. Una fascinación. Un espacio realmente acogedor. Y, para colmo, la mesa estaba puesta. Tres velas, un mantel largo almidonado, con manualidades oaxaqueñas, una chulada. Encima de esta ilustre mesa, el manjar a deglutir con platillos complicados e intrincados para preparar. ¡Jijoossss...!

—Dile a la señora que te prepara la comida que está deliciosa. Si estuviera aquí le daba un beso, porque sabe a gloria.

—¡Pues me lo vas a tener que dar a mí! Porque yo fui el que la preparé.

—¿De verdad? ¿Te gusta cocinar?

—Me fascina, me encanta. Andrés dice que soy un chef internacional. Hago de todo. Sopas, guisados, ensaladas, salsas, moles, caldos, etcétera. Sin pensarlo te convendría casarte conmigo.

Híjole, cuando dijo lo anterior, tragué saliva y se me atoró el espagueti en la tráquea. No lo había pensado. Un hombre que en casa me diera de desayunar y sentarme a la mesa para recibir por la tarde el platillo preferido. *Ulalá*. ¡Qué cosa! Pero igual que Andrés, tampoco Arturo se me insinuaba, solo me trataban como su amiga. Eso sí, me atendían con mucho cariño. Solo eso. La verdad es que ya me estaba impacientando. Como quiera, ya deseaba que algo nuevo pasara en mi vida. Eso sí, de algo estaba segura, con ellos dos me divertía de a buenas. Y justo en ese momento de mis raquíticas introspecciones el rey de Roma que se asoma. Llegó Andrés con un pastel y una botella de vino en mano. Y se arrimó al fandango.

Comenzamos a bailar entre los tres, libando, sonriendo, gritando de júbilo y disfrutando de las veinte ocurrencias de cualquiera. Yo, enamorada de sus atenciones. No me dejaban levantar un plato. Mucho menos lavar los trastos sucios. Todo hacían ellos, me tenían como princesa en un castillo medieval. Me gustó muchísimo esa cortesía y multiplicada amabilidad.

Obvio, a los tres se nos subieron los tragos y nos pusimos hasta atrás. Llegó un momento en que no supe en qué pararía esto, pero la situación me tenía embelesada. Bailando con ambos, de lado a lado, de vez en vez me socorrían con besos en las mejillas y abrazos prolongados so pretexto del vaivén de la música. Yo me dejaba abrazar por los dos, y la verdad también cooperaba para que se dieran esas caricias entre los tres. Nunca pensé que algo insano me pudiese ocurrir esa tarde-noche, no sé por qué, tal vez la confianza, la sobrada cordialidad que habían cobrado tantos avistamientos en los últimos meses, me relajó lo suficiente para distenderme sin reservas. Además, observaba que el trato entre ellos era totalmente armónico, sin disgusto, ninguno apetecía ganar nada, ni anteponer con una imprudencia un desliz que echara a perder un idilio tripartito. La rivalidad no existía entre ellos, era basura, algo innoble.

Después de un rato cayó Arturo, se fue directito a la cama, como un bulto de papas, entretanto Andrés y yo seguíamos en el bailongo, yo estaba consciente, pensé que tal vez en ese momento, aprovechando los estragos del licor y con la mente sanguínea, la música y la noche encandilada, Andrés finalmente se atrevería a confesarme algo que dentro hubiese retenido por muchos meses, pero nada, ¡nada de nada! ¡Carambas! Continuamos en el *dancing* hasta que nos cansamos. Pieza por pieza. Copa tras copa. No supe a qué horas, ni qué pasó, pero me quedé dormida. Profundamente dormida.

⌘ ⌘ ⌘

Eran las once de la mañana del domingo cuando desperté abrazada de Arturo que me miraba a los ojos como un chef satisfecho de su platillo. Abrí mi entendimiento y lo vi de frente, tan cerca como de su nariz a la mía. Igual, atrás de mí, abrazada, me tenía Andrés. O sea, ambos rodeaban a su presa adormilada. Por supuesto que la perplejidad dio cuenta de mi persona. Mis ojos se abrieron como los telones en el teatro, de par en par. Pensé que me habrían quebrado como una piñata en diciembre. Lo primero que hice fue llevarme las manos a la cintura, conservaba mi pantalón blanco, sin desabrochar, incólume. Luego toqué mi blusa, la traía puesta y en su lugar, incólume. Viajé lo más rápido que pude hacia la noche de anoche, incólume. Nada había ocurrido, nada. ¿Qué onda?

Me incorporé tan veloz como un tornado en los cielos de Estados Unidos. Yo, en medio de ellos tumbada en la cama. ¡Dios mío! Si me viera mi madre diría que soy una prosti, y bien prosti. Los dos me miraron al rostro, incorruptos. Con una sonrisa apabullante, tan alegres como el domingo, con la misma cara que yo los veía, de estupidez, con una cruda infame encima.

—Pero… ¿qué hicieron conmigo?

—Nada, preciosa, no te hicimos nada. ¡Estás completita!

—¡Cómo que nada! Entonces expliquen qué hago tendida en la cama con ustedes.

—Pues estabas inocentemente bien dormida, preciosa. Te admirábamos. Roncas de lo más lindo —explicó Arturo.

Mis adentros se convulsionaron, vomitaron pena, pesar, dolor, aflicción, bochorno, amargura y tribulación. Verme desvalida, sin defensa, ante este par de santos granujas que se las habían ingeniado para hacerme pasar una noche extraña. Por demás extraña. Fui al baño. Me ausculté de volada, desde el techo hasta el sótano. Pues sí, en efecto, estaba intacta, como dijo Arturo: Completita. ¡Puf! ¡Qué lástima! Me lavé la cara, los dientes, me acicalé hasta donde pude y mi primer pensamiento fue: *¡Hasta aquí! Salgo del baño, me despido, agarro un taxi y chao bambinos.*

Pero cuando salí del *restroom*... ¡Oh sorpresa!, otra vez la mesa dispuesta y compuesta. Bien servida. Huevitos revueltos con jamón, frijolitos refritos con queso y tortillitas, café, té de manzanilla y algunos panes de dulce, con un jugo de zanahoria. Viendo este manjar, imposible echarse a correr. Traía un hambre de perro callejero. ¡De plano no pude negarme! La panza era primero.

¡Hijos de su madre! Esto era una conspiración.

Lo primero que hice fue tomarme dos vasos enormes de agua para apagar la hoguera de la cruda que traía aglutinada en todo mi cuerpo. Una vez aliviado mi paladar y garganta, pude volver a ponerme a tono con la situación.

Andrés disponía de la mesa, entraba y salía de la cocina con los platos, vasos y tazas, ponía los manteles, servía las bebidas, acomodaba las servilletas, y el otro le ordenaba como si fuera su jefe. ¡Órale! Pues es mi jefe, no es el tuyo. ¿Qué onda? Pero, aquí en este territorio las cosas funcionaban al revés. Andrés, ni en cuenta, ni se inmutaba, hacía y deshacía, estaba en los suyo, en lo que le correspondía hacer. Seguramente ya lo había hecho muchas veces conviviendo solos.

¡Terminamos de desayunar!

Ingerido el manjar, me asaltó una tremenda dejadez, me sentí tan pesada como un tráiler estacionado. No quería moverme de mi lugar. Al contrario, volví a percibir un deseo incontrolable de somnolencia. Incluso llegué a pensar que ellos me habrían puesto algún somnífero en mis alimentos, pero no, eso no era posible, los tres habíamos desayunado lo mismo. Así que Andrés puso música instrumental en bajo volumen, solo para escuchar, y nos pusimos a platicar de la muerte de Juan Gabriel y su "querida". Para variar, me quedé dormida sobre uno de los sillones de la sala, mientras Arturo lavaba los trastos, y de remate dejó la cocina más fulgurante que el espejo de mi casa. Cuando los dos concluyeron su ardua tarea, entonces vino lo inverosímil. ¡No, lo malo! ¡No, lo peor! ¡No, lo impensable! ¡Lo increíble! ¡Lo inimaginable...!

Esperaron a que la bella durmiente terminara de cabecear en el sillón y luego me llamaron a la mesa. Ambos se sentaron frente a mí. En seguida, del cajoncito de debajo de la mesa, sacaron dos pequeños estuches y por el momento los dejaron encima, sin abrir. Inmediatamente después, habló Andrés:

—Querida Mayte. Hemos decidido hablar contigo seriamente, y creemos que este es el lugar y el día oportuno para hacerlo. Sabes, eres una persona muy agradable, inteligente, viva, joven, bella, a los dos nos fascinas, a los dos nos atraes. Desde que te conocimos nos has parecido la mujer ideal para nuestra vida y ya no deseamos que el tiempo transcurra sin que lo sepas. ¡Queremos que te vengas a vivir con nosotros! ¿…Aceptas?

Su propuesta así, dicha de sopetón, me dejó en Babilonia. La abulia pasó de volada, a segundo plano. No comprendía bien lo que este par de herbívoros querían decirme, así que repregunté veloz, todavía con mis cinco sentidos en su lugar:

—A ver, a ver… ¿de qué se trata esto? ¿Cómo que quieren que yo venga a vivir aquí con ustedes? ¿En calidad de qué, o cómo? Explíquense mejor, me dejan desconcertada.

Arturo intervino y se manifestó de lleno:

—Mayte, como te dijo Andrés hace un momento, hemos estado esperando la ocasión largamente. No quisimos hacerlo antes porque, ante todo, te tenemos mucho cariño y consideración. Pero creemos que ya es hora de que sepas cuál es nuestra intención contigo. Una vez más, te pregunto: ¿Aceptarías venirte a vivir aquí, con nosotros?

Mientras que yo ponía mi cara de idiota. Fue tan notoria mi reacción facial, que de inmediato ellos se percataron y, fue entonces que Andrés intervino de manera categórica:

—Mira, preciosa. Olvida que soy tu jefe, despójate de la figura empresarial. Estamos en casa. La que en breve podría ser tuya. Exactamente lo que deseamos de ti es lo siguiente: Ambos pretendemos que vengas a vivir aquí, con nosotros. En calidad de nuestra compañera. Anhelamos consentirte, verte en casa como nuestra consorte, como la dama única que gobierne nuestro hogar. Ya no queremos vivir solos. Aspiramos a disfrutar de una mujer como tú, con esa capacidad que te sobra para que nos hagas feliz. Y por supuesto que los dos haremos lo indecible para que tú lo seas también. En una palabra, queremos quererte y que nazca entre los tres un amor inseparable. ¿Aceptas ser nuestra esposa…?

La saliva se hizo espuma y se me atoró en la garganta, los ojos me dieron vuelta como una rueda de la fortuna en el circo. Si no los oigo, no se los creería, pero lo acababa de escuchar, era imposible no atender dicha temeridad. El cerebro me empezó a sangrar de incomprensión. Un taladro verbal agujereó mi mesura. Esta confesión, así de golpe, había desecho todos mis sueños de encontrar a un hombre que me hiciera feliz. Ahora no existía uno, eran dos los audaces que me proponían lo impensable. Y es que, de verdad, nunca en mi vida me habría pasado por la cabezota tan descocada utopía. Al ver ellos que mi silencio panteonero frenaba su impulso, al mismo tiempo, cada uno abrió sus pequeños estuches y de ellos se asomó un anillo de compromiso.

Mejor dicho: ¡Dos compromisos!

Y la única pregunta que acaso hice sin vacilación fue…

—¿Ustedes quieren que yo haga el amor con los dos en la misma cama?

E inmediatamente contestaron sin darle vueltas al asunto.

—Sí, eso queremos. ¡Que una sola mujer nos ame a los dos!

Nunca encontré un sustantivo y calificativo acorde para llamarle a esto por su nombre. ¿Confesión?, ¿declaración?, ¿descaro?, ¿cinismo?, ¿amor?, ¿locura?

Yo empecé a reír, a reír, a reír, primero en un ritmo bastante lento, luego a carcajadas y al final me vino una especie de ataque nervioso que no podía controlar. Una especie de neuropatía periférica. Me vi en medio de un acceso de llanto sin gobierno, igual que una mujer condenada a prisión, al penal de alta seguridad. De pronto un estremecimiento arropó mi escalofrío, el llanto se volvió angustioso, sufrido, espantoso, al grado de generar una gran preocupación en ellos. Cuando ambos vieron que no podía controlarme, y que me convulsionaba como una loca a punto de la guillotina, acudieron presurosos a mi auxilio. Se me fueron las fuerzas, una debilidad extrema dominó mi cuerpo, y caí en los brazos de ambos cual bulto de papas, experimenté una especie de desmayo, aunque de manera insospechada yo estaba consciente de lo que sucedía. Era una fatiga psíquica sin proporciones, me sentí sumamente cansada, agotada, como si hubiese corrido la maratón de cuarenta kilómetros en Nueva York.

Sin defenderme, porque fue así, me dejé llevar por ellos. Me consintieron como si yo fuera la princesa de su castillo. Me levantaron y en el vuelo me besuqueaban los cachetes, la cabeza, acomodaban mis greñas, me dulcificaban con sus mimos y con frases tan rendidas como si fuera una recién nacida que requería cuidados extremos.

Remolcaron mis sesenta kilos en sus brazos, hasta la cama. Yo, la verdad, estaba viviendo una situación por demás insólita, fascinantemente extrañada y desconcertada para tomar una decisión apropiada.

Ellos, al verme un tanto desvalida y endeble, buscaron un analgésico y yo, paciente, me dejé colocar una pastilla en mi lengua. En minutos perdí la noción del tiempo. Y otra vez… ¡Me quedé profundamente dormida! ¡Chincuetas…!

⌘⌘⌘

Siendo arquitectos de profesión, eligieron un fraccionamiento en una zona honorable, apartada del mundanal ruido. Y comenzaron a construir su nicho de amor. Invitaban con frecuencia a su mujer para que se percatara de los avances que llevaba la obra. Por supuesto ella, reina de la situación y de sus amores, se daba el lujo de ordenar: ¡Esto lo quiero así, y lo otro lo quiero asado!

—¡Qué linda se ve nuestra mujer convertida en madre!

—¡Es una cosa divina, hermosamente humana!

—Me dio gusto que ella misma haya elegido el nombre de nuestro bebé.

—Cierto, tienes razón. Así no hubo broncas. Lo bautizaremos como Andrés Arturo y punto. Y en eso, nuestra señora actuó con inteligencia pura —dijo Arturo muy condescendiente—. Ya ves, llevamos ya dos años y medio y las cosas han caminado a la perfección. No nos invaden los celos, ni las diferencias con ella.

La casa ancló tres corazones y un alma pequeña que había aterrizado hacía pocos días. El hogar donde solo vivía el cariño.

Previeron todo. Cuatro habitaciones. Una recámara amplísima para los tres adultos, en la que cupiera una cama *king size*, un guardarropa para los varones y otro exclusivo para la fémina. Además, otra recámara lo suficientemente holgada para recibir al bebé que al correr de los años requeriría de su propio espacio. El caso era convertir un sueño en realidad.

Dos vástagos y redondear el número ideal de la familia. Incluso planearon otra estancia que fungiría como la biblioteca, o el estudio, para ser adaptada con las condiciones necesarias a futuro. Y, la última, sería un cuarto que esperaría el fruto de los años, para ser oidora de uno de los hijos que requiriera su espacio para sentirse libre. Además, una sala colosal, con un comedor distinguido en donde la familia gozase de las tertulias a voz grave y con la cena servida.

—¿Cómo ves, Andrés, si pintamos la casa de dos colores? Un naranja poco brillante al frente, acompañado a los lados de un color verde opaco en los flancos.

—Mira, hermano, yo sería de la idea de platicarlo con nuestra señora. Podremos hacerle sugerencias, pero tú sabes que al final ella será la que escoja. ¿Cómo ves?

—Sí, tienes razón. La traemos el fin de semana y que nos dé su opinión.

—Ya ves, ella misma nos ha conminado para cuando llegue el momento de comprar los muebles. Bien que dijo: «No quiero ir sola, y tampoco quiero que lo hagan ustedes a su libre albedrío. Iremos los tres juntos a escoger el mobiliario que nos satisfaga». Así que donde manda la tigresa, no gobiernan dos tristes tigres.

Fundamentalmente los fines de semana era cuando tenían tiempo para dedicarle a sus proyectos personales. La observancia de materiales, compra de herramientas, la vigilancia de los albañiles y el avance de los trabajos. Una ilusión que los traía de cabeza.

En lo que se refiere a la ama de casa, mientras uno le compraba un sombrero, el otro le llegaba con una bufanda. Y así, echando competencia sana, compartían sus regalos. Nunca faltaban las flores en casa. Lo magnífico era que a ninguno le gustaba fumar, ni beber a lo tarugo. Los sábados y domingos, con regularidad comían en algún restaurante de la ciudad, iban al cine, al teatro, o al templo a santiguarse.

Cada uno le había confiado una tarjeta de crédito. La de Andrés pertenecía a un banco, y la de Arturo a otro. Acordaron entre los tres una cantidad similar para los dos frentes. Lo anterior, para que no hubiera preferencias y ella pudiera tener libertad para saciar la despensa y/o adquirir sus artículos de tocador.

Y en los deportes de repente si había algunas discrepancias, pero nunca llegaban al desborde. Andrés le echaba porras a los Tigres y Arturo le iba a los Diablos. Lo bueno es que ninguno de los dos le iba a las Águilas, o sea que éstos sí sabían de futbol, ¡no como otros!

Los tres se inscribieron al gimnasio para estar en condiciones de salud, se daban cita los martes, jueves por la tarde y sábados por la mañana. Claro que, cuando ella estuvo encinta, solo los acompañaba a verlos como se ejercitaban.

Andrés y Arturo dormían tranquilos pensando en hacer feliz a su mujer. Crecería la familia, irían a vivir a una casa más acomodada, mejoraban sus ingresos en sus respectivos empleos y ya consideraban poner un despacho de arquitectos entre los tres, para iniciarse en el ámbito empresarial.

⌘⌘⌘

Había llegado el bebé soñado. Un dolor llorado sangró de felicidad las piernas de Mayte que recibió a su niño. Como era de rigor, los padres estaban felices por el alumbramiento. Después del trajín, faenas rudas y duras, generadas por un feliz parto, con ánimos renovados, todo volvió a la acequia costumbrista. La corriente con sus aguas dulces se desplazaba sigilosa, en paz, por las veredas del amor de tres. Por supuesto, los hombres, mejor dicho, los padres, trabajando, mientras la madre amamantaba al crío. Con nuevos días por venir.

Desde el principio los tres pensaron que era absurdo dejar a Mayte sin la ayuda en casa de una persona que la auxiliara en las tareas. Inconcebible. Por lo que doña Chola fue traída desde lejos para trabajar ahí. Y era ella quien la socorría desde hacía meses siendo su mano derecha en el hogar. Ayudando en la preparación de los alimentos, aseando la casa, limpiando pisos, paredes, baños, lavando ropa y demás menesteres.

Un día de tantos, después de ciertas tareas cotidianas en su marcha, y cuando el recién nacido Andrés Arturo dormía plácidamente en su cuna, Chola le comenzó a formular algunas preguntas a la patrona, combinadas con algunos comentarios medio atrevidos:

—Pos la mera verdad señora, yo, al principio, cuando la conocí a usted y a sus esposos, me fui de hocico, "pa' qué más que la verdad". ¿Cómo que dos hombres pa' usted solita? ¿Cómo está eso? Bueno, ahora ya más o menos me doy cuenta cómo están las cosas, pero los primeros días, híjole doña, de veras que no entendía nadita. Hasta que le agarré la onda. Pero lo que quisiera saber, si es que no la riego con la pregunta, ¿de quién es la criatura? Quiero decir, ¿quién es el papá verdadero?

—Mira, Chola, para que me entiendas. Ese es un secreto, muy secreto. O sea, muy mío. Y a nadie, absolutamente a nadie, le diré nada al respecto. Yo sé que algún día se va a saber, pero cuando ese día llegue, las cosas por sí solas estarán reparadas. Para que me comprendas, uno de ellos prendió mi ovulo, y sé perfectamente quién fue y quién es el papá de este niño, pero cuando quiera tener otro, que será pronto, se lo daré a quien no es el papá del primero, ¿me entiendes Chola?

—Pos claro que le entiendo patroncita, no soy tan bruta... Oiga, pero que inteligente es usted, de verdad que sí. Entonces, cuando llegue el momento cada quien sabrá cuál es su niño verdadero y no habrá enojos entre sus esposos. ¡Ah, ya caigo!

Pero Chola no quedó satisfecha con la breve aclaración, quería saber más, y como buena cocinera se metió hasta la cocina…

—¿Y a cuál de los dos patrones le tiene más querencia?

—Lo siento, Chola, y lo subrayo, nunca te diré esta parte de mi vida, es mía, solamente mía, y no la quiero compartir con nadie. Solo Dios y yo sabemos lo que traigo aquí dientrito, como lo dijo alguna vez Pedro Infante en la película *Tizoc*. Lo que sí quiero que sepas, es que a los dos los amo de corazón, y que no tengo preferencia con alguno. Para mí, ambos son los padres de mi niño y los dos me han prestado la alegría con la que vivo ahora.

Responderte sería dividir mi cariño y no me siento capaz de afrontar un desafío de esa magnitud.

—Ta gueno doña, ya no le vuelvo a preguntar nadita.

—Y cuidadito con que andes de chismosa con los vecinos porque te pongo de patitas en la calle. Lo que tú veas aquí, aquí se queda. ¡Está claro?

—¡Ay no patroncita!, cómo cree que voy a ir repartiendo el chisme, no.

⌘⌘⌘

Mayte sonrió entre sus pensamientos. Cuidaba con lujo de detalles que entre los tres no naciera un conflicto. Lo había previsto y consignado desde el inicio, cuando ellos le propusieron venir a vivir a su casa. Sus sentires y pasiones con sus esposos, tal y como eran, solamente lo sabía su amiga del alma, a quien confesaba sus intimidades. Únicamente a Rocío era a quien le contaba ciertos pormenores. Que, para variar, también le había hecho la misma pregunta un año antes.

—¿Oye, Mayte, y cómo le haces para estar con uno y luego con el otro? Aquí, entre nosotras, ¿cuál de ellos te gusta más?, ¿quién lo hace mejor? Perdona lo desvergonzada que parezco, pero bueno, la verdad es que a mí me gustaría saber si tienes alguna preferencia, te juro que nunca más te haré esta pregunta, te lo juro, pero es que desde que supe todo lo que vives en carne propia, eso, específicamente eso, me tiene intranquila. ¿Cómo le haces para repartirte entre los dos? ¿Cuál primero y cuál después?

—Mira, Rocío, te lo explicaré una vez. ¡Solamente una vez! Me excita verlos desnudos, urgidos por embestirme. Me gusta lo bronco de uno y me encanta la ternura del otro. Me dejo que los dos me hagan y me deshagan que me seduzcan y me hablen al oído, que me desnuden, que me pongan boca arriba o boca abajo, que me volteen, que me asalten y me penetren, que ambos me besen todo el cuerpo, que uno me estruje mientras el otro me acaricia, que me manoseen y me provoquen, y que esperen a que yo alcance el clímax del placer. Todo lo permito porque me lo hacen con amor y paciencia. ¡Entre nosotros no existen las prisas! Me fascina como me miran, y me encanta ver como cierran sus ojitos y aúllan cuando terminan dentro de mí. Me gusta hacerlos felices. Porque ellos me hacen feliz. ¡Aahh! Y una cosa muy importante, me entrego entera a los dos, a ninguno le doy menos que al otro.

—¿Y cuando estás haciendo el amor con uno, no se enoja el otro?

—No, fíjate que no, por increíble que parezca. Entre ellos también existe amor. Incluso, el otro está mirando a su colega para verlo disfrutar en su trance.

⌘⌘⌘

Mayte elevó su cabeza al techo blanco del comedor y suspiró hondo y profundo yéndose hacia el pasado de manera risueña. Incluso le gustaba recordar esos momentos porque, aunque en su tiempo fueron harto difíciles, ahora los veía como si hubieran sido sus exámenes extraordinarios en la universidad de la vida.

Así mismo, también recordaba que ese domingo en que ellos le declararon su amor, brotó un capítulo muy significativo en su vida.

⌘⌘⌘

Una vez repuesta de aquel inusitado y tremendo ataque de nervios por su artera confesión. Salí despavorida de ese lugar, yendo a refugiarme a mi casa. Andrés y Arturo me rogaban que me quedara, pero yo requería estar sola. Me urgía mirarme al espejo. Hurgar en mi propia psicología y filosofía. Llevaba conmigo su franqueza y la sinceridad de sus miradas archivadas en mi mente. Desmenucé y pensé cada una de las partes de su ofrecimiento veinte y cinco veces bajo el torrencial aguacero de mis dudas. No necesitaba ser hechicera o médium para percatarme de que ambos me amaban, me idolatraban, me respetaban y, lo que más me enamoró, era que para los dos era yo su consentida. Ellos hacían por mí lo que fuera, para hacerme sentir contenta. ¡Y a la fecha!

Aquella vez no fui a trabajar una semana completa. Andrés se espantó y dio por hecho que nunca más volvería a poner mis pies en el despacho, mientras que Arturo respetó mi silencio.

Aunque con frecuencia me buscaron por el celular al que nunca contesté. Pero ese aislamiento no duró mucho. Cinco días después, para ser exactos, el viernes por la noche, ambos fueron a tocar la puerta de mi domicilio. Divisé por la mirilla y me percaté que eran ellos. ¡Al abrir, me di cuenta de que de ambos estaba enamorada! Sí, de ambos. Hasta entonces llegó la lucidez a mi capacidad de raciocinio. Es que los vi tan guapos, bien ataviados, pulcros, perfumados, con un ramo de flores cada uno en sus brazos y con los anillos de compromiso que el domingo yo había dejado sobre la mesa.

Me rogaron, casi se hincaron de manera muy respetuosa y educada, para que accediera a su petición. Yo no decía nada que me comprometiera. Tenía miedo de hablar, pero por dentro me latían unas dudas gigantescas en relación con la simpatía que sentía por los dos. Ellos me dijeron de todo. Ese viernes oí las palabras más dulces y hermosas de toda mi vida, y me pusieron por adelantado, en bandeja virtual, una holgada seguridad económica bastante creíble, con los bienes por adquirir, todo iba a estar a mi nombre. Incluso me dijeron: «No queremos una sirvienta en casa. Como te habrás dado cuenta, nosotros somos capaces de limpiar la casa y cocinar lo que se te antoje».

¡Jijoossss…!

Después de treinta minutos en los que ellos se brindaron conmigo, salieron de mi casa con la promesa de que una semana después yo les respondería de manera definitiva.

⌘⌘⌘

Y así fue…

El fin de semana posterior regresé a su domicilio con dos de mis maletas bien llenitas a cuestas. Me abrió la puerta Arturo. Vio que cargaba mi equipaje y se manifestó con una tremenda carcajada, espantándome del modo en que festejó ruidosamente mi presencia al umbral de su puerta.

Y con una franca, y fresquísima sonrisa me preguntó:

—¿Vienes a quedarte preciosa? —quedándose estático, como efigie egipcia, esperando mi respuesta.

—¡Bobo! Ayúdame con las maletas anda... —le dije sonriendo.

Este, loquito por mí, me arrebató los velices y volteó hacia el interior del departamento, comenzando a gritar:

—¡Andrés, mira quién llegó! Mira quién vino para quedarse. ¡Andrés...! Ven, córrele. Ven, córrele, está bella, está preciosa, está hermosa. ¡Ven, apresúrate!

Finalmente, mi otro querido, salió de la recamara y aplaudiendo mi llegada con enorme jubilo, me atrapó a saltos hasta dar conmigo. Y llorando entre los tres de amor y felicidad nos dimos el primer abrazo.

⌘⌘⌘

«Eso sí». ¡Les advertí enfáticamente...! «Con una condición. ¡Yo seré la que ponga y disponga!, seré la que ordene, de mí saldrá la última palabra. Y ustedes deberán obedecerme. ¡Yo seré el sol y ustedes los planetas! ¡Les queda claro! ¿O me regreso a mi casa...?».

Y ellos, sumisos y fieles respondieron al mismo tiempo: «¡Aceptamos!».

Actualmente, en casa, duermo junto a tres hombres. Dormimos cuatro. Sueño entre tres, soñamos cuatro. Hago el amor con dos, nos amamos cuatro. Y los tres queremos al recién llegado.

¡Y yo siempre estoy en medio! Haciendo cuentas...

¡Qué ironía!
Pensé que el amor solo existía entre dos.
¡No sabía contar!

Ironía 7
Verdad o mentira

Un chico que quiso correr hacia la adultez conquistó de pronto un mundo que, seducido por su fanatismo, lo condujo hacia la ceguera y la ficción. Dicen que nadie aprende en cabeza ajena, y que si alguien quiere saber de lo que se compone una vivencia o una condición, tendrá que palparla entre sus manos para conocer su realidad. A una edad temprana y peligrosa, la juventud quiere darse cuenta de la sociedad banal y anodina en que hoy se vive. Con infortunio no siempre se sale ganando en el aprendizaje, ya que resulta rudo y crudo, asimilar y diferenciar la distancia que existe entre la verdad y la mentira. Es irónico contemplar el lenguaje y conversación del protagonista en el manejo de sus muy personales señalamientos vivenciales, pero contienen toda la veracidad de los hechos. Suena cruel, pero el tiempo nos muestra que la única verdad en el mundo es la que tú ves y sientes. El resto es mentira porque está lejos de tu dominio, ¿verdad?

La vecindad

Miguel habitaba en una de tantas colonias que se pierden en la Ciudad de México, una urbe tan inmensa y transitada que difícilmente otra en el mundo, se le compara. Miguel vivía en la colonia Roma de esa gran ciudad. Hijo de una familia humilde y numerosa que a toda costa trataba de escabullirse de entre las garras de la pobreza siempre procurando estar en un ambiente propicio para la vida. Su casa resultaba sumamente estrecha para la cantidad de chamacos que albergaba. Siete, contando a Miguel y sumando a la madre y a la abuela materna que pasaba tiempos prolongados en casa de sus queridos nietos.

Con una sola barrida visual podía recorrerse con facilidad el diámetro de la diminuta vivienda. Se componía de una recámara que colindaba con una gran avenida de las más transitadas en la ciudad, todos la conocían como Viaducto Miguel Alemán. El pequeño departamento estaba en un tercer piso, de manera que desde la ventana dominaban un tramo extenso del paisaje urbano. Tenía, además, su salita y comedor, tan juntos que sólo un refrigerador marcaba la frontera entre ambos. La cocina, en la que no cabían más de dos adentro, con severos problemas de tránsito y espacio para quien cocinara. Un triste baño que, sumado al excusado, daba paso al lavamanos y la lavadora, que a la hora de bañarse tenía que ser empujada para que la regadera cumpliera con su cometido. Y, finalmente, un pequeño espacio que se escondía al final del comedor de un metro por dos de fondo en el que la familia se habituó por lustros a utilizarlo como el cuartito de triques en el que se almacenaba de todo, desde cualquier trapo hasta herramientas para la plomería.

Subiendo tres pisos, Miguel alcanzaba su casa. Era un edificio viejo y despintado por el intenso humo, gases, vapores y demás que una avenida de alto tránsito puede propinarle, con asomadas fracturas en las paredes, acuse de recibo de movimientos telúricos, pero también castigado por la vibración intensa del paso de miles de automóviles. En la azotea, o parte más alta del inmueble, se encontraban los lavaderos y algunas jaulas de malla ciclónica para tender su ropa una vez lavada. La azotea era visitada con frecuencia por las inquilinas que al realizar su tarea de lavandería aprovechaban para conversar largo y tendido sobre los pormenores de la vecindad y prodigarse de las últimas noticias acerca de cualquier eventualidad. Y aunque el número de vecinos no era abundante se daban casos de conflictos con serias consecuencias, pero bueno, al fin y al cabo eran los chismes los que le daban vida al edificio.

Por ejemplo, los inquilinos del departamento uno eran dos chavos y una joven en edad de merecer que, acompañados de su madre, dedicada a los trabajos de corte y confección, se las arreglaba para subsistir junto a sus hijos. Era madre soltera y el padre, radicado en Estados Unidos, rara ocasión aparecía para visitarlos. Los varones pronto resolvieron su destino casándose rapidito con la primera falda que encontraron, en cambio la hija mayor, con más cordura, salió dignamente de casa, vestida de blanco, cuando llegó su príncipe azul. La madre, la señora costurera, como todos la conocían, arreglaba pantalones, camisas, blusas, trajes y, de vez en vez, realizaba trabajos de mayor dificultad, hasta la hechura de vestidos de novia. De tal forma que ganaba sus buenos centavitos para irla pasando.

Los vecinos del departamento dos eran una familia compuesta de marido, esposa, tres hijos y un perro. Igual que todos en ese edificio, habitando un mini departamentito y además con mascota en casa. Órale. Habrá que imaginarse cómo la pasaban. Dos varones que estudiaban para la misma carrera, algo extraño para los que tenían acercamiento con ellos, pudiendo haber escogido estudios distintos, pero la última palabra la tomaron sin permiso paternal. Tenían una hermana que cuando tuvo la primera oportunidad también se escapó con el novio y adiós. Puso el pie fuera de casa en un momento totalmente imprevisible. Y es que la madre trataba a la hija de una manera muy especial, de tal modo que enclaustraba las intenciones de la chiquilla, haciéndola sentir utilizada y manoseada por el interés propio de una madre que quería sostener su mando a como diera lugar. O sea, prisionera en su propia casa. En muy contadas ocasiones se le permitía acudir a una reunión y cuando lo hacía tenía que ir acompañada de cualquiera de sus dos hermanos, sino es que de los dos. La obesa persona de su madre se presentaba por ella a la preparatoria todos los días, salvo en uno a la semana, cuando el marido requería de sus servicios en casa. Este señor prácticamente impedía que la afanosa madre cumpliera con el requisito vital de vigilar a su hija como si fuese pieza de joyería para exhibir. Justo era entonces cuando la chiquilla aprovechaba su día de descanso para gozar de la ausente hostilidad de la autora de sus días. Y como la vida en su comportamiento natural tiene una lógica reacción, ésta se manifestó en la huida sorpresiva impulsada por un joven enamorado que logró concebir en ella un cambio de vida perentorio que diera un vuelco a su esclavizado futuro, abriéndole la puerta a un horizonte nuevo y sin cadenas. Liquidado este asunto, a la madre únicamente le quedó seguir martirizando al perro y a su marido.

Los vecinos del tres. Un matrimonio mucho tiempo ensombrecido. Tuvieron un hijo que en la escuela siempre fue una lumbrera. Todo un fenómeno para la obtención de excelentes calificaciones en las boletas finales. Lo becaron varias ocasiones con menciones honoríficas en diversas instituciones donde estudió. Una virtud hecha hombre, quien consumía los libros como si de ellos se alimentara. Chamaco que nunca salía a jugar y entretenerse con los demás amiguitos de la colonia, nunca se le vio patear una pelota o decir una palabrota las veces que de pronto se aparecía en las escaleras. Cuando sus padres se enteraron de sus preferencias contradictorias a las de su sexualidad, no quisieron tenerlo más en casa y casi lo corrieron a patadas del hogar por ser homosexual. La madre se opuso, y su esposo, muy profesional y dedicado al trabajo, encontró una aventura amorosa y ya no quiso desprenderse de su amante, así que, abandonó a su esposa con todo y la maravilla de escolapio que Dios les había regalado. El vecindario dijo pestes de la conducta del marido incomprensivo y mal hombre, que echó por la borda una gran familia para irse a vivir con una joven que era veinte años menor que su abnegada esposa. Por lo que ésta vivió resignada el resto de sus días. Y su fugitivo marido sacrificándose a vivir con una espléndida jovencita.

En el departamento cuatro habitaba una pareja joven de recién casados. Con toda la vida por delante, con todos los sueños por concebir y desearlos convertir. Un matrimonio que llegaba de provincia a la gran ciudad para empezar a construir el porvenir que los novios ilusoriamente plantean cuando se casan. Ella se embarazó al poco tiempo y tuvo un hermoso bebé que fue la adoración de las viejas vecinas del uno, del dos y del seis. Un matrimonio austero, discreto, con relativo contacto con los demás y guardando las distancias para evitar conflictos con la vecindad. Vivían su propia vida y en muy contadas ocasiones se les veía platicando dentro o fuera del edificio con alguien en particular.

Los vecinos del cinco era donde Miguel vivía con sus hermanos y, frente a su puerta, podía verse con claridad el umbral de la casa del seis, ya que nada más los separaban tres metros de distancia de un pequeño corredor en donde el paisaje eran los escalones negros que viajaban hasta la azotea y las puertas de cada departamento de color verde combinado en claro y en oscuro.

Los vecinos del seis era una sociedad conyugal muy descompuesta. Dos hijos gorditos de piel muy blanca, igual que sus padres, siendo el sobrepeso una particularidad en su existencia. Obesa la madre, bastante grueso el padre y de corta estatura y los chiquillos heredando desde temprana edad la misma complexión. Aunque, a decir verdad, el niño apenas a sus siete años asomó tendencias afeminadas que el padre siempre castigó tratando de hacerlo más masculino, propósito que nunca logró. Razón por la que afloraban pleitos constantes con su pareja y donde ella se quejaba del maltrato del cual eran objeto sus hijos por parte de su progenitor, que no era muy paciente que digamos. De vez en vez, los gritos desesperados de alguno de ellos despertaban al vecindario. Con los años, el gordito, con todo y sus adicciones, y sin traicionar su claro comportamiento, se mostró de forma transparente, aunque al vecindario poco o nada le afectó esta conducta, porque al niño, después convertido en adolescente, lo habían visto crecer con familiaridad y su desarrollo fue testimonio de todos, de manera que el asunto se ventiló solamente al principio y con los años dejó de ser la comidilla.

El hábitat de los del siete era la azotea. Intrusos que llegaron a ocupar un espacio frente a la zona de los lavaderos, junto a los tinacos del agua. Su panorama no era grato a los ojos de cualquiera que subiera al lavadero. Pero al dueño del edificio no le había parecido mal y los admitió hasta arriba, viviendo en un rincón cerca del cielo. Y, como dicen, en la vida todo se vale cuando se trata de sobrevivir a las inclemencias del tiempo, en época de lluvia les iba como en feria, goteras por todas partes y cubetas por doquier para captar la molesta agua que se filtraba sin consideración alguna. Él era un taxista con muchos años de experiencia y ella había sido prostituta con exigua experiencia recogida del arrabal. Una relación nada común viviendo en un lugar poco común. *Siempre hay un roto para un descosido,* decían los vecinos cuando en sus labios tronaban los comentarios en contra de esta pareja un tanto extraña. Y si el dueño les había dado entrada, pues los vecinos no podían darles salida, también dicen que *donde manda el capitán no gobierna el marinero.* Y los del siete se adaptaron y acostumbraron al acosamiento permanente de que fueron objeto hasta que con los años pasaron a ser desapercibidos.

Este era el medio ambiente en donde Miguel había crecido. Él nació aquí. Cuando fue bebé, las vecinas lo cargaron entre sus brazos dándole la bienvenida a este mundo. Gateó entre los escalones negros y los mosaicos blancos y rojos del pasillo del tercer piso. Gracias a él hubo fiesta cuando llegó la madre del hospital dolida del parto, pero con la sonrisa a flor del rostro por el gusto de ser madre por segunda vez. Las ilustres señoras del vecindario atestiguaron su desenvolvimiento como un vecinito más de esa limitada, pero bien reconocida comunidad.

De aquí recogió Miguel sus primeras impresiones de la vida. Aquí conoció los primeros seres que sus ojos vieron y le fue otorgado valor como niño inquieto y travieso.

Aunque habrá que decir que, aún y con todas las buenas intenciones, Miguel no fue el hijo pródigo que su madre imaginó. Veamos...

Miguel

Combinando millones de ideas que he tenido desde pequeño, y haciendo un breve resumen de mi actuación, veo que hay una mezcla medio fuerte de holgazanería y me duele reconocerlo. Ahora me doy cuenta porque otros peores que yo la han hecho más suave y en primera clase. Sus matinales almuerzos y buenas diversiones con chicas mejores a las que yo he tenido. Qué acción tan difícil y qué voluntad tan férrea se necesita para quitarme lo huevón, porque me siento anclado soportando mi propio hedor. De todo esto culpo al extraterrestre que tan asoleado me trae. Por lo pronto empiezo a dar un buen paso. He conseguido jale, algo en que rolar. Aunque mi ropa limpia falla y es que hay veces dejo pasar mucho tiempo sin lavarla. ¡Lo sé!

Lo que como y bebo no es bueno. Trago mucha medicina. Soy bien macizo, caramba, todo esto debo quitarlo de mi vida. Cada rato ando bien pasado, qué onda. Tengo que mandar al carajo a mis amigos y al hábito de fumar la méndiga hierba, aunque yo digo que es buena la mariguana, digan lo que digan los demás. Tengo mi propia opinión al respecto, mientras más me dicen más me aferro al chupón de la mota. Se que soy mal visto por mucha gente, pero este condenado vicio no me deja y, lo que es peor, me gusta mucho. Soy un estúpido sacalepunta.

Veo millones de colores en mis pensamientos en el dulcísimo panal de mi mente alucinada. El banco de mi memoria juega fácil con los datos y las fechas. Mi sentido visual se regocija cuando veo las flores, cuando veo a los niños y a las montañas musculosas sobre la voluble superficie de la Tierra. Todo está listo para empezar el banquete de mi destino. Pero cuál será la mejor opción. Porque la vida está llena de embusteros con los que me topo a cada rato. Yo también soy mugroso y mala onda en mi conducta. Lo que no puedo comprender es porqué hay tanta carroña en miles de gentes que presumen de actitudes positivas cubiertas de mala vibra. Así es el mundo desgraciadamente. Y yo aquí, soñando que la vida me premiará... ¿Cuándo y cómo? Mis conocidos, dizquen cuates, tienen las mismas necesidades que yo. Ellos agarran la onda y componen sus problemas y carencias porque ya escogieron una opción para vivir, por eso les va mejor.

Me imagino una nueva República Mexicana. Patria es mi moral, digo yo, no sé por qué. Pero ¿cómo respetarla con este insulso vicio? Parezco un burro que no entiende. He viajado a muchas partes de mi amada patria, pero siempre en plan de grifo. Sin embargo, en todos los lugares miro y deletreo lo mismo en las bardas, vote por el PRI, por el PAN, por el PRD, pinches políticos. Igualmente, siempre veo las mismas inacabables y eternas neverías de, "La Michoacana", caramba, no faltan en ninguna población. Gloria por este México de surcos independentistas, de reformas juaristas y heridas revolucionarias. Bravo por este México calzonudo, alimentado a base de maíz y frijol acompañado de tortillas y de sus canciones rancheras. Así dejan huella mis pisadas, tan gruesas como las del peso de los campesinos, con esa carga de olvido que llevan en su espalda, así es el olvido de mi desgracia, el olvido en que me tiene el destino.

Voracidad de adolescente

Pronto murió la abuelita de Miguel en uno de esos viejos hospitales de la gran ciudad, supeditada tristemente a una intravenosa que la obligó a respirar semanas enteras sin que ella estuviese dispuesta a hacerlo. Es lamentable aquel inhumano juramento que realizan los médicos en pos de Hipócrates de no dejar ir a un ser mientras que respire o lo hagan respirar, sometiéndolo hasta que expire. El caso es que el cuerpo maloliente de la abuela, tirado en un camastro en uno de tantos pasillos de dicho hospital, fue maltratado como el de muchos pacientes que sin dinero acuden a nosocomios subsidiados en donde faltan recursos y buenos médicos que aplican la misma pobreza en sus diagnósticos y cuidados.

Su padre de plano se perdió en otro horizonte que Miguel no comprendió. Iba y venía como las olas del mar, unos meses estaba en casa y otros se acostumbró a vivir sin papá, porque sus ausencias eran notablemente más prolongadas y frecuentes que las asistencias al hogar. Por lo que Miguel no entendía nada cuando su mamá le decía: «¡Es que tu papá no ha venido a checar tarjeta!».

Terminó apenas el segundo año de secundaria. Miguel nunca fue buen estudiante. Los libros eran como el cepillo para bolear zapatos, solo pasaban de lado a lado sin crear brillo en su conciencia. Mejor se dedicó a trabajar, actividad que desarrolló con bastante éxito al principio. Era bueno para las ventas de cualquier producto. Andaba de casa en casa, tocando puertas y vendiendo chucherías que le dejaban alguna ganancia para vestirse, para comer y otras cosillas. Además, de vez en cuando le daba algo de dinero a su madre para apoyarla en los gastos de la casa. Vendía discos o libros, seguros de vida o de automóvil, enciclopedias o vajillas. Era un buen vendedor, se sostenía fácil y no le costaba mucho esfuerzo obtener jugosas comisiones por sus ventas. De manera que a los 19 años ya vestía elegantemente, con corbata y saco, zapatos de buena calidad, a diferencia del resto de su parentela, situación que le favoreció para inflar su comportamiento en casa y prodigarse la preferencia de su madre.

Su mamá llegaba siempre tarde y es que el horario al que se sometía le hacía entrar por ahí de las doce de la noche a casa todos los días. Esos turnos en su trabajo le trajeron como consecuencia exponerse a varios intentos de asalto y de posibles atracos a los que inteligentemente desvió con su femenina intuición. Por lo general su horario habitual era de las cuatro de la tarde a las once de la noche. Razón calculada para que Miguel aprovechara y se ausentara por las tardes inventando cualquier pretexto que fuera válido para salir a vagar por las tardes con sus amigos.

Sus hermanos lo conocían de sobra, cuando estaba en casa las cosas debían hacerse como él lo indicaba, del modo en que a él más le gustara a pesar de la inconformidad de la mayoría de sus hermanos, rompiendo con las normas, si es que había, bastándose con mostrar su mal humor, un pésimo y aparentado gesto de ira en su rostro para hacer sentir a sus hermanos que sólo su palabra tenía costo y peso. Y es que su agresividad blandía en el conocimiento de sus allegados, había dejado huellas en los hermanos menores, por lo que estos se aprendieron el tono de su voz, justo en el momento en que su estado de ánimo cambiaba y cuando esto ocurría comenzaban a presentir un desaguisado. Por tanto, los hermanos le otorgaban en sí la medalla emérita del liderazgo avalado por sus posturas plenamente dominantes de su iracundo temperamento.

En la colonia, donde sus rondines se hicieron habituales, logró colarse entre un grupo de jóvenes que, al igual que él, eran extremadamente inquietos y rebeldes. Viviendo los días muy de prisa, sin detenerse a pensar en la línea fronteriza entre el bien y el mal. Con aquella voracidad propia del adolescente de querer tragarse las tardes sin deglutirlas. Tiempo en el cual no hay quejas ni temores. No hay lugar para la retrospección y tampoco para la buena ejecución de las tareas cotidianas que muestran el buen ejemplo como ser humano, porque apenas las vicisitudes van acumulándose para formar la experiencia. Juventud desenfrenada, de voluntades intuitivas, de fuerza inaudita pero imprecisa, sin orientación, sin consejo, sin brújula, sin un objetivo determinado a seguir. Simplemente dejándose ir por la marea de las adicciones.

Más adelante conoció a muchas amiguitas que en las rondas se encontraba. Muchachas de mirada fácil y acento volátil, ávidas de aventuras lisonjeras infladas de placer. Si Miguel ganaba buen dinero, ¿por qué no gastarlo? El dispendio para la obtención de los favores femeninos lo hizo generoso. Sexo y licor, combinación ideal para la bomba explosiva de un joven en cándida edad. ¿Cuál sangría económica? Si apenas ganaba para darse sus gustos. Se iba a cualquier parte del país con ellas y a su mamá le decía que había sido comisionado para vender en lugares foráneos y trabajar en grupo en algunos parajes de provincia. Su madre pensaba que si el hijo traía dinero para apoyarla en los gastos de la casa, lo demás lo pasaría por alto, sin que esto representara un riesgo para su vástago preferido. Aunque la tarea tangible del resto de sus hijos en casa no tuviera el valor suficiente para el cariño de una madre. Qué ciega estaba con la realidad que encontraría más adelante en su hijo pródigo y querido.

No cabe duda: ¡El amor es ciego!

Miguel

Mezclando las mentiras que fluyen con grasosa facilidad en mi mente, hicieron difícil mi futuro. Muchas de las cosas que digo son mentiras, pero no encuentro la posibilidad de cambiar el rumbo hacia otra salida. Hay muchos riesgos en las decisiones y creo que voy de pique en cada acción con la gente. Tiemblo de pavor por mis malos hábitos y nefastos vicios. Bueno, no sé si habrá algún vicio positivo. ¿Qué voy a remediar si no soy parejo conmigo mismo? Cada vez que tengo dinero pienso en salir del atolladero porque esta ansiedad me sitúa en un estado total de ilusionismo. Algunos dicen que sufro mucho porque mi vida está creada sobre algodones invisibles. Pues sí, con todo el paquete de esta época, siglo y sociedad en el mismo bote de basura. Yo sé que tengo oportunidad de mostrarme mejor cada día y lucho por superarme, pero la regla de cálculo que mide las normas de mi conducta detiene estas matemáticas sociales.

Recuerdo muy bien cuando una de mis hermanas me dijo que podía autocriticarme, reflexionando en cada uno de mis actos para conocer si actuaba bien o mal, pero mis actitudes chocan con la realidad. Aunque estos racionales ejercicios tienen la ventaja de no producirme daño mental, bueno, eso dicen los estúpidos médicos que se suponen todo saben.

Lo he probado y es verdad. Por un lado, dicen que todo lo ha creado Dios y que uno es parte de esa creación, y, por otro lado, el extraterrestre dice que me suministra la vida. ¿Qué onda? Quisiera que Dios me indicara hasta dónde puedo explayarme y sacar positivamente el provecho de esta reflexión divina, pues leyendo libros me encuentro que muchos sabios dicen que el hombre siendo racional ha sido dominado desde su aparición en la Tierra por los extraterrestres. *Inclusive anotan que somos instrumentos de ellos. Por lo que a mí respecta, lo soy en un noventa y nueve por ciento. Ellos son jefes de mi destino, actitudes y porvenir, significo un muñeco para ellos. Vaya lío, qué crucigrama irresoluto. Hasta no verte, extraterrestre, compruébame que eres legítimo, basta de tanta fanfarronería.*

Hay mucha ignorancia en mis escasos conocimientos, me lo hace ver esta actual sociedad tan acelerada y perspicaz. Ahora verás, lo primero que debes ordenar son tus sentidos. Por lo demás, yo me encargo, lo único que tienes que hacer es soltarte al máximo y hacerlo en forma definitiva, para estar junto con ellos, para ser igual a los de hoy, tensionado, impulsivo, agresivo, violento, golpeador, asaltante, oportunista, competidor para ganar y ganar. Vaya, ellos son los sanos y yo el enfermo. ¡Qué contrariedad!

Te avisé que serías mi buen aliado, extraterrestre. Ahora debes sentirte contento de que esté contigo, mi buen cuate. También dije que sufrirías, pero que refrescaría tu mente con la sinceridad de mi verbo para aliviar tus sentimientos. ¿Cómo ves? Soy certero en mis apreciaciones. Sueñas tu pasado y tu futuro porque de todos los humanos el que más cuenta eres tú, pues te alimentas con las hamburguesas de nuestra realidad. La comunidad donde te iniciaste ya se durmió. Hoy estamos solos, sin que nadie interrumpa nuestro gozo, en este conocimiento que nos revela lo fantástico.

¡Pero no te quieras pasar de listo porque estoy vivo y dentro de ti!

Sentimiento amoroso

Se puede decir que la adolescencia de Miguel no fue conocida ni apreciada por los padres que, ocupados por andar en otros rumbos y resolviendo cuestiones primordiales de alimentación y manutención para el resto de la familia, sacrificaron el tiempo y el espacio que debe dedicársele a un hijo en la edad crucial de su adolescencia. Habría que cuestionar si realmente pensaron en ello o si lo tenían en mente. Los factores conductuales y la educación de siete hijos no son cosas fáciles por resolver y se requieren además de esfuerzos y dedicación especiales para orientar debidamente a cada uno de ellos, pero las condiciones en que la familia de Miguel se desenvolvía no lo permitían. Ambos padres trabajaban y ambos se ausentaban para traer dinero a casa. Cuando el hambre habita en el hogar, el amor salta por la ventana.

Y Miguel creció sin tener atención paternal y sin amor, necesitándolo.

Literalmente, los hermanos crecieron uno pegado al otro. En esa obligada estrechez nocturna, al extender delgadas colchonetas a lo largo de la pequeña sala para acostarse casi cuerpo con cuerpo y en los que cada uno, a fuerza de quejarse, vertían sus opiniones y pareceres, gustos y alegrías. Cuatro hombres, entre ellos Miguel, que dormían del mismo modo. Aunque hubiese camas en esa casa no cabían. Sólo las mujercitas tuvieron en una litera la virtud de acostarse a placer cada noche. La casita gozaba únicamente de una recámara que ocupaba en las noches la población femenina, fue una orden maternal que nunca se rompió.

Cuando abrían los libros para estudiar debían compartir la mesa o el escritorio gris de metal pesado y viejo cuya existencia había traspasado varios hogares hasta llegar a éste. Lo trajo su padre, consciente de que algún día sus hijos lo utilizarían. No se equivocó. Así, los hermanos, hombres y mujeres, peleaban y reían con esa familiaridad acostumbrada donde los carnales se conocen en el llanto y con el sueño.

Estando Miguel en casa el medio ambiente sufría una metamorfosis. Había tensión. Reinaba el silencio hasta que lo decidía él, cambiándolo por la música estridente de Michael Jackson o de Madonna que sonaba en la radio. En fin, se dependía del humor en que estuviera el líder, el dueño de la palabra, para conservar la calma o para convertir aquello en una disputa colectiva incitada por Miguel.

Comenzó a fumar a muy temprana edad y es obvio deducir que cuando obtuvo su primer salario, del cigarro pasó a la bebida sin respeto a la frontera permisiva de la edad, lo vieron crecer sin prolegómenos y desarrollarse muy a su estilo. Se afirmaría que él se cosía aparte, desplazándose con su desenfrenada juventud a otro núcleo en que retaba de frente y sin tregua a su inexorable porvenir.

Sus amigos le vitoreaban cualquier acción por su empuje y entusiasmo para desafiar lo desconocido, por estar siempre a la vanguardia. También le otorgaron la medalla del liderazgo absoluto, de manera que encontró muy poca resistencia a sus predilecciones. Organizaban campamentos con sus colegas desde el viernes hasta muy entrada la noche del domingo y en estos paseos fantasiosos era el cigarro, complementado con amapola, vino y sexo, la esencia de sus diversiones. Se iban de aventura al puerto de Acapulco con el mismo objetivo, pasarla bien. Dormían en la playa generalmente y en ocasiones en algún cuarto prestado. De manera que más tiempo le daba a sus parrandas y eran la prioridad en el desorden de su vida en que todo ansiaba al instante.

En uno de tantos amaneceres en las playas de Acapulco, se encontró a una chica llamada Sonia que era dos años mayor que él. Desde el principio hubo atracción entre ellos. Ella le mostró algunos parajes interesantes del famoso puerto, como las playas de mayor renombre, discotecas más visitadas y centros comerciales importantes, buscando siempre que Miguel estuviera complacido con sus atenciones. Sonia pasaba grandes temporadas en Acapulco debido a que su padre odontólogo tenía un consultorio médico que atender en una de tantas colonias residenciales, aunque ella abusaba permaneciendo mucho tiempo allí ya que su madre vivía en la Ciudad de México, donde tenían su casa propia, por lo que visitar a su padre incluía vagar por el puerto libremente. Miguel y Sonia vivieron incontables momentos juntos, beneficiados por esta circunstancia, tanto en la playa como en la misma ciudad.

Miguel nunca tomó en consideración la seriedad, dedicación y amor que ella le profesaba. Amor primero de adolescente, sin límites ni cortapisas. Ella sabía que él estaba ocupado en sus cosas, aun así, lo acosó hasta lo indecible para mantener viva la llama de una relación amorosa, pero él resbaló poco a poco el compromiso, y como pudo dejó ir lo que hubiera podido ser su salvación. Fue más fuerte la influencia de su conciencia independiente para seguir manejándose a su libre arbitrio, que sujetarse a la cadena sentimental que le imponía el amor de su solidaria pretendiente.

Sonia llegó a buscarle hasta en casa de su mamá en la Ciudad de México y tener la humildad de llorarle hasta su puerta, en un ruego desesperado que a Miguel le pareció intransigente y cursi. Al final sólo encontró una respuesta a esa pegajosa súplica, y fue la del rechazo absoluto. Aunque ella insistió una larga temporada, el tiempo debilitó su entusiasmo que alguna vez fue la llama que mantuvo encendidos a dos corazones juveniles, hasta que ella se rindió y nunca más le buscó.

Al paso de los meses, en casa se percataron que Miguel no sólo estaba irascible, sino que empezaron a notar un cambio sustancial en su actitud. Empezó por arrastrar los pies al caminar, costumbre nunca antes vista y extraña en él porque había heredado la personalidad siempre erguida de su padre. Sus ojos adquirieron paulatinamente la tonalidad rojiza y su semblante al paso de las semanas acusó cierta palidez enfermiza. Pasaba noches enteras fuera de casa tras inventar un rosario de mentiras. Hasta que la familia entera se dio cuenta de que algo andaba mal. Fue hasta entonces cuando su madre se mostró seriamente afligida, pero ¿qué podía hacer? su adorado e inmaculado hijo acusaba el preludio de tendencias incontrolables.

¡El vicio por la hierba y las drogas velaron sus días con encono!

Miguel

Hay infinidad de hombres y mujeres en este podrido y desquiciado mundo, pero el mejor y más acertado humano eres tú, quien tiene la facultad de mirarse al espejo mostrando su rostro en plenitud. Sólo tú eres tan feliz que llenas el corazón del baño, energético y calorífico necesario, de ese calor verdadero y vital que alumbra y vigoriza. ¿Cómo es que existes y lloras a la vez?, ¿es una pregunta abierta?, si no tienes alcance al poder metálico que gobierna el mundo, que la gente llama dinero. Trueque primitivo que nació sano, pero el poder del dinero lo ha discapacitado. El dinero no es el universo humano como todos lo representan, pues en este momento eres feliz reanimándote con el rico mole de la yerba y el amor sincero. Así soy yo, ente de matiz rojizo que me gusta para gustarte, combinado con azul para llevarte, amarillo para controlarte y verde para acelerarte. Para indicarte que vas bien, que hay oportunidad, buscando la paz y gratitud del Creador en este inicio que nunca acaba, de todos modos, las ofertas son buenas y atractivas, la tienda está abierta para escoger el color que te haga sentir más ecuánime. Tu madrecita, sea como sea, es tu creadora porque te parió con dolor en la luz de tu primer día y tu padre fue el programado a levantar tu pequeño y angosto cerebro, aunque a la fecha no lo hayas encontrado con una imagen tan saludable.

Ellos saben de la vida, han aprendido a multiplicar y a dividir sus destinos en los esfuerzos de tus hermanos, pero tú eres el que lleva la batuta porque eres mejor ser humano que ninguno de ellos y eso es una gran verdad, mi verdad, sabes meter las palabras exactas para rimar tu conversación en este sentimiento diabólico que te encarcela en el secreto neurasténico de controlar a los demás. Que los hombres que se auto nombran santos no te asusten, ni les temas cuando pronuncien con vehemencia apasionadas frases de enmascarada procedencia eclesiástica. Simplemente busca la acción máxima para la paz y eleva tu armonía espiritual para estar bien contigo mismo, y con ÉL.

Si crees que te puedo perjudicar, no es cierto, lo que hago es hablarte de lo banal y superfluo. En ocasiones uno piensa que está bien con sus semejantes, esa creencia es auténtica pero no siempre. A veces es conveniente cambiar de trabajo, darles una translación a las cosas, huir de casa, cambiar de amistades, costumbres y hábitos, en una continua mutación para convivir con nuestro espíritu, quien sabiamente proporciona la forma insuperable de adaptación. De este modo se hace mejor la vida con nuestros semejantes. El amor modifica la malla mental de quien sea y da muchas ventajas. Memoriza a tus seres queridos, no para desahogarte, sino como aparición simbólica de protección buscando con afán el abrazo fraternal. Puedes tener novia y decirle que la necesitas, que la amas, sin embargo, seguirás sintiendo el clásico vacío, fiel compañero de tus desgracias. Por eso es que tu conocimiento es lo más importante, es lo real, es la verdad, es lo que te mantiene a salvo de los demás, quien verdaderamente te protege, pero no lo uses para salvar tus culpas. Por otro lado, el horror a la vida es perjudicial. El compromiso es Dios ¿y que le vas a dar a Él, materia y amor? Me río de tus espuelas, vaquero desorientado, si piensas así. Sé lo que necesitas, algún día te pronosticaré dulzura y te diré bienvenido al reino de la espuma, de la niebla, de la bruma. Donde todo es todo y todo es nada. Resuelve tus dudas conmigo, y promete lo que puedas cumplir, anda. Abre la ventana, recibe el aire y abraza la vida. Deja escapar esa zozobra que aflige tus culpas e invade tus virtudes, tienes que ser tú.

¡Búscate y encuéntrate!

Exigua Altivez

Gracias al esfuerzo supremo de su trabajo y al deseo de progresar, la mamá de Miguel compró un terreno y logró construir su casa con la ayuda del diseño arquitectónico de uno de sus hijos, profesionista, fiel pago a sus desvelos coronado por el tiempo. Su casa propia la ubicó a la orilla de una montaña, en las afueras de la gran ciudad, en la cual habilitó un cuarto especial para Miguel. Su madre pensaba en la formación de su familia, siempre quiso darle el molde de carácter moderno, de esas familias en que el padre y la madre ejercen la misma autoridad sobre los hijos. Hoy en día este *modus vivendus* es reconocido por las masas sociales del mundo. En México, todavía la familia no deja de ser el vínculo más importante de la sociedad, sin embargo, como en el resto de los países, han decrecido los valores y principios que fortalecen la integridad y moral de cada individuo y se ha minimizado la atención y cuidado que se debe dar a los hijos, agobiados por las nuevas fuerzas disociadoras de la economía actual.

Es por esto que los jóvenes en el tiempo presente se independizan en la madrugada de la adolescencia, ya que los padres vierten su preocupación en la manutención del hogar, desviando su atención y energía para priorizar los elementos básicos de una familia, como son el vestido, el alimento y la procuración de la vivienda. Bajo estas características y caminos predestinados de la juventud moderna, la muchachada se ve severamente influenciada por factores externos que les resultan envidiablemente atractivos. Muy pronto se asoman a una libertad desconocida. El desconocimiento y las nuevas sensaciones a que son sometidos en la vorágine mundanal los extravía en la podredumbre de vicios enmascarados. El caso de Miguel no fue la excepción, con ese apetito voraz de quererse tragar la vida en una sola bocanada. Apenas despierto y habiéndose quitado el pañal maternal, adoptó hábitos notorios de rebeldía que, sumados a la nula orientación paternal, lo fueron llevando al abismo de sus mismas tentativas, en ese pozo sin fondo donde el hedor arranca las lágrimas y sangra la piel. Hasta ahí fue a parar Miguel en la inalterable profundidad en que la fuerza de la caída quiebra cualquier propósito solidario.

Las drogas lo pusieron a viajar en otra dimensión irreal; al descubierto, en menoscabo de su organismo, y éstas, combinadas con el licor y el abuso de sus porfiadas aventuras, extraviaron el objetivo de su ser, que abstraído por esas prácticas fantasiosas, se dejó seducir hasta desnudarse por completo. Animado por esa exacerbada elevación de sus sentidos se entregó de lleno a esos hábitos malignos sin bosquejar su futuro, olvidando su incipiente filosofía de ser humano para convertirse en elemento caduco en pocos días. De hecho, el llegar a casa ya no fue su preocupación principal, ahora perdía los empleos y dejaba ir oportunidades con extrema facilidad, al mismo tiempo que se comunicaba menos con su familia, de modo tal que su hermetismo se convirtió en declarada desconfianza.

Una vecina del edificio, de esas que nunca faltan en cualquier comunidad y con deseos de aportar, según ella, le mencionó que su Miguelito andaba en malos pasos. Lo había visto en el parque de Los Venados muy atolondrado, con otros compañeritos al parecer en estado de ebriedad, sin embargo, agregó que cruzó unas palabras con él en forma fugaz sin que de éste se percibiera aliento alcohólico. La chismosa dijo que a pesar de haber estado tan cerca de él, no la reconoció, por lo que su deducción era que estaba bajo el influjo de algún enervante.

Al otro día Miguel experimentó la furia de su madre, recibiendo una golpiza de pronóstico reservado con todo y la hebilla del cinturón. Su madre lo llenó de reproches y amenazas y deploró su flagrante actitud.

Pero ya era demasiado tarde, Miguel ya tenía muy arraigado el vicio entre sus venas y ahora las drogas y sus fantásticas aventuras reinaban en su cerebro. Poco después, se escapó de casa sin decir una palabra donde poder localizarle, mientras su madre se moría de angustia.

Muchos meses más tarde reapareció tocando la puerta con exigua altivez, bastante trastornado, enclenque, consumido por las drogas. No solamente acostumbró su cuerpo a la mariguana sino a toda clase de sofisticadas preparaciones macabras que ingeridas o inyectadas provocaron en su organismo daños irreversibles. Su madre, desprovista de orgullo y encono, al verlo en ese estado tan lastimoso, rendido y vencido, determinó urgentemente conducirlo con un médico especialista para someterlo a tratamientos en espera de su posible mejoría.

Miguel

Un día pensé en dirigir una orquesta y encontré sorpresivamente la humildad. Humildad que el hombre observa en esa conjunción que tiene de agruparse y reconocerse. Rebusqué en mis adentros y hallé la puerta abierta. Me dispuse a escudriñar en esa mágica profundidad de mis pensamientos, en ese surgimiento encantador del Todopoderoso y me pude dar cuenta que soy distinto a los demás, que tan sólo me sostenía el deseo de la experiencia, el alma y corazón. Y justo en ese intento permanente me sostengo suspendido en mi horizonte mental, montado a la deriva, a la espera de lo inesperado. Noté entonces que soy de espíritu artístico y, como lo ignoraba, debía internarme en el pozo de mis anhelos, estar sumergido en ese océano de concentración que permite a mis sueños realizarme a entera satisfacción.

Traté de ser coherente y hábil en mi conocimiento para evitar el ridículo ante los asistentes y en ese éxtasis seguí hablando y hablando para convencer a mis gentes logrando mantenerlos a la expectativa. Listos para tocar la rola conmigo. Empecé con la máxima soltura, con habilidad increíble, asombrado de mi capacidad de hacer bien las cosas, con una práctica incomparable. Tocaba y tocaba con ritmo pegajoso y acompasado, como un profesional. Miré a mis cuates, que estaban clavados en la onda de la súper canción, porque fluidez no me faltaba, y ellos gozaban, reían y aplaudían, porque yo era el espíritu de su contento, la esencia de su rock y su sacudimiento, podía verles el placer en el rostro gracias a mis canciones que brotaban tan naturales como las aguas del río. Cantar, cantar y cantar, días y noches enteras hasta desmadejar esta fuerza corporal inacabable, alimentada por el humo fatídico de esta maldita yerba. Ahora despiertas después de tu prolongada meditación, llevas tiempo haciendo esto. Año tras año, practicaste mucha meditación. Siempre has sido buen meditador. No es que te creas superior a cualquiera, lo más bonito es que lo lograste y disfrutaste.

Hoy estuvo hermosa la meditada. ¡Qué linda experiencia es soñarse distinto! Te gusta meditar, no sientes la manecilla al deslizarse en el reloj, eso es bueno, muy bueno. Emociones fáciles de asimilar y digerir, transportarse al yo, estar en el filo de la verdad o la mentira, del bien y del mal, en la discrepancia de la belleza y la fealdad, en la crítica al arte y a la mugre, pasajes que recorres hundido en el más allá del súper yo. Debes permitir que voluntades grandes se posesionen de tus actos para que hagan su aparición los elementos del alma. Nada como la experiencia y endurecimiento de la sustancia humana. Estoy en plena disponibilidad de aceptar que rueden mis sucesos como la pinche piedra metamórfica en el camino soportando el vaivén voluble del clima depredador.

¡Oh meditación!, báñame con tu realidad característica, con tu cristalino entender y no limites mis intenciones, aunque sea gota por gota, pero renueva mi ego, despójame de la escarcha que me deja la estúpida gente pegada al cuerpo como escamas. Quítame y despréndeme del miedo a la muerte, al vacío, a la nada de lo que tiene la gente, no me dejes ser ladrón, ni tranza, no quiero robar ni engañar, como el resto de la gente, sólo quiero sentirme en paz conmigo mismo y con los demás y estar suspendido en esa confiable sensación de vivir con regocijo.

Así es como debiera sentirme en la vida, sin ver dioses, extraterrestres, duendes o espíritus malignos. No quiero estar presente en los viajes astrales, ni verme fotografiado en espacios siderales, tampoco pensar en el tercer ojo y crear clarividencias telepáticas, es más, no quiero conocer el éxito ni el fracaso.

¡Simplemente, quiero ser yo!

Resignación enfermiza

Miguel, acompañado de su madre, acudió al hospital psiquiátrico, no una, decenas de veces, con la firme idea de recomponer en algo el mal provocado por las drogas en su organismo. El paso del tiempo y las múltiples consultas le permitieron informarse y familiarizarse con el padecimiento. De hecho, los médicos del nosocomio señalan a esta enfermedad, mental derivada del exceso de estupefacientes en el cuerpo. En la actualidad es tal la cantidad de jóvenes que caen al psiquiátrico por esta causa que los médicos ya conservan una directriz para la atención en cada uno de ellos. Ahora bien, hay pacientes que el efecto conjunto de alcohol, cigarro y droga les deja en una incapacidad casi total, sin poder controlar su condición y la irrefrenable necesidad de sentir la droga en sus venas para estar tranquilos. Y buscan compulsivamente la forma de conseguirla a toda costa y cueste lo que cueste. Llegar a estos extremos es lo que los médicos llaman enfermedad mental. Porque el paciente depende de la droga completamente para sobrevivir, y, en caso de no obtenerla, su angustia y ansiedad provoca caos cuando el enfermo está sin vigilancia.

Así llegó Miguel a este lugar. Su caso era realmente crítico y los médicos tuvieron un gran reto por resolver. Dado el dictamen médico y el estado de salud en que se encontraba, fue necesario internarlo por una temporada. Para su mamá fue un martirio verle totalmente dopado y fuera de sus cabales. Con infortunio, la cuantiosa dotación de los medicamentos soporíferos era indispensable para mantenerlo en permanente estado de inconsciencia, sin percepciones y desprendiéndolo intencionalmente de todas sus ideas y sentimientos. Este era uno de los caminos principales para estabilizarlo, inclusive fue necesaria la aplicación de *electroshocks* para ablandar la adicción de Miguel.

Después de mucho padecer, gastar tiempo, increíble esfuerzo y dedicación a todo esto, los médicos finalmente hablaron directo y al grano con la mamá. Le dijeron que el caso de su hijo se caracterizaba por la ruptura de las relaciones entre el mundo interior y el exterior, y por una acentuada reversión del paciente a etapas anteriores del desarrollo de la personalidad. Le diagnosticaron Esquizofrenia–Paranoia, «y su hijo, estimado señora», le dijo el doctor, «puede resultar un sujeto destructor y antisocial, además de vivir en una total ausencia de la realidad».

La revelación de la enfermedad de su hijo fue mayúscula y aterradora. Ese había sido el doloroso final de varios años de hospitalización, cuidados intensivos y vigilancia médica. El Miguel de ahora se había convertido en un farmacodependiente, con una evidente disminución de sus habilidades psicomotrices.

De ahí en adelante la vida de ambos cambió por completo. Su relación se volvió intrincada y laberíntica, fundamentalmente en el proceso de su cercana comunicación. Miguel había sido dueño de todo y dueño de nada. Bebió todo su tiempo en un trago y no le quedó algo en su devenir. Ya no era aquel que produjo magia con sus sueños y llenó de colores el horizonte haciéndolo de su propiedad. Ya no era aquel que deshizo y construyó el mundo con palabras de papel. Ahora duerme consigo mismo, cobijado por las cuantiosas píldoras que ingiere y lo sumen en su exquisita soledad y enjugada paranoia.

Hoy, solitario, duerme en su cuarto en la profundidad de su inconsciencia, olvidado en el rincón de la hermandad, hermandad que nunca tuvo ni ha tenido, porque él no quiso y no quisieron, por evitar y evitarse la molestia que muestran los demás cuando atienden a su charla extraña, forastera e irreal. Hermanos que se cansaron de oír sus cuentos sin final, o acaso historias sin contenido, abanderando en su enferma mente a un extraterrestre. No hay tiempo para él, no tiene validez en casa más que la de un discapacitado.

¡Es sombra en el pasillo y estorbo en el quehacer!

A pesar de todo, él sabe su destino, se sabe dependiente y vulnerable, frágil porque ya no escapa de su realidad ayudado por las milagrosas píldoras. Lamenta su juventud arrebatada en esa lucidez que aparece repentina, llora su fracaso a tientas en su aislada oscuridad, no posee sabor en la boca, no posee aliento, ya no siente la vida, pero existe. Existe en el seno de su madre que pacientemente lo consuela, lo asesora y lo contempla, con esa calma que la senilidad impone. De madre a hijo y de hijo a madre, porque al padre, la vida de su hijo le valió madre.

La madre, resignada con la vida de su hijo, doliente decorado al final de su camino, penetra en la mirada extraviada de Miguel buscando preguntas sin respuestas. Miguel nunca le confesó cuál fue la razón o la urgente necesidad de buscar su verdad en el camino equivocado. Una verdad que lo estacionó permanentemente en la fantasía, en la que ahora se escudaba.

Miguel

¿Por qué no tengo fe en mí mismo?, ¿Por qué se me escapa la confianza? Ya sé, porque no soy de cuerda, ni marioneta, soy de carne y hueso. La trampa siempre existe entre el gato y el ratón, lo malo es que cotidianamente hago el papel de roedor para entretener al felino que sabe más que yo. Por más que lo deseo no puedo desprenderme de este trauma, de esta lesión en mi cerebro que no me deja pensar ni ser. Algunos le llaman enfermedad.

¿Por qué no soy feliz?, si añoro y busco la paz, esa paz que todos rechazan y desconocen, que la gente no busca en su diccionario y que no la predica como lo hago yo. No sabré qué pasará mañana, tal vez porque nunca me gustó la escuela, pero de algún modo sé que será igual que hoy, extraordinariamente estúpido, acostumbrado y aburrido. Nada es lógico en mis sueños y, fuera de ellos, nada es real cuando despierto. El banco de mi memoria se vuelve cheque sin fondo en donde no atesoro nada, pues en mi vida todo rueda y rueda y sigue rodando imparable, vertiginosamente, en mi alma sin calendario: sólo observo que las cosas pasan, caminan y vuelan. Sólo yo, Miguel, cuando me miro al espejo, sé de mis dolores y la dolencia de mis gestos.

¡Ya me voy, buenas noches!

¡Qué ironía!
En este mundo lleno de mentira
sólo existo yo ¡Esa es la verdad!

Ironía 8
Erótica primavera

Dicen que ¡el que la hace la paga! También puede adornarse una charla con sentencias como: *"¡Nada en la vida es gratis!"*. O quizás, quien se sienta sin mancha y perfecto, llegue a oír la clásica frase: *"¡Quien se sienta libre de pecado que arroje la primera piedra!"*. El caso es que, a veces la vida se ve desde arriba, y a veces se ve, desde muy abajo. Como dicen: *"¡Unas de cal y otras de arena!"*. En fin… Podríamos señalar decenas de expresiones que adornen fielmente nuestra filosofía mundana. El caso es que ahora abordamos el contenido de una pareja arbitrariamente dispareja, a la cual el destino se encarga de jugarle una treta de la que saldrán bien librados. Y aunque para el amor no hay edad, hay casos como este, que por agradecimiento damos parte de nuestra integridad para saldar una cuenta pendiente.

¡Suena irónicamente interesante!

El dolor del placer

El cristal reflejaba dos siluetas calcinándose,
la mujer lo besaba y el hombre le correspondía,
la dama lo abrazaba y el caballero la retribuía,
la hembra lo manoseaba y el macho coincidía.

Ella lo empujó a la cama en pleno incendio
resuelta a sacrificarlo íntegro en la hoguera.

Entonces...

La mujer totalizó su cuerpo sobre su cintura
inmolando al individuo a la meta del delirio.

¡Y así, ella...!

Enfurecida enfiló el madero incendiario
al cadalso de su anegada cavidad,
para sofocar el apetito del ardiente sicario
y ajusticiarlo por su osada voracidad.

En el trance agónico de truenos guturales
el espacio lidió con la aspereza de la pared
chocando con el dolor inefable del placer,
sin que nadie viniera al hombre a socorrer.

Dicen que después de los sesenta todo esta vivido. ¡Mienten! Dicen que un ser humano a esa edad es incorruptible y derecho. ¡Mienten! Aquí y ahora se muestra cómo la vida sigue siendo tan susceptible y endeble a pesar de la experiencia. ¡Y cómo es que la ternura vence a la cordura!

Ciudad: Monterrey, México.
Fecha: Sin prescripción.
Tema: Ante el apetito no hay cordura.

Un jueves holgazán y sin importancia en el calendario de julio del 2013, cuando todos los estudiantes y maestros estaban en un plan de haraganes por estar en época de vacaciones, conduciendo su automóvil Gerardo llegó a casa muy quitado de la pena. Había ido a desayunar con sus amigos de la generación de jubilados. La chorcha y sus respectivas banalidades reinaron en la charla mensual que les refrescó viejos tiempos entre anécdotas compensadas por chascarrillos y cuentos rancios que levantaron el ánimo en el gozo colectivo. Metió el coche al garaje, que, por cierto, no estaba cercado por bardas laterales. Techado sí, pero sin ser acosado por puertas que encarcelaran su auto. Era un estacionamiento simple, abierto, disponible para la hora en que él llegara. Ordinariamente lo metía de reversa para que al salir le fuera fácil llegar a la calle. Bajó del coche, abrió la puerta y entró a su casa. Silenciosa. Nada se oía, ni las moscas. Supuso que Malinalli, ya de vacaciones de la universidad, la pasaba con sus amigas, había quedado de verse con ellas, así se lo hizo saber el día anterior.

Jerry fue a la barra de la cocina, agarró la jarra del agua y llenó un vaso que se llevó ávido a la boca. Pasaban las tres de la tarde y se percibía algo de bochorno en el interior. Y repentinamente le dieron ganas de ir al baño.

Por cierto, la casa tenía tres baños, uno en la planta baja, justo a la entrada de la casa. El otro, se hallaba en el primer piso en el área de una antesala que colindaba con las tres recámaras. Y el último, se hallaba dentro de la recámara principal de la casa.

Así que Gerardo se enfiló directo a su recámara, para hacer una visita al baño y realizar un par de llamadas que tenía pendientes. Pero las ganas de orinar le ganaron y le obligaron a hacer un alto en el baño más próximo que encontró en primera instancia terminando de subir las escaleras. Al hacerlo, y de forma imprevista, sus ojos descubrieron la total y absoluta desnudez de Malinalli con los brazos en alto, ajustándose en la cabeza una toalla blanca para secarse su largo cabello.

Completamente desnuda. Justo terminaba de bañarse.

Cuando sus ojos sorprendidos chocaron con la riqueza de aquel cuerpo escultural, el asombro lo hipnotizó de inmediato. ¡Lo engarrotó! Sumido en la impavidez, hundió su mirada, convertida en imprudencia, en la piel marrón de la joven que lo arrestó *ipso facto* rindiéndose entero a su suave femineidad de cándida postura. A su erguida figura. Admiraba bobo la morena claridad de su pureza y el perfil maravilloso de sus curvas. Su espalda cayendo majestuosa, exhibiendo el trofeo de su redondez posterior de manera celestial. El impacto visual viajó directo a sus sentidos, lo noqueó de un golpe certero en la sien. Implacable. Su mirada de párpados caídos exploraba despacio y rápido. Recorría de subida y de bajada, con ligereza y lentitud, todos los anchos y estrechos de la chiquilla que, sin estremecerse, conservaba la calma chicha con sus ojos puestos en la reacción desusada de su tutor, cuya excitación comenzaba a delatarlo.

Malinalli, sin mover un dedo para cubrirse, estudiaba la intensidad de quien la contemplaba. Vio en él una fascinación inusitada. Nunca antes contempló un rostro masculino en tan desbordada incontinencia de su gravedad. Vio a Jerry clavado en el piso. Petrificado, en una actitud aletargada. Sostenía testarudo la perilla de la puerta como si todo él fuese una pieza incrustada en un museo de cera. Solo sus ojos de macho masculino se movían transitando por las avenidas de su cuerpo bronceado que ella condescendiente mostraba a su sorprendido maestro. Se percató de la dificultad en que Jerry luchaba para sobreponerse. Pero no lograba volver en sí. Notó que él quería, pero no podía, moverse. Permanecía bloqueado. ¡Noqueado! ¡No reaccionaba! Sus ojos eran como dos cinceles clavados en la escultura de argamasa. De modo que ella se prestó para socorrerlo. Pensó que volteando el perfil de su cuerpo de manera intencional y dejándolo de frente, ayudaría para que él la contemplara de lleno, plenamente y sin enfado. Así fue que toda su anatomía se exhibió entera, la voluptuosidad de sus piernas, la consistencia de sus senos, el llamamiento de su triángulo púbico, la reducida cintura y sus hombros musculosos. Los ojos del don casi se salen de sus orbitas. Ante sí, se le revelaron dos montañas sin escalar, preciosas, que se alzaban por sobre su pecho virgen. Erguidas, frondosas, duras, desafiantes. Solo bastaba extender el brazo para palpar esas manzanas del abandonado Edén. Dos botones pidiendo a gritos ser humedecidos por el brusco arribo de una boca en busca de succión.

Semejante descubrimiento fue excesivo para este longevo hidalgo. Gerardo comenzó a sudar por todos los poros que cubrían su epidermis. La piel desnuda de su morena revelaba, sin sudario, el tronco astro de una estrella luminosa. Fijó su rostro, por demás descarado, en la espiga de esa palma primaveral, evidenciando en el claroscuro de su piel la raya imperdible del sol al tostarla. El péndulo del reloj colgado sobre la pared de la antesala marcaba los veinte, no, quizás los treinta segundos en que él seguía engarrotado con la diestra en el umbral de la entrada y con la zurda, torpe y testaruda, recargada en la puerta blanca, todo su ser sobre la perilla. Su mirar desvergonzado lo transportó sin sigilo a la geometría de su vello púbico. El innoble avistamiento provocó que su pantalón acusara una cínica prominencia imposible de esconder. Obstinado en el espectáculo glotón de la escena, le brotó un cosquilleo apenas imposible de impedir; de tocar, de manosear, de sobar sus musculosas piernas, atléticas, vigorosas, redondas, completas, vivas, pero quién sabe qué ocurrió en ese momento que, de súbito, despertó. Algo extraño sobrevino en la escenografía del cuadro, tal vez la toalla que ya se resbalaba de su cabellera que lo distrajo, sacándolo de su alucinación.

Al fin reaccionó…

De repente, su obsceno examen visual se liberó del tormento y levantó el rostro asomando lo que se suponía era la cordura de un maduro a punto de la explosión. Aunque no era discordante del paisaje admirado en que gastó sus lascivos bombardeos de una liviandad sepultada. Tropezó con los ojos de bombón de su chiquilla que mordía una sonrisa irreprochable, casta, enviando mensajes telepáticos a su estacionada insistencia visual: *Aquí estoy, aquí me tienes. ¡Tómame!* Pero él, otra vez él, volvió en sí. Su mirada regresó a la vida común y corriente. También le pagó con una sonrisa electrizada, que de fidelidad no poseía nada. En cambio, la de ella tenía una indiscutible carga de honestidad y candor. Cástulo al fin, se puso en acción. Muy lento, excesivamente lento. Echó un paso hacia atrás, al tiempo que cerraba la puerta mientras que sus ojos no perdían detalle del camino andado. Un instante más tarde zafó su mano del umbral en donde ésta se afianzó durante larguísimos segundos. Respiró tan hondo como pudo y balbuceó desde fuera del baño:

—Discúlpame por favor, Mali, discúlpame por favor, pensé que no estabas. Discúlpame. Me quedé con la idea de que habías ido con tus amigas. ¡Perdón, por favor! ¡Perdóname!

Quizás hubiera dicho ciento veinte veces discúlpame, aun así, no hubiera remediado nada. El virus ya estaba inmerso en la sangre. Había penetrado por todos los tejidos del cuerpo, por los cientos de paredes celulares de su piedad. No había vacuna para defenderse de tamaña infección. El virus había entrado al cerebro y atacaba furioso el interior de los pulmones y sistema nervioso. Un virus más poderoso que el COVID-19.

Jerry se fue a refugiar a su recámara, encerrándose, pero sin poner el seguro a la cerradura. Muy en el fondo deseaba lo que no quería que pasara. Fue al sanitario y se apuró en la descarga de la uretra, pero como se le dificultaba porque su pene estaba en posición de firmes, tuvo que emprender un verdadero esfuerzo para dirigir forzosamente el chorro hacia el interior de la taza del excusado. Una vez liberado el líquido proveniente del molestoso riñón, se subió los pantalones hasta la cintura y se ajustó el cinturón. Se lavó las manos con jabón, se las enjuagó perfectamente en un acto de suma pulcritud y luego comenzó a patrullar dentro de su habitación cual soldado cuidando la entrada principal del cuartel, dando vueltas en torno a su cama, absorto, reflexivo y anonadado. Hablando consigo mismo:

Lindísima morena, hermosa mujercita, no niego que me encantas, me fascinas, pero no puede ser. No me obligues chiquilla, por favor. ¡Tienes metido el demonio adentro! ¿Cuál demonio… si el infractor fue él? Él fue quien abrió la puerta del baño que no le correspondía, fue él. Recordaba la nívea sonrisa de ella en el momento mismo en que ambos chocaron la mirada. ¡Hermosísima!

Por dentro, él se derretía en sus sentencias: *¡Jerry tienes que resistir, sé fuerte, no debes flaquear, aguanta, tú puedes!* Alzaba sus ojos al techo y volvía a presenciar el escultural cuerpo de su escolapia, a la universitaria que tenía a unos pasos de su alcoba. Solo era cuestión de ir y tomarla, así de sencillo. Pero no debía. ¡No debía! ¡Había soportado tres años! Tres largos años. Faltaban dos y medio. ¡No son tantos! Le urgía bajar a la sala e ir a tomarse un trago. Beberse no uno, sino toda la botella de *whisky* para embriagarse y no seguir pensando en honduras como ésta. No se olvidaba que le llevaba cuarenta años de distancia. Una diferencia enorme que no lo dejaría nunca en paz. Ella, una jovencita alborotada en los veintiséis; y él, atascado en el lodazal de los sesenta y seis. *¡Oh no, no! Libérame de estas malas intenciones.* Surcaba los alrededores de su habitación en busca de una salvación que, sorda, no acudía en su auxilio. Se martirizaba. *¿Si sabías que esto algún día iba a hostilizarte porque entonces le permitiste la entrada a tu vida? ¿Por qué? La carne es carne y tú eres un ser humano flaqueando como cualquier individuo que se asoma tras el error bíblico de Adán y Eva, menguando. ¡Te acosa el deseo y su comezón, la desviación, el apetito! Estás a punto de la transgresión. Te engañas exaltando el mal por el mal, despreciando la moral, y es que el mal te seduce más que el nevado del bien.*

¡Sufría en el balbuceo de una incendiada mente drogada por la crueldad! *¡Ella es toda una princesa y yo un bruto! No puedes esconder el pecado tras la mascarada de la continencia. No hay códigos a rajatabla para evitar enamorarse.* Afligido porque el deseo sexual superaba su moral, la excitación lo dominaba por encima de su depósito espiritual. *¿Quién se atreve a decir ya no, cuando la abundancia inunda el horizonte?* Parado ante el espejo veía al enemigo de sus días. A él mismo. Miraba el precipicio de sus ojeras. Su frente tan ancha que sus entradas parecían salidas. Sus hombros caídos. El cristal indemne ostentaba su vejez sin preámbulos. Cínico. Sus arrugas afloraban como hojas de los árboles invernales ya vividos. *¿Malinalli, muchacha obstinada, porque me has hecho esto?, ¿Por qué? ¿Porque me pones a prueba como si fuera un niño de kínder a punto de colorear el original desnudo en la primera página del álbum?* La maldecía como si en verdad ella hubiese preparado una trampa para el inesperado encuentro con su cuerpo sin ropas.

Anárquico y extremadamente punitivo dislocaba sus introspecciones, flagelando su mente, polveando la sal sobre el corte sangriento. Hiriente, mordaz, doliente, marchaba como un militar soliviantado alrededor del contorno de su recámara. Volvía al espejo repetidamente para corroborar que la edad lo había alcanzado. Ya no era el mismo, ya estaba vencido por el tiempo. Aprovecharse de una joven estudiante a esa edad era como ser acusado de pederasta. *No está en mi papel,* pensó, *abusar de mi aparente puesto arbitral, para cobrar un arancel por mi propia mano.* Toda su vida condujo su conducta de manera ortodoxa. Siempre por la línea que marcaba la imperdible vertical del bien. La verdad por delante. La probidad abanderada. La disciplina observada y la responsabilidad intacta en la que presumía su personalidad. Todo él era una humanidad sin vicios, un viejo maduro y bondadoso. Y no porque hoy se le presentaba la ocasión para pecar, caería como tronco, tan solo porque tuvo el mal tino de llegar a su casa en el momento más inoportuno, sorprendiendo a Mali justo en el baño que él mismo le había asignado desde su llegada a la casa.

⌘⌘⌘

Sin embargo, al otro lado de la puerta, mientras que Gerardo se debatía entre el deber ser y el querer ser, Malinalli calculaba los tiempos, medía las distancias, las latitudes y longitudes de la situación, sopesaba las condiciones de la inesperada escaramuza. Ahora enchufaba su inmediato destino al poder de su cuerpo. Ante sí avistaba un panorama muy distinto a sus tres años inocuos de supervivencia en casa del don. Puntualmente ahora grabada en su mente tenía la imagen de los ojos de Jerry sobre su anatomía. Retenía en su cerebro la obscena admiración que su cuerpo le provocó. Un deseo inmenso e ilimitado lo delató. Mali quedó impregnada de su picante actitud cuando estupefacto le sorprendió su morena desnudez. Pensaba en la mirada de su protector, que nada tenía que ver con la de un párroco eclesiástico. Para ambos fue una mayúscula sorpresa. Le habían bastado aproximadamente cuarenta y tantos segundos para asegurarse de que el hombre con quien vivía era tan hombre como el que más. Cuando éste apareció en la puerta del baño, estando ella sin trapo alguno, le conmocionó la procacidad con que él la exploró, sin recato. La examinó detenidamente, cual doctor en su consultorio. Se percató del fisgoneo intenso y profundamente penetrante que despidió desde el pozo de sus deseos. Un interior que, en tres años de vivir con él, desconocía. Afloró su masculina picardía, su virilidad, lo macho. Ella lo leyó en sus ojos. Se sonreía al recordarlo espantado. Lo magnificaba en su entendimiento. No se equivocaba al señalarlo como un señor lleno de sabiduría, prudencia, pero, también, poseedor de un gran equilibrio para controlar sus impulsos naturales de hombre. Ahora más que nunca Mali valoró su sensatez.

Esto no puede quedarse así, se dijo. *Sé que él no saldrá de su cuarto. Casi lo puedo asegurar. Puede más su recato y cautela que su ardor. Yo soy la que debe tomar una decisión ahora. Y no debo tardarme. Debo poner a prueba mi ánimo o mi decoro. ¡O voy para adelante, o me freno en absoluto! Si abro esa puerta ¿Qué pasaría? ¿Me rechazaría si lo abrazo? No creo. Está tan aturdido, como yo. Lo aseguro, ¡carambas! ¡De verdad que sí! No creo que me corra de su casa si acaso me castiga con su negativa. Al contrario, yo sería una ingrata si lo dejara así. No está en mí abandonarlo. No quiero que se haga pedazos en su cueva. Sé que está pasando por un trago amargo ahorita. Se está masturbando mentalmente. Pero no se atreve ni se atreverá a confesarlo. No dirá que sí. Tampoco dirá que no. Tal vez ni alcance a decir algo, quién sabe, cuando me vea de frente otra vez desnuda.*

Para hacerse fuerte, repasaba en su memoria la mirada puesta en la bragueta de su pantalón, la prominencia que le brotó. En los ojos que se le salían de su cauce natural al descubrirla saliendo de la ducha, tal y como Dios la trajo al mundo. En el *perdón, perdón, perdón*, que manifestó vergonzoso una y otra vez.

En el encierro en su cuarto para no revelar sus verdaderos sentimientos hacia su discípula, que en realidad lo delataba.

En el óvalo del tiempo ella abrazó momentos que ambos habían vivido. Besos en la mejilla y en la frente. En las palmas y dorso de las manos. La caricia cotidiana, nada insolente pero habitual, sobre los hombros o en los muslos de ambos. De repente una palabra fuera de lugar, pero con un gran contenido de caricia verbal. También resucitaba los besos cariñosos en la mejilla que se habían dado en el balcón de ese hotel en Manzanillo cuando estuvieron de vacaciones. Meditaciones que, rebeldes, arribaron a su mente en milésimas de segundos, y, absorbidas, la conminaron a seguir adelante.

Al igual que Gerardo, ella también se amparó en el espejo que colgaba del interior de la puerta del baño. Desnuda ante el cristal acarició dulcemente su cintura, la vital insurgencia de sus pechos, la ardiente espesura de su sexo. Como un ángel se acaricia, sus manos serviciales fantaseaban el asedio de quien la esperaba. El vidrio, mudo, atestiguaba el capricho de sus proximidades. Presumía de sus labios frescos y su semblante húmedo. Una rosa jugosa, recién cortada, de viento y primavera.

La escolapia intuyó que su tutor la estaba esperando en su torturado silencio. Así que salió del baño, irreverente, sin ropa y sin la toalla blanca enredada en la cabeza, en busca del fugitivo que punitivo se flagelaba con el látigo de su moral.

¡Allá voy…! No lo voy a dejar morir solo.

⌘⌘⌘

Malinalli se dirigió a su puerta y abrió lentamente sin que ésta presentara impedimento alguno. Tal y como ella lo predijo, sin el cerrojo. Atrapó a su tutor frente a la cómoda, mirándose al espejo, en el momento en que ella traspuso el umbral de su recámara. Esa estancia, hasta ahora, había estado destinada únicamente para él. Nunca ella surcó por ese territorio. Por primera vez lo invadía como guerrera en tiempo de las Cruzadas, sin armadura ni yelmo.

Jerry giró su cabeza para observarla obsequioso. ¡Resuelta! ¡Imponente! ¡Insolente! Toda su estatura bronceada cupo, desnuda, en su globo ocular. Sus senos tan firmes y despiadadamente perfectos abrían su paso por delante, como cumbres coronadas de dulzura. Ante su estática presencia, ella cautelosa se deslizaba por los mosaicos blancos de la habitación en curso hacia él, con el hálito atascado en los pulmones. Con premeditación, alevosía y ventaja la bella hermosura juvenil de su Mali entraba para agredirlo. Él no metería las manos, su conducta senil lo frenaba. Sus ojos se humedecieron. El iris, la pupila, la conjuntiva, todo se hizo trizas al ver al portento de Diosa que se le aproximaba. ¡Qué audacia de esta jovencita! Manso se cuestionaba. Orfeo sería desposado por su hermosa Eurídice. No la iba a detener. Por el contrario, le daba gracias a su chiquilla, por tener el valor de despedazar las instrucciones. De romper ese paradigma impuesto quizás desde el origen mismo de su almidonada filosofía. Ella aniquilaría en un instante más su poder moral y ético. Sabía que ella, yendo incólume hacia él, lo transformaría en unos cuantos segundos.

¡Complot! ¡No! ¡No veo cambio alguno en su compostura!, pensó ella cuando, al verlo, volvía él a quedarse quieto como la estatua de La Libertad en New York. La tabasqueña no se detendría. Su misión era llegar hasta el frente, como buen soldado de la tropa, hasta topar con el objetivo. Ella no sonreía, más bien le afloró una mueca que denotaba una profunda inmersión en su intención. Sumergida en su deseo. Muy concentrada. Descalza, con el cabello mojado, suelto, negro como la crin de un corcel en plena exhibición. Con su silueta expuesta. Sin nada que cubriera su alucinante figura. Paró hasta el pie del prisionero sin tropiezos. No pidió permiso. Sin autorización del asaltado, muy despacio, metió sus brazos por entre las axilas del pobre indefenso y los subió hasta llegar a sus hombros sin impedimento alguno. La excitación generó que Gerardo comenzase a temblar y tiritar como si tuviese un ataque de Parkinson.

Conquistado el primer tramo de su meta con relativo consentimiento, Mali le dio presteza a su ambición. Victoriosa le ofreció una mueca coqueta envuelta en un regalo de sensualidad, tan provocadora y tierna como la de Lady Chatterley a su apasionado guardabosques. Después, levantó su rostro y acercó su boca a la de él, tan despacio como pudo, de manera que cuando los labios se reunieron en el beso ansiado, ambos rubricaron el alumbramiento de un sentimiento sin obstrucción. Esta vez Jerry no estaba bebido ni desvelado y contribuía de un modo incondicional al arrojo de su damnificada que lo besaba reiteradamente.

Ella se fue a adherir de lleno en la corporeidad vestida de su Jerry vencido, sin resistencia. Su media naranja se ensambló a la perfección con la otra creando un entero. A mordidas le clavaba sus labios en el cuello, obligando a su tutor a extender sus brazos para sujetarla por la espalda de piel marrón recién bañada. Al fin, su chiquilla querida, muy olorosa a jabón, había ganado la partida. Demostrándole que su ajado invierno era digerido por una erótica primavera, sin importar el trecho inclemente de la edad.

Al mismo tiempo, él tenía un encuentro consigo mismo. Lloraba, sí, entre un mar confuso de olas circundantes, por su deseo imparable de ser abrazado por la codicia de una mujer cuya apetencia lo transfiguraba. Por sentirse inmerso en los besos de una joven atrevida que buscaba reavivar su pasado. También se condolía por haber sido derrotado, abatido ante la prodigiosa estampa de una adolescente que lo torturaba con su juventud. Casi cinco años de no tener sexo eran muchos para mantenerse incólume. Sabía que de aquí en adelante tendría los días contados. Cuando Malinalli se fuera a trabajar a Canadá él no podría mantenerse en pie ante su ausencia. Cada lágrima caería sin piedad a la piel corrugada por los años. Porque ese había sido el acuerdo:

Tú serás como mi hija viviendo en casa, hasta que termines tu carrera profesional, después te vas.

Pero hoy su seductora lo enamoraba como si fuese un chiquillo urgido de consuelo, vaciando su vanidad al precipicio. Cada gota que se escurría por su pergamino le recordaba lo tortuoso de su futuro. Ella terminaría su carrera y se iría a completar su sueño. Y él acabaría su tarea yéndose dos metros bajo tierra. Mientras que él se derramaba en silente aflicción, ella deletreaba cada mililitro de sus ojos. Malinalli de puntitas se alzaba para alcanzar su semblante y absorber la humedad vencida. Besándole el cuello, la quijada, sus ojeras, su frente y los labios.

No había palabras, solo pensamientos. No existía lugar para expresiones, solo emociones. Haber hablado en ese momento hubiera sido un yerro inexpugnable. ¡Algo irrespetuoso! Un volátil comentario equivaldría a fracturar la magia del escenario. Hay veces que las palabras aderezan y en otras son una imprudencia. Una voz delata, una palabra inclina, una frase implora y un grito aprisiona. En este espacio no había nada que quebrara ese instante. ¿Qué decir ante esta escena? ¿Qué presentir en un momento en que el pensamiento es amorfo? Conmoción, exaltación de un momento excelso. Un accidente ardiente fijando una catástrofe. Un disparo detonado en cientos de ediciones. Dos cuerpos en la mezcla de sus propias contradicciones.

Ella hizo y deshizo con su prójimo lo que quiso. ¡Porque él ya era suyo! Inventó con su cuerpo lo que se le antojó. Primero lo despojó de su indumentaria, lanzándola por encima de su obstinación hasta uniformar su aspecto con el de ella. El cristal reflejó dos siluetas desnudas a punto de carbonizarse. La dama lo besaba y el caballero la correspondía. La manceba lo abrazaba y el aristócrata retribuía. La hembra lo manoseaba y el macho se inflamaba. Sin más, ella lo empujó a la cama en pleno incendio y resuelta a apagar la hoguera. Audaz y decidida, totalizó su cuerpo por encima del de Jerry y condujo al madero ardiente al interior de su húmeda oquedad para sofocar la conflagración. Los ochenta kilos recibieron incólumes a los sesenta de su apagafuegos que con su cadencia rítmica enloquecía a un calcinado mortal en pleno tormento.

Malinalli, encima, descubrió que lo suyo era llevar la delantera. No se abochornó, ni tuvo vergüenza en desprender, en quitar, en sobar, en tomar, en besar, sujetar e invadir una comarca no surcada en esa constitución humana. A partir de hoy esa tierra sería gobernada a su entero capricho. Al fin y al cabo, el amo de la región había sido subyugado. Ella gobernaría sin árbitros, sobre una masa corporal que respondía moroso, pero fiel, firme a su nepotismo, con la venia del quejoso. De cualquier manera, la miel llegaba a su sien.

¡En este caso los sesentas se dejaron seducir por los veintes!

Jerry y Mali alcanzaron la gloria varias veces. Y en ese trance agónico, placentero, el espacio lidió con lo terso de la cremosa pared, donde chocaron los suspiros, los estallidos de placer, el privilegio del regocijo, la respiración agitada y la asfixia de la satisfacción. El dolor inconmensurable del deleite, en su máxima expresión. Cansancio ahogado por la seducción. Luego hubo descansos que el sanitario exigió a petición de su inherente humanidad y la tarde escapó por los mares de la ventana, saliendo de prisa con rumbo desconocido. Solo se apreciaba al protector extenuado, dormitando risueño al lado de su dadivosa damnificada. En descuidos, sus ojos y su mirada se vaciaban entre sí auscultando sus ideas.

El reloj y su indecente mecanismo marcó las ocho de la noche. La tarde se había esfumado como agua en el desierto. ¿Inoportuno? ¡No! ¡Qué va! Ya lo dijo Marco Aurelio: *"El tiempo es como un río que arrastra rápidamente todo lo que nace"*. Y hoy, había nacido una nueva forma de vivir. En la advertencia de que no hubo un "te quiero", ni siquiera un "te amo", aunque quizá un "te necesito" no aconteció nada en lo particular. Malinalli, a su manera y sin planearlo, había retribuido al don su gratitud por ayudarla a costear su carrera universitaria. Y él se sentía gratificado por haber sido seducido por su dilecta.

Eso sí, cabe decir que la relación sentimental de la erótica primavera con el maduro invierno asemejó un verano ardiente, cálido y dispuesto, para resistir la llegada del otoño.

¡Qué ironía!
El amor no tiene estaciones climáticas,
y es que...
¡Ante el apetito, no hay cordura!

Ironía 9
Secuestro

Muchas veces no alcanzamos a concebir y/o comprender lo que representa esta palabra. ¡Secuestro! Su significado nos despedaza. Porque en la vida lo más hermoso es la libertad. No hay en toda la existencia algo que se le compare. ¡No ser esclavo! ¡No estar preso! ¡Ser independiente! Tener la libertad de expresar nuestras ideas ante los demás y recorrer el mundo a nuestro libre albedrio. ¡El secuestro es una muerte oculta! Sin embargo, visto desde una lupa, quiero pensar que, hay tipos que al desarrollar esas maldades se sienten estúpidos y deshonestos por obedecer a un criminal, y comienzan a batirse en un duelo cerebral dependiendo de la víctima en cuestión, hasta flaquear en su entereza. Aunque hoy en día esto es una falacia. Generalmente una persona secuestrada es desaparecida. O es carne de cañón para el chantaje.

Leyéndote

Leí tus ojos con la mirada
deletreé intrigada tus sentencias
seduciéndome en cada palabra
el concierto de tus preferencias.

Tu narración me impacientó,
y para que entraras me abrí,
al justo deletreo de tu oración
y a tu texto entera me rendí.

Me raptaron tus oraciones
horadándome tus frases
en la orilla de mis ilusiones
en lo que haces y deshaces.

Tus enunciados me acorralaron
en el verde valle de mi inocencia
y de principio a fin manifestaron
el novel párrafo de mi conciencia.

Hasta entonces supe que...
¡Leer es vivir aprendiendo!

¡Qué pena! Lo que a continuación se lee, ocurrió en el año 2007 en la ciudad de Cancún, México.

Siendo la una de la tarde de un enero madrugador en el calendario del Cancún paradisiaco, Gabriela llegó a la fila que anunciaba la caja 3 de 10 que dicho centro comercial presumía. Vio que la persona que iba delante de ella se apuraba a pagar vía tarjeta de crédito, después de haberle sumado toda su mercancía para en seguida meterla en las correspondientes bolsas de plástico que acostumbran proporcionar en esos establecimientos. Avanzó cuando le tocó el turno y comenzó a depositar sus productos sobre la banda. Detrás de ella se alineó un joven con pocos paquetes y cosas sin importancia que quizás no llegarían a ser más de ocho artículos. Se fijó en él porque vestía una playera sin mangas con un pez espada al pecho, de brazos musculosos y un abdomen envidiable, incluso el joven le regaló una sonrisa al momento en que ella volteó de soslayo a mirarlo. Sin dudar pensó que éste era lo bastante atractivo para volver loca a cualquiera. Pero bueno, ella rápidamente abandonó la tiránica distracción y volvió a lo suyo, olvidándose de la buena presencia de quien le seguía en la cola. Gabriela sí que llevaba su carrito lleno de frutas, legumbres, carnes, una que otra lata y otros paquetes y envoltorios que necesitaría para la despensa de la semana. Al final sacó de su bolso de mano su tarjeta de crédito y pagó con la misma. Tiempo suficiente para que el robusto joven se le acercará aún más, con toda intención, de manera que ella pudo percibir el aroma de su perfume, que le agradó tanto como su rostro varonil y una melena bien acicalada que no le quedaba nada mal, mientras que ella terminaba de guardar el comprobante de pago y su tarjeta.

A su vez el joven vació su carrito con extrema rapidez pagando en efectivo. De modo que ambos salieron del centro comercial casi al mismo tiempo. Una vez afuera, Gabriela volteó un poco para mirar por sobre su hombro y se dio cuenta que el joven venía a su retaguardia. En ese contexto, cualquiera podría interpretar que era perseguida. Ella, sin embargo, restó importancia a la situación y desvió su pensamiento hacia las cosas que tenía pendiente por hacer durante el día. Llegó a su blanca camioneta, limpia, impecable, de reciente modelo. Presionó su llave-control y la puerta trasera de la cajuela se disparó hacia arriba permitiendo que ella comenzase a trasladar sus productos del carrito a su vehículo, mientras que el referido joven hizo alto en otra camioneta de modelo más antiguo, pero de buen aspecto, de color gris, estacionada justo al lado de la suya, aunque en el interior, se percató, había dos personas más esperando, de modo tal, que cuando éste llegó, salieron a recibirlo discretamente.

Ella terminó cuidadosamente de guardar sus bolsas en la cajuela, tratando de no ensuciar su conjunto blanco de saco y pantalón que vestía y se dirigió a la puerta delantera de su camioneta, abriéndola, para ponerse al volante y partir a casa. Subió, y cuando se acomodaba en el asiento para cerrar la puerta y arrancar su vehículo, sintió un doloroso jalón de cabellos que la obligó a irse hacia atrás sin control. Inmediatamente después, un rodillazo en su espalda le impidió gritar y apenas quejarse del maltrato. Por los golpes recibidos, perdió el aire y, segundos más adelante, le propinaron un puñetazo en el estómago que le hizo cerrar los ojos, dejándola fuera de combate. En ese momento el joven de la playera con el pez espada en el pecho y sus dos cómplices la subieron a su camioneta gris sin problemas. Nadie fuera del centro comercial se percató del incidente.

¡Gabriela prácticamente estaba noqueada!

Así que, sin dejar huella, la señora desaparecía del panorama sin que nadie reparara en el secuestro. Incluso a los malhechores les alcanzó el tiempo para cerrar el vehículo de la doña y traerse su bolso con todo y cartera y celular.

Pasados diez minutos aproximadamente, ella se percató de su nueva realidad. Era llevada a la fuerza dentro de esa camioneta. O sea, secuestrada en otro auto que obviamente no era el suyo. No conocía a ninguno de sus agresores. Sellaron su boca con una mordaza bien sujeta a la nuca. Además, le cubrieron el rostro con un trapo apestoso, sin que éste le ocasionara asfixia, pero que le impedía ver. No suficiente con lo anterior, la tiraron al piso con la cara hacia abajo y los pies de sus ocupantes sobre su cuerpo. Lo que originó que su blanca apariencia de un momento a otro dejara de serlo.

—Más le vale, señora, que guarde silencio, de otro modo la vamos a agarrar a patadas hasta hacerla callar. Evítenos la pena de lastimarla.

Y así viajó largo tiempo, más de la cuenta para su entender, hasta que llegaron a la meta. Lo bueno, después de todo, es que a la inmunda camioneta le funcionaba muy bien el aire acondicionado, por lo menos iba sin sudar.

La camioneta hizo alto al fin dentro de un inmenso terreno que parecía abandonado. Ella adivinó que recorrieron unas tres horas de camino, con la salvedad de que por lo menos una hora del trayecto lo habían hecho por veredas de terracería, porque su humanidad bien que percibió los brincos y tropiezos que dio la camioneta. De modo que al quitarle los trapos de la cara y dejarla que se incorporara a su antojo sintió un gran alivio. Aunque aquello no le duró mucho ya que de inmediato apreció un dolor de cadera insoportable creado por la posición impuesta en que viajó y por la pisada de los zapatos de sus secuestradores que la vinieron atosigando. Al bajar libremente, sin ser sujeta por ellos, miró descaradamente a sus verdugos. Primero vio a una mujer de cara ancha y de nariz chata, tan morena como el castigo del sol sobre un rostro maltratado. Llevaba una cola de caballo hecha de mala gana. Después se fijó en otro individuo, de mirada despreciable, de buena estatura, grandote, mal encarado, de aspecto feroz y de abdomen grasoso, pero con una voz parecida a un claxon de tráiler, gruesa y sonora. Por último, y de remate, con una calcinante decepción, miró al joven de playera sin mangas, que había admirado por su corpulencia en el centro comercial.

¡Qué decepción, carajo!

La tarde moría en el horizonte y la negrura se ajustaba de a poco en el cielo. La metieron a una especie de jacal bien concebido, construido para morar de forma decente, preparado para el descanso y que se sublevaba al panorama que ella podía distinguir desde ahí. En apariencia un escenario selvático, sin luces alrededor, sin ruidos, solo chillidos y chasquidos propios de una oscuridad animal, en donde los roedores y las aves eran los soberanos de la espesura.

Ya dentro, el grandote de rostro duro dispuso de una lámpara de petróleo y la encendió, mientras que su mujer buscaba velas para encenderlas. A la secuestrada le pareció inverosímil que una cabaña de esa talla no contara con corriente eléctrica. No le encontró razón al asunto. El piso era de concreto, pero forrado con una alfombra de uso rudo para su buen caminar. Las paredes eran troncos unidos de manera horizontal sustancialmente juntos y con un techo alto constituido a base de vigas muy fuertes que le daban un aspecto de fortaleza. A Gabriela le pareció una especie de casa de campo construida para el reposo. Con ojos curiosos se dio cuenta que la habían metido en un cuarto de regulares dimensiones y bastante cómodo a pesar de no contar con luz eléctrica y mucho menos con aire acondicionado. Tenía una ventana que daba al vacío. Incluso arrimó la cabeza lo suficiente a los cristales y evaluó el precipicio con meticulosidad. Calculó unos treinta metros de caída libre. Imposible saltar, aun rompiendo la ventana, que, además, estaba configurada por ocho trozos de vidrio, presos entre marcos negros cuadriculados y unas hojas metálicas a lo alto y largo de ésta que no permitían la entrada o salida del aire. Ella pensó que por lo menos tendría algo que admirar desde adentro. También la cabaña tenía planta alta. Que por el momento ella no conoció porque las escaleras estaban construidas por fuera y sus secuestradores la ocuparon de inmediato.

Abajo, donde a ella la empujaron, el espacio era sumamente amplio. No había divisiones, salvo la puerta que conducía a un baño de tamaño reducido. Era una superficie lisa y extensa. La recámara era simplemente una cama al fondo en un rincón, con una cajonera al lado derecho de la cabecera que sostenía una veladora apagada. Justo al lado de la ventana se instalaba una cocina que daba la pinta de ser integral, bien dispuesta, con estufa y fregadero doble, tres repisas llenas de platos, tazas y vasos, pero sin cuchillos ni tenedores. Solo cucharas. Frente a la cocina se hallaban un par de sillones de brazos de madera colonial, de aspecto pálido y humilde, con almohadones lisos y rectangulares. O sea, que desde la puerta de la entrada se dominaban todas las áreas con un solo vistazo. Recordó que antes de entrar a la cabaña, le había llamado la atención la disposición de un asador de carnes con sus barras de piedra bien formadas. De plano figuraba ser una cabaña arrogante, planeada, bien concebida, pero que aún carecía de ciertos detalles o acabados que le dieran un mayor brillo para ser habitada por sujetos que les gustaba vivir bien y con cierta presunción.

Transcurrida media hora, el primero que habló con ella fue el grandote:

—Señora Gabriela, hemos dispuesto este cuarto para usted. Sabemos que no estará muy cómoda, lo sentimos, no tenemos otra cosa que ofrecerle.

Este despreciable individuo, pensó Gabriela, *tiene una panza tan enorme como un oso negro en invernadero.* Aunque la gentileza de éste fue un rasgo sustancial al dirigirse a ella.

—La primera pregunta que quiero hacerle, bruto —con voz alzada ella le gritó a su secuestrador en jefe—. ¿Quiénes son ustedes? ¿Acaso esto es un secuestro? ¿Qué cosa buscan trayéndome aquí? ¿Dónde estoy? ¿Qué pretenden?

—¡Señora mía! Son muchas preguntas, ¿no le parece?

—En segundo lugar, estúpido, no soy su señora, y le pregunté: ¿Qué hago aquí? ¿Quiénes son ustedes? ¿Cómo es que sabe mi nombre?

El grandote ya no quiso responderle. Era obvio que ella no iba a asimilar las cosas como él lo trató de intentar. Estaba evidentemente alterada, habría que dejarla en paz y, cuando estuviese más calmada, tratar de establecer con ella una sensata comunicación. Por ahora era suficiente. Salió de la habitación cerrando la puerta tras de sí y la dejó con la voz espaciada en las paredes.

Gabriela no tuvo de otra más que adaptarse a las condiciones que tenía para irla pasando mientras que rogaba a Dios que algo sucediera pronto, para ser rescatada por alguien. Aunque pensó: *Nadie se percató de mi secuestro. Fue tan rápido que yo misma no sé cómo estoy aquí ahora.* Hacía esfuerzos para poner en orden sus ideas. *Me quedé sin mi bolsa, sin la camioneta, sin mi celular. Nadie sabe que estoy aquí.* Hasta en ese momento sentía el miedo exudando por su garganta. Estaba aislada, sin protección. En esas introspecciones estaba cuando de nuevo abrieron la puerta para dejarle en el piso una vela encendida metida en la boca de una botella.

—¡Cuide que no se le apague, porque no hay cerillos!

Así que, con su brazo derecho la sostuvo y caminó con ella hasta la otra puerta que vislumbró desde un principio. Supuso que era un baño. No se equivocó. Había una taza para defecar, un pequeño lavamanos, en la pared un espejo, arriba y a un lado un tubo extendido hacia el techo que daba la impresión de ser una regadera sin cebolleta. En la pared contigua halló otras rendijas de metal para permitir la ventilación. Eso era todo al interior del mini baño. Sin toallas, sin cepillo de dientes, sin jabón, pero pudo comprobar que, abriendo la llave, por lo menos salía agua.

Caminó a la cama que habían dispuesto para ella. Una almohada blanda sin funda, con manchas cafés. Una sábana abajo y otra sábana arriba para cubrirse, punto. En la media penumbra de las seis y media de la tarde, no podía darse cuenta del color de los troncos de madera, aunque no olía mal, después de todo, percibía un aroma espeso, a bosque.

La noche primera la pasó terrible. Sin dormir, con calor, aunque no mucho porque tuvo la fortuna de ser secuestrada en enero. Si hubiese sido a mitad del año las condiciones seguramente hubiesen sido insoportables, funestas. Sin embargo, el calor dentro, calculó ella, rondaba por los treinta grados centígrados. Con sed, aunque no tuvo más remedio que saciarse con el agua de la llave del baño. No había pretexto para melindres. Con hambre. Llorando a ratos por su suerte. Escuchando a sus raptores que se agitaban constantemente, hasta que el reloj navegó cansado al filo de la madrugada y les marcó el alto. Aun así, no pudo conciliar el sueño.

Después de muchas horas vio el resplandor del sol y a la mañana asomarse por la ventana, entrando insolente hasta su cuarto, invadiéndolo con calor iluminado. Una naturaleza que no tiene conciencia de lo malo o de lo bueno entre los humanos. Diario amanece y diario anochece. Del cielo viene la lluvia, el sol, el viento, el día y la noche sin que sea prisionero del hombre. Ella sí es libre, completamente libre y soberana. Ni Dios la puede sobornar.

Dieron las diez de la mañana sin que se percatara del tiempo. De súbito la puerta de su cuarto se abrió y entró el grandote recién bañado y con la mujer mejor acicalada que el día anterior. Las instrucciones comenzaron a darse, pero esta vez notó que el hombre venía decidido a no tomarle parecer, fue al grano y directo:

—Señora, usted está aquí en calidad de secuestrada. No intente nada. De hecho, el poblado más cercano está a una hora y media de distancia en coche. Y aventurarse sin conocer el camino, con este calor de Quintana Roo, sería un verdadero suicidio, además de la peligrosidad que representan las afiladas rocas y la espesura del bosque, que encarnan una trampa. Ya hemos establecido contacto con sus hijas —. A Gabriela se le dilataron los ojos cuando éste las figuró—. Las pusimos sobre aviso de la situación. Sabemos que su hija mayor puede intervenir directamente en el banco para lograr su rescate. En tanto que a la menor le hemos dado la tarea de publicar en redes sociales su retención. La idea es que todos conozcan de su desaparición. De antemano le digo, sabemos que provocando el pánico entre los suyos, condiciona positivamente la obtención del pago por el rescate. Mi compañero le traerá en breve unos pantalones de mezclilla con una camisa para que se sienta más ligera. Acostúmbrese, señora, pasará con nosotros una buena temporada. A menos que recibamos el rescate en breve.

—¿Por qué yo? ¿Cómo es que saben ustedes tanto acerca de mí?

Ella estaba intrigada del cómo, cuándo y a qué horas, estos desdichados sabían desde la "A hasta la Z" de su persona, por lo que el líder secuestrador respondió de inmediato:

—No le vamos a mentir, señora. La hemos vigilado durante dos meses. Sabemos todo de usted. Su domicilio en Cancún y la casa de descanso que posee en la Riviera Maya. Sus pertenencias. Sus dos hijas, Mercedes la mayor, de 18, y la que le sigue, Cecilia, de 15. Conocemos a qué escuela van, sus gustos y qué deporte practican. Enterados también estamos de que usted es una viuda rica, heredera de una fortuna que le dejó su marido. Tiene cuarenta y dos años, posee dos camionetas de reciente modelo. Una que usted maneja, y la otra la usa su hija Mercedes, la mayor. Inclusive usted preside el despacho de Empoderamiento de la Mujer en Cancún. Y que va al gimnasio tres días a la semana. Eso y otras cosas más, aparte, por supuesto, de sus dos cuentas bancarias a las que ya hemos fiscalizado también, pero a las que no podemos acceder a expensas de su libertad, razón por la que está usted con nosotros.

Gabriela no pudo impedir que su rostro mostrase impotencia, coraje y rabia. Su instantánea reacción provocó que su cabeza se llenara de encolerizadas respuestas. Bien dicen los expertos que quien da el primer golpe, lleva todas las de ganar. Así que ella dijo lo primero que se le vino al cerebro:

—Pues sépase, idiota, que no diré nada, aunque me den una golpiza, no diré nada. Absolutamente nada. Le llevó toda su vida a mi marido ganar esa fortuna y no la voy a regalar así porque sí. Ni aunque me pateen como a una pelota.

Ella lo dijo con un ardor sentido desde el fondo de su alma. Dueña todavía de su palabra y su temperamento. Con el celo que una mujer agradecida siente cuando su felicidad se la debe al hombre que le dio dos hijas primorosas.

—No será necesario, señora, que nos diga lo que sabe. Para eso están sus hijas. Precisamente abusaremos de la inteligencia de su hija mayor para lograr nuestro propósito. Su niña seguramente estará pensando en salvarla y su único objetivo estará enclavado en conservarla con vida. Sabemos que el novio de ella trabaja en el banco donde usted justo conserva una de las cuentas que nos interesa, por lo que, de un momento a otro, saldrá de ahí la recompensa que estamos pidiendo.

No era necesario que dijera más ese maleante. Al oírlo con tanto aplomo y seguridad, con la estúpida sonrisa a flor de labios, la desnudó cual si hubiese sido violada. Inmediatamente de sus ojos brotó la cascada de impotencia. Las mejillas se humedecieron como el parabrisas de un auto en pleno aguacero.

⌘⌘⌘

Pasó ese día, que se le hizo larguísimo, y luego pasó otro, y otro, sin pena ni gloria. Ya ni siquiera le decían qué ocurría con el embrollo de su secuestro. Parecía como si la tuvieran olvidada, arrumbada en aquella cabaña en medio de la selva. De repente la mujer del grandote le arrastraba por la puerta un plato de comida caliente a la que no despreciaba a pesar de su quebranto. El cuerpo no perdona, exige. Gabriela pensaba y pensaba, como si fuera una enciclopedia de dudas. Se sumía en exámenes profundos y sesudos, pero dolientes. A ratos percibía acaloradas discusiones entre ellos tras la puerta, pero luego no oía nada, incluso llegó a pensar que en momentos estaba desierta la casa, aunque nunca se atrevió a intentar salir de su cueva. De hecho, la puerta siempre estaba atrancada.

Después de cuatro días, entró el joven apuesto a su habitación con un encargo que traía entre manos. Para entonces ella lucía dolida, sumisa y esclava.

—Así que tú eres el mismo imbécil que miré en el centro comercial aquella tarde, ¿verdad? ¿Ese que me mostró una sonrisa hipócrita?

Él no dijo nada. Se limitó a seguir instrucciones. Sacó de las bolsas la ropa que le iba a entregar y la extendió sobre la cama para que Gabriela viera su nuevo atuendo, aunque ella ni se inmutaba. Esta vez el joven vestía pantalones negros de aparente mezclilla y una camisa de manga corta que le dejaba ver su cuerpo ceñido a la ropa que portaba. Una greña negra rebelde, cuyo copete acusaba sobre la frente no tan angosta, pero marcada. Se notaba que el joven no era tan vanidoso. Tal vez solo se peinaba una vez al día y nada más. Así que bien podría traerlo alborotado y le hubiera importado nada andar despeinado. En cambio, el garbo, altivez y verticalidad de su andar, lo hacían distinto al grandote cuya barriga escandalizaba por delante de sus hombros laxos. El resto era evidente a la vista. Además de que el grandote tendría por lo menos diez años más. Gabriela confirmaba, como aquella tarde, que su gendarme era bien parecido y apuesto, aunque ahora no sonreía, para nada. Con la cara sombría y gris realizaba su tarea encomendada. Situación que ella quiso aprovechar.

—Te estoy hablando, contéstame, ¿estás orgulloso de tu actitud?, ¿te gusta la vida que llevas?, rata inmunda. Robando, secuestrando, humillando a tu prójimo, poniéndole las patas a las mujeres en la cabeza.

Gabriela no se conformaba con lo que gritaba, era mucha su furia retenida y buscaba desquitarse de la afrenta, así que se fue sobre el bulto, queriendo golpear al secuestrador, y éste, al sentir la amenazadora cercanía de su agresora, giró sobre su propio eje y atrapó su palma derecha que ya iba rumbo a su rostro. La interceptó justo a tiempo. Aunque la izquierda de la agresiva dama también intentó llegar a su cara, pero la habilidad del joven la cachó en pleno vuelo. Él se vio obligado a doblarle los brazos y llevarlos hacia la espalda de ella misma, abrazándola literalmente, es decir, él sujetándole los brazos y comprimiéndola a su cuello masculino. Su pómulo con la mejilla de ella.

—¡Suéltame imbécil!, ¡suéltame! —gritaba ella fuera de sí, directo a la oreja de él, quien sintió que los chillidos le horadaban el oído. Sin embargo, él no perdió la cordura.

—La voy a soltar hasta que se calme, señora. Le suplico que no me obligue a lastimarla. Por favor, tranquilícese. No tiene ningún caso que sea agresiva.

Él simplemente cumplía con un mandato, sin querer subyugarla. Domar a la fiera esclavizada no le era preciso. Al mismo tiempo, trataba de ser benévolo, complaciente y gentil. A él le hubiera bastado con que ella adoptara una actitud similar. Pasados unos segundos repitió la exhortación.

—Señora, le suplico se tranquilice. Por favor.

Mientras que ella seguía presa en la estrechez del abrazo, percibió en ese momento dos cosas a la vez.

La primera, la forma en que él se dirigía a ella; con amabilidad y cordura, usando palabras correctas y una voz férrea, masculina. La segunda, que el joven secuestrador no olía mal, seguro se había tomado una ducha antes de abrir esa puerta. De hecho, probó y sobó su fortaleza física al instante, de manera accidental. Por lo que no tuvo más remedio que aflojar su cuerpo, para que él la dejara de sujetar.

Cumplido el molesto proceso, él se dedicó a seguir acomodándole la ropa limpia que le había traído, incluso un jabón para baño, una toalla y un cepillo de dientes con pasta dental. Terminaba de extenderla sobre la cama cuando agregó:

—Señora, si desea algo más, por favor hágamelo saber.

—En cuanto termine de asearme te llamaré, tenlo por seguro. Tengo muchas preguntas que hacerte, espero que seas lo suficientemente hombrecito como para responderlas.

El joven le llevo ropa interior, una mezclilla, una camisa de hombre holgada y unas chanclas que para nada le gustaron, pero se las tuvo que calzar por la misma necesidad de un cambio urgente de su limpieza corporal.

Pasaron dos horas aproximadamente cuando ella golpeó repetidamente la puerta, llamándolo para interrogarlo y conocer cómo estaba ahora la situación después de cuatro días de estar encerrada en esa covacha. Minutos después, el joven respondió al llamado y abrió la puerta con precaución, para proceder a lo que él sabía iba a ser un examen de carácter extraordinario. Pero al entrar se quedó estupefacto, fascinado. A sus ojos, la señora esclavizada había dado un cambiazo total, rotundo, apenas se parecía a la que había dejado hacía poco. El rostro blanco haciendo juego con el color de su piel, de cutis fresco, cabellos castaños, ojos redondos, oscuros y festivos. El baño le había sentado muy bien. Para su agradable sorpresa hasta ahora le miraba un pequeño rubí en su mano izquierda. El pantalón de mezclilla, un poco flojo, le torneaba a la perfección el dibujo de su trasero y el perfil de sus muslos que se deslizaban redondos cuales troncos otoñales hasta el tallo de sus pies, calzados por sandalias sin agujetas, descubiertas. Sus brazos blancos, sobradamente femeninos, sus manos frágiles se dibujaban delicadas, tersas, cual ninfa de esas que el maestro de filosofía le describió cuando cursó la preparatoria.

Nervioso, preguntó en el mejor tono que encontró:

—¿Se siente mejor señora?

—Sin duda. Claro que sí. Ya traía kilos de mugre sobre mi cuerpo y la comezón en mi cabeza no me dejaba tranquila.

Momento que él aprovechó para admirarle con detenimiento su cabello corto, con hilos canosos apenas perceptibles y un ligero mechón sobre su frente estrecha. Un milagro estético perfectamente retratado. *Inmediatamente se nota cuándo una dama distinguida acude al salón de belleza, para procurar su persona.* Eso pensó sin detenerse mientras la auscultaba. El baño, la ducha, su limpieza corporal, la ropa usada pero limpia que le llevó, le inyectó un ánimo fuera de lo común hasta entonces.

Mientras que ella tomaba el baño debajo del chorro de agua, penetró al espacio de las mil e infinitas reflexiones, concluyendo que lo mejor era cambiar de actitud y utilizar una estrategia en la que se viera condescendiente, serena, cortés y cordial, para ver si de ese modo lograba ablandar la humanidad de su joven secuestrador e informarse acerca de cómo avanzaba la situación de su secuestro. Así que, resuelta su táctica, la puso en marcha.

—Joven, ¿cuál es tu nombre?

—Jorge —respondió. Y antes de que Gabriela le preguntase sobre su apellido y otras formalidades, él se adelantó—: Jorge a secas. Y ya sé que el suyo es Gabriela.

—Oye, Jorge, ¿sabes cómo van las cosas? ¿Qué has sabido acerca de todo esto que me tiene tan preocupada? Dime algo por favor. Lo que sea, pero por lo menos ponme al tanto de la situación. Te lo suplico. ¿Cómo están mis hijas?

—Poco o nada es lo que puedo agregarle, señora, porque a mí también me han mantenido al margen de todo esto. Realmente quien está manejando este asunto es Benito, el panzón, que ya lo conoce. Él y su mona son los que están al frente de las tranzas. Desde ayer en la mañana se fueron y hasta ahorita no me han hablado para ponerme al tanto. Ignoro si ya cobraron la recompensa o no. Si ya les dieron los billetes que están pidiendo. Si ya se largaron con el dinero o quizás ya no regresen por mí. Quién sabe. Créame, señora, no sé nada.

—Ya sé que estoy aquí, presa. Pero… ¿por qué? Lo que no entiendo es por qué yo, si en el barrio donde vivo hay vecinos que son verdaderamente ricos. Sus casas son inmensas y tienen hasta cinco autos en la cochera. ¿Por qué yo?

—Eso no lo decidí yo, señora. Lo decidieron ellos. De hecho, detrás de la pareja que usted ya conoció hay mucha más gente. Usted no tiene idea del grueso de la organización.

—¿Y tú perteneces a ella?

—No me queda de otra, señora, créame, no tengo otro camino. El día que pretenda salirme me matan, así de fácil. Solo saldría con los pies por delante, es decir, en un féretro.

—¿Y cómo es que entraste a esta maldita banda?

—Por mero accidente, señora. Una tarde uno de ellos trató de robarme mi cartera y celular, pero lo puse como lazo de cochino. Él no sabía que soy un experto en artes marciales. Le fracturé el tabique, le fracturé a su vez una costilla y le rompí el brazo derecho, todo en cuestión de segundos. Mas tarde y después del incidente traté de llegar a mi casa, pero los de la banda me interceptaron y ahí comenzaron a amedrentarme con pistola en mano y aunque traté de imponerme, ellos actuaron rápido y me dieron un plomazo en la pierna izquierda y hasta ahí llegué. Creí que me iban a rematar, pero, al contrario, el líder se me acercó y me invitó, a fuerza, a integrarme al grupo, con el pretexto de que yo sabía meter muy bien los puños.

—¿Y si no hubieras aceptado?

—¡No pues, hasta ahí hubiera llegado! Me hubieran dejado como coladera.

—¿Hace cuánto de eso, Jorge?

—Ya va para tres años. Ni modo, ahora me aguanto.

Gabriela lo veía directo a la cara, como si de esa manera se asegurara de que estuviese diciendo la verdad o eran puros cuentos los que vociferaba.

—¿Y a cuánto asciende la cantidad que están pidiendo por mi secuestro?

—Dos millones, señora, pero estoy seguro de que el gordo se conformaría con tan solo uno. Hasta eso, no sabe hacer las cosas de manera profesional. Es un bulto.

Gabriela respiró. Esa cantidad sí podría retirarla su hija Meche. Ella era la beneficiaria si algo le sucediese. El abogado en su momento lo planteó. Ella pensó: *Qué bueno que le hice caso a la hora de la firma.*

—¿Y qué sabes de mis hijas? Dime por favor lo que sepas.

—Bueno, hasta donde estoy enterado, es que precisamente su hija mayor había estado buscando la forma de sacar esa cantidad del banco.

—Lo que me preocupa es que las vayan a lastimar.

—No, señora, no se preocupe. Ese tipo de represión no está dentro de los planes que se plantearon desde el principio.

Jorge comprendía la situación agónica de la señora. Era obvio que se mostrase preocupada, por lo que sus respuestas eran, además de consoladoras, sin costo directo a su calidad de madre.

—Me retiro, señora. Ya es hora de desaparecer de su presencia. De hecho, me tienen prohibido conversar con usted. Ellos dicen que el llanto y el dolor adelgazan la dureza y creo que tienen razón. Con su permiso.

Al levantar su metro ochenta centímetros y disponerse a abandonar el cuarto de su secuestrada, Gabriela se apresuró y caminó directo hacia él, mirándolo a sus ojos, afianzando su mano izquierda con la misma de ella. El apretón fue evidente.

—Jorge. Te pido de favor no te olvides que estoy aquí. La soledad de presa es un padecimiento que no tiene cura. Si sales y te pasa algo afuera me quedaré cautiva en este lugar, sabrá Dios cuanto tiempo.

Ella le regaló una mirada de súplica que se cruzó con la de compasión de él. Mientras que sus manos se hicieron cosquillas entre los dedos, hasta que él delicadamente las separó.

—¡Lo tendré en cuenta, señora, con su permiso!

—Y una cosa más, Jorge. Llámame por mi nombre. Por favor.

Cuando Jorge salió de su habitación, a pesar de su inmensa soledad ya no se sintió tan desvalida. Pensó en sus hijas, en su casa, en su dinero, en su finado esposo, pero también en el joven que ella de algún modo había logrado ablandar. Le llovieron pensamientos para todos en su reclusa circunstancia. Apartada de la ciudad y de la gente se enfrentaba también al espejo de su propia existencia. ¿Qué tan buena o que tan cruel había sido en la vida? En el caso de que hasta aquí llegase... ¿Sus decisiones y acciones habían sido blancas o negras? ¿Se consideraba una mujer dotada de buenos sentimientos? ¿A cuántos había engañado en el trayecto de su camino hasta ahora, para salirse con la suya? El llanto ya no le hizo compañía, se portó omiso con sus especulaciones. Aunque ya el calor la tenía fastidiada. Seria, circunspecta, atenta a sus reacciones de retentiva, se comportó a la altura de sus conflictos internos. La memoria, el recuerdo, la evocación y el pasado se aglomeraron en una miscelánea de pretextos para perdonarse por cada una de sus faltas. El joven le aseguro que sus hijas no sufrirían ningún perjuicio. Eso la tranquilizó lo suficiente. Además, éste le mencionó la cantidad solicitada por el secuestro, lo cual hizo que ella pensara que sería relativamente sencillo para su Meche hacerse de esa cantidad para solventar la situación. Asimismo, no olvidaba la dulce firmeza con que el joven la miraba. Y el trato amable hacia ella. Sin duda la respetaba como lo que era, una señora. También muy adentro de su sensibilidad femenina, percibía esa comezón mundana de querer estar cerca de él. Pensando y pensando llegó a tocar su más profundo sentido del deseo. Hacía ocho años que su esposo había fallecido, y desde entonces la espesura de su libido había sido intocable.

Lo que le parecía intolerante e indecente era tener este tipo de apariciones en su mente. *¡Maldita sea! ¿Qué horas de pensar en el placer cuando se está presa?* Rápido desechaba de su pensamiento esas ideas refugiándose en el dolor de estar encerrada en un sitio inhóspito, para luego llamar desde su interior a otro tipo de introspecciones: *¡Maldita imagen que da el poseer una casa de lujo!*

⌘⌘⌘

Y el calendario implacable gozó de su indolencia. Sin sacrificar un minuto, lo marcó de un modo inhumano. El tiempo pasó y pasó, claro, no al mismo ritmo que los de la humana conciencia que se deshace en sus quehaceres por predecir qué pasara el día de mañana, pero catorce días sí pasaron sin que la huella de un acontecimiento convirtiera en realidad un nuevo matiz de las cosas. Dos vidas, una libre y otra presa, para las que las tardes fueron iguales. Sin cambio.

El calor fastidiaba la sensibilidad del cuerpo de Gabriela, así que, a sus pantalones de mezclilla les corto las piernas y a su camisa le hizo recortes para dejar en libertad parte de sus senos. Además, ya no se preocupó por verse bien, se soltó el cabello, que rebelde se le resbalaba por encima de la frente. Incluso, la ingesta de sus escasos alimentos provocó que su silueta se viera mucho más jovial y atractiva.

Mientras tanto Jorge también sufría las de Caín. Se le terminaba el dinero. Ya casi no tenía gasolina en el tanque de la camioneta y las provisiones se le estaban acabando. Eso de hacerle a la señora por la mañana huevos revueltos con frijoles diariamente y por la tarde-noche prepararle un trozo de carne acompañado de verduras y un refresco ya lo tenían al punto del desfallecimiento económico. Casi dos semanas de no saber qué ocurría con la situación. Lo último que supo, y en carne propia, fue cuando el mugroso panzón y su compañera, después de los primeros tres días salieron hacia Cancún, para certificar de cerca el posible depósito bancario que la familia había prometido. De ahí en fuera, no supo nada más de ellos. Desde su celular les hizo como veinte llamadas sin obtener respuesta. Las conjeturas y alucinaciones torcían su firmeza. Que la policía los detuvo y los tenía ya encerrados. Que se escaparon con el rescate. Que la banda se apropió de todo. Inclusive pensó que tomaron a las hijas de Gabriela como rehenes. Y él aquí, aguantando todo el trance del encierro patético con la señora. En esas condiciones ya no soportaría mucho tiempo.

Pero la trampa no solo se ventilaba de un lado, con los días fue tomándole cierto cariño a la dama que resguardaba. La señora ya no era tan insolente, se comportaba menos punzante y su tono se volvió mucho más tolerante. Su temperamento había cambiado, ahora lo trataba como persona y no como a un vulgar secuestrador.

Viéndolo bien, pensó, *la señora no estaba para despreciarla. Poseía un cuerpo codiciable. Una chavala de veinticinco envidiaría esta figura de cuarenta y dos.* Al vigilarla durante días se percató que la dieta la puso en mejor forma y que con sus piernas desnudas se le antojaban mucho. De esa manera y de a poquito entraba en un túnel de deseo sin salida, y eso, por supuesto, también lo traía agitado. No era un androide para ser indiferente. Eso de que ella se le acercaba demasiado con cualquier excusa lo atosigaba. Justo ahora recordaba el día de ayer, cuando le pidió de favor, de una manera por demás cariñosa, que le permitiera hacerles una llamada a sus hijas con su celular.

⌘⌘⌘

—¡Buenos días, Gabriela, aquí le traigo su desayuno!

—Muchas gracias, Jorge, te agradezco tanto que te preocupes por mí. He pensado últimamente que ya no deberías hablarme de usted. ¿Por qué no me tuteas? Creo que sería lo mejor, ¿te parece?

Después de una pausa le hizo la pregunta de todos los días:

—¿Alguna novedad?

—No, ninguna novedad. Y la verdad, ya no sé qué hacer.

Ella sonrió con cierto cinismo y agregó:

—Fácil, agarra tu camioneta y déjame en casa. Mi familia y yo te lo vamos a agradecer.

—No es tan fácil, Gabriela. Tengo una tarea que me encargaron y dejarla al garete me costaría la vida.

Cuando oyó que él la tuteó, Gabriela se prendió de veras. La familiaridad con que lo dijo y la claridad de su palabra varonil con que acompañó al tuteo, la envolvió y concilió con su intimidad. Cuando Jorge salió de su cuarto, ella sintió que ya era conveniente apresurar las cosas si es que quería que hubiera un cambio en la situación. *Tengo que entusiasmarlo, debo hacer más para agradarle. Sonreírle, acariciarlo, darle la impresión de que comprendo su quehacer de cuidarme. De plano estoy decidida a seducirlo. Atraerlo a la cama. Lograr tener sexo con él. No importan las condiciones en que lo obtenga, el caso es conseguir la comunicación con mis hijas.*

Y es que ya no veía ni oía a sus otros secuestradores. No escuchaba ruidos al exterior de su habitación. Ni gritos como antes. Todo era silencio, hasta que llegaba Jorge con sus provisiones, y a veces ni eso, porque las más de las veces él solo arrastraba el plato al interior de su cuarto sin pronunciar una palabra. O sea, era tímido, o acaso guardaba excesiva precaución para no meter la pata y enredarse en amoríos con su cautiva. El asunto no iba a ser tan sencillo para que ella lograra hacer realidad sus planes. Ni modo, la espera iba a ser un buen aliado. Lo mejor sería no mostrarse sumamente ansiosa. Todo debía ser con calma y sin que él sintiera acaso que era una maquinación perversa. *Al cabo,* reflexionaba, *no sería mucho el sacrificio, Jorge es apuesto y de feo no tiene nada. Al contrario.*

Y a Jorge el tedio y la abulia ya le habían llegado al techo. Nada por la mañana, nada por la tarde, nada por la noche. El celular, casi sin saldo, no sonaba, ni para bien ni para mal. Con apenas un cuartito de gasolina en su troca, tenía que hacer algo y pronto. Solo tenía provisiones para los próximos tres días, de ahí en fuera tanto él como su cautiva iban a padecer de hambre. Y lo que menos deseaba era ir a una tienda de conveniencia y asaltarla. Además, si lo agarraban, echaría todo a perder. No le quedaba más que soportar la situación hasta el fin. Tal emergencia lo orilló a espulgar el armario, el taller, la caja enorme de las herramientas y cada una de las habitaciones de la planta alta. Quería encontrar dinero o algo que se le pareciera, para sostenerse en pie hasta donde fuera posible. El dilema era superlativo. Y justo cuando registraba en la alacena de la cocina encontró una botella de *whisky.* Llenita, sin abrir. Una etiqueta roja. ¡Completita! Los ojos le brillaron, la conciencia, antes de tomar el brebaje, se emborrachó de impudicia. Una botella de a litro para él solito. Tenía más de dos semanas y media de no tomar trago alguno de licor. De modo que, cuando se le apareció el agua bendita hasta el gañote se le humedeció y tragó saliva varias veces, pero de un deseo de empinar el codo hasta darle fin al botellón. Desde que la banda de los malos lo adoptó, y de eso hacía varios años, lo enseñaron a tomar todos los días, y si no, pues a chupar yerba, pero siempre optó por el alcohol en lugar de cualquier estupefaciente. Cualquiera que fuese. Ron, tequila, mezcal, *brandy, whisky* o lo que tuvieran a la mano, no existía preferencia. Por lo que los tragos de cualquier botella de alcohol fueron su rescate para evitar sentirse acompañado de purita soledad. Se emborrachaba para no escuchar tantas pendejadas de sus compinches. Así que esta vez no sería la excepción. De modo que jaló una silla del respaldo para sentarse, haciendo que ésta chirriara en el suelo, y justamente eso lo percibió su reclusa, que estaba atenta a la percepción de cualquier ruido de arriba.

—¿Jorge, estás ahí...? ¡Jorge! ¡Jorge!

Ella gritó dos o tres veces de modo tal que él la oyó perfectamente bien. No podía hacerse el occiso. ¡La escuchó y muy bien! Tan sonora como el carrito nocturno de los plátanos y los camotes de su colonia. Quiso guardar silencio, pero la insistencia de ella lo sacó de quicio.

—Por favor, Gabriela, déjame tranquilo. Luego hablamos…

—¿Por qué después? ¿Qué es lo que te impide entrar a platicar conmigo?

Él quiso de improviso comportarse como un vulgar cínico y descarado. No guardarse nada de sus intenciones. Y así como se le vino a la cabeza, se lo dijo:

—Tengo en la mano una botella de alcohol y quisiera tomármela despacio y pacientemente. Una vez que le haya dado fin y haberla paladeado veré en qué te puedo ayudar. Por el momento, por favor, déjame en paz.

Gabriela tenía muchos días de estar sola haciéndose la vida de cuadritos, pensando en lo que no debía pensar y pensando en cómo no pensar. Situación que la tenía enferma de angustia. Necesitaba compañía, nunca estuvo sola más de dos días en su vida. Sus padres, desde chiquilla, la atosigaron con rezos, bendiciones y amonestaciones, con consejos y regaños. Siempre escuchando ruidos en la radio, en la televisión, en su coche y en su casa, con el perro, y en la calle. Ahora, el ensordecedor silencio la tenía al borde de la locura. Ni siquiera cuando dio a luz a sus hijas estuvo a solas. Siempre alguien estuvo con ella. Por lo que estaba padeciendo hasta lo indecible.

—Pues invítame, no seas tacaño, anda. Te acompaño. Vamos a tomar la botella juntos. ¡Anda! No seas envidioso.

Ante tal insolencia él sonrió a carcajadas. Increíble, hacía mucho no se reía como esta vez, esta señora de veras lo provocaba. No guardaba en su mente tan solo una vez en su adolescencia haberse tomado una botella con una dama a su lado. Con una prostituta sí, cuando visitaba un prostíbulo, pero no con una señora decente. ¡Nunca!

—Se te va a subir el alcohol a la cabeza y luego comenzarás a llorar como vieja de vecindario. Ya las conozco.

—Pero yo no soy una vieja de vecindario. ¡A mí no me conoces! Te reto a que lo compruebes. ¡Anda!

Jorge volvió a reír a carcajada abierta, y ella lo acompaño desde dentro, un acto de comicidad que también a ella le pareció agradable.

Quien los oyera diría que ambos la estaban pasando bien.

—Está bien, está bien. ¿Me prometes que no empezarás a llorar como vieja de vecindario en cuanto te emborraches?

—¡No habrá problema, te lo prometo! De verdad.

La situación se relajó sin que ambos lo hubiesen planeado. Lo jocoso se interpuso en los deberes de Jorge como guardia, quien sin empachó tomó la botella, agarró dos vasos pequeños de vidrio y bajó lento hacia la prisión de su esclava. Metió la llave y cruzó el pasador, empujó la puerta y moroso entró sin saludar, pero con un semblante que denotaba distención y laxitud. Con él entró también la silla que arrastraba desde arriba. Una vez dentro, no se le olvidó volver a meter la llave y se aseguró de sellar a piedra y lodo la frontera entre el afuera y el adentro. Torció su derecha para introducir de regreso la llave en su pantalón de mezclilla. Ella en automático le sonrió como si fuese el doctor que acude a ver a su paciente. Le robó delicadamente la botella, sabedora de que en el ámbito masculino una botella de licor es tan sagrada como una ninfa de la mitología griega. La destapó, la inclinó para vaciar el contenido en ambos vasos. Primero le sirvió a él, bien servido, hasta la azotea del vaso. Y ella, despuesito hizo lo mismo con el suyo, pero a la mitad. Jorge hizo un gesto de aprobación entre ojos y entrecejo, se sorprendió de que Gabriela se sirviera sin aflicción ni pesadumbre, como si fuera una experta bebedora de cantina. Llevó la silla hasta el borde de la cama, la volteó y se sentó de manera que el respaldo le daba en el pecho.

—¡Salud señora! Perdón, pero para mí sigues siendo una gran señora.

Había que darle para adelante con cualquier tipo de conversación, mala, buena o regular. El chiste era estar distendidos, aprovechar el momento y entretenerse con la sugestiva situación. ¡Increíble! Sus ideas eran análogas al cien por ciento. Dos cerebros en una sola sospecha. Si alguien les hubiera leído la mente se hubieran quedado estupefactos.

Sin embargo, ella quería sacarle la mayor información a su raptor. Quería llevarlo hasta el terreno de la amistad sin que él lo intuyera, y eso iba a costarle toda su concentración.

—¿Por qué? ¿Qué tengo, que te obliga a verme así?

Jorge no quería pecar de incompetente, aunque en verdad la mujer que tenía enfrente lo deshacía con la mirada. Desde la primera tarde en que se le encomendó vigilarla, disfrutó de su trabajo. La dama que observar lo hechizó desde el principio. Respetable, de buena presencia y con un cuerpo apetecible. De esas hembras en que, a mayor edad, mayor distinción. Característica refinada de una mujer elegante. De manera que, aquí y ahora, el vigilado era él. Es decir, debía concentrarse en lo que iba a decir y cómo lo iba a decir. No quería hacer el ridículo ante una mujer por demás interesante.

—Espero no ser tan estúpido y ofenderte, pero la verdad es que eres una mujer atractiva, muy preparada, con dinero. Me gusta como vives y como hablas. Debo confesar que eres una mujer distinta a las que he conocido. ¡En cambio tú, me has de considerar muy poca cosa!

—Ahora discúlpame tú —lo interrumpió ella dulcemente—. ¿Qué estudios tienes? ¿Dónde te quedaste cuando te viste obligado a renunciar a tu enseñanza?

Él se rascaba la cabeza llena de pelos negros en busca de una respuesta clara y honesta. Quería decirle la verdad, pero se dio cuenta que hasta para decir la verdad hay que mentir… u ocultar lo que no se quiere decir.

—La verdad es que no me gustaba tanto estudiar, pero procuraba quedar al parejo de las cosas y no hacer enojar a mis padres. Me quedé hasta el cuarto semestre de carrera. Me apuraba terminar Ciencias de la Comunicación. Me latía y me inclinaba por esa profesión. Yo pienso que no hubiera hecho mal papel. ¿Y tú, qué estudiaste?

—Yo estudié Contabilidad. Soy contadora pública titulada. Yo sí terminé derechito mi carrera, desde el principio hasta el fin.

Mientras tanto el reloj hacía lo suyo. Caminaba. Era un robot. Punto. Obligaba al tiempo a moverse, aunque éste no quisiera. Y permitió a la tarde escabullirse. En ese rato ambos se hablaban, reían, comentaban, se echaban flores y parloteaban gustos y disgustos de cuanto llegaba a su mente.

Ella seguía con la botella debajo, a la orilla de la cama, sirviendo los tragos cada vez que debía hacerlo, y sentada escuchaba a su interlocutor, poniéndole mucha atención a todo lo que hablaba. Le miraba las cejas, bien pobladas, una barba algo descuidada que le daba una apariencia muy varonil. Una camisa de esas que van muy pegadas al cuerpo, negra, de manga larga, de algodón. Se le notaba el sudor en un tórax entrenado y abultado. Este joven, pensó ella, o hacía pesas o cargaba con frecuencia bultos o cajas, ejercicio que lo mantenía con un tronco sumamente apetitoso. Vigilante, servía los tragos y los volvía a servir, sin dosificar la cantidad en cada uno de los vasos. Ella apuraba el suyo sin tregua y al ritmo de las hostilidades. Obvio, poco a poco el *whisky* se fue encajonando en cada rincón de su prudencia. Es decir, el licor era absorbido por ambos de manera legal y al mismo ritmo. Gabriela conservaba su plan, y era el de fabricar una atmósfera en donde la permisividad no existiera y en su momento él accediera a llamarle por teléfono a sus hijas. Después de eso, no le importaba lo que ocurriera. Para lograrlo, debía relajar la charla y llevarla al terreno de la diversión quitando barreras sociales o de cuna, para favorecer la distención de su afable compañero. Así que le dio velocidad al asunto.

—Retomando lo que antes comentaste. A mí no me pareces poca cosa. Es cierto, la sociedad nos divide, pero tú me pareces un joven atractivo, y la verdad también me gustas. Tal vez estoy siendo un tanto atrevida, pero es la verdad. Seguramente mis ojos te lo dicen. Dime una cosa más, Jorge, ¿qué edad tienes?

—Veintinueve…

—¡Uuh! A esa edad todo se puede. Te sobra la energía, muchacho. Yo te veo los brazos y me parecen dos mazos —dijo mientras palpaba con su mano izquierda uno de los bíceps de su oyente—. Y veo tu pecho y me parece el de un superhéroe de una película gringa —dijo al instante en que también le palpaba sus hombros de manera franca, descarada, tan lento como se podía. Y él, que se sentía un Dios adorado por las palabras de una ninfa educada. Súbitamente, pero con la idea bien metida en la cabeza de lo que estaba haciendo, Gabriela dejó su vaso con *whisky* debajo de la cama y se incorporó para besarlo en la frente, para conocer su reacción. Y como éste se dejó querer y absorbió limpiamente la caricia, desplazó sus labios hasta los de él para ponerle un mini beso, luego un beso prendido y, al último, un beso apasionado. Luego dejó de besarlo y terminó por ofrecerle sus senos en la punta de la nariz para que adrede se asfixiara. Loca y atrevida, aprovechando que Jorge estaba sentado, levantó su rostro y lo vio directo a los ojos, con una mirada que manoseaba su entereza. Y comenzó la contienda. Ella sabía qué iría primero y qué después. Con destreza, pero también con cariño, lo empujó para que su pecho se libere del respaldo de la silla y le abrió la totalidad de su camisa para rozar con su lengua el corpulento tórax de su vasallo seductor. Jorge olía a sudor, pero de hombre trabajador, eso la excitaba. Le metió sus dedos por entre su cabellera y le abrió la melena como el cuchillo al pastel. Lo acarició, lo envenenó con la mirada encontrada entre la latitud y la longitud. Lo sujetó de la cabeza con sus dos manos blancas y sus dedos finos y largos, de experiencia extendida. Lo besó en las mejillas, en la boca, en el cuello, en los ojos, en la frente y en la conciencia le dejó un mensaje de afinidad. *Quiero ser tuya, pero antes permíteme que sepa cómo rueda mi sangre en casa.* Al fin, él soltó su *whisky* y enredó sus brazos en la cadera de su agresiva secuestrada que lo tundió con caricias alcoholizadas. Su aliento lo entusiasmó. Esta mujer ya olía a licor. Jorge empezó a cubrir el campo minado con sus tentáculos. Le introdujo sus manos por entre la blusa ajada y algodonada, primero por detrás y luego las paseó sobre su vientre hasta subir a las montañas del Edén, en donde se dio cuenta de que no llevaba sostén y que sus senos se alzaban como dos volcanes al punto de erupción. La temperatura se alzó como el fogón de un horno. Ambos se besaban como si fueran novios adolescentes en una noche sin permiso paternal. Al tenerla justo frente a su respiración, Jorge enredó su espalda con sus brazos para que ella percibiese la fortaleza de su entusiasmo. Enseguida desabotonó su camisa botón por botón hasta dejar al aire la incandescencia de sus dos pezones tan duros como dos diamantes sobre la hoguera.

Repentinamente ella le puso sus ojos encima de los suyos. Y suavemente al oído le vació el perol lleno de palabras insurrectas hasta que despertó de la contienda:

—¿Me dejas hablar con mis hijas?

El exabrupto lo dejó turulato. Fuera de sí. Tanto, que tardó para licuar su inoportuna petición.

—¡Vaya! Sabía que esto no era de a gratis. Serías una buena actriz, ¡eh!

Se le escapó el reproche sarcástico, al mismo tiempo, la empujó con delicadeza fuera del perímetro de su silla y se incorporó en dirección hacia la ventana, donde el abismo le ofrecía otro tipo de banalidades menos urgidas.

Gabriela no perdió tiempo con miramientos ni pensamientos al aire. Tenía que seguir sobre su objetivo. No había nada para después:

—Mira, Jorge, vamos a hablar claro y al punto. Confío en tu madurez para suponer que estoy hablando con un adulto. Son dos cosas a las que ahora le hacemos frente. ¡La primera, estoy secuestrada! Y la segunda, lo que estamos viviendo los dos, aquí y hoy, es algo que ambos queremos compartir. ¿Sí o no? A ambos nos corre un río de urgente proximidad.

Él movió la cabeza, asintiendo a lo que acababa de oír de Gabriela.

—¡Estás en lo cierto!

—Bien, hablemos de la primera. Ya van casi tres semanas que estoy aquí. Yo no sé nada acerca del estado en que mis hijas se encuentran, y, por otra parte, tú tampoco sabes del paradero de tus colegas. Dices que les has llamado y no te responden, hasta el extremo en que, de plano, ya ni los buscas, y solo estás aquí esperando a la buena de Dios, a ver si alguno de esos fulanos se aparece. Pienso que si me dejas llamar a mi casa para preguntarles a mis hijas qué ha sucedido, nos podrían dar la suficiente información, sin necesidad de hablar demasiado, para saber lo que a nosotros nos apura. ¿Qué opinas?

—Pues que no me gusta nada, porque al conectarnos, mi teléfono quedaría grabado en la pantalla de su celular y en un dos por tres estarían aquí.

—Cierto, pero no llamaríamos a ningún celular. Llamaríamos a la casa.

—Sí, pero seguramente está intervenido por la policía. No lo dudo. Además, habrás contratado al identificador de llamadas desde su instalación.

—Te equivocas, no lo tengo instalado, te lo juro. En su momento me negué a ello, por mis hijas, era un pleito inacabable entre las dos. A fuerza querían saber a quién le correspondía la llamada cuando el teléfono sonaba. Decidí que para evitarme conflictos debía cancelar el servicio. Ahora bien, para interceptar la llamada, se requieren más de dos minutos, prometo no tardarme más de 50 segundos.

Jorge caminaba de un lado a otro, sin tomar una decisión. No podía ser tan permisivo. Metió las manos a los bolsillos y cavilaba con la barbilla clavada al piso. Mientras que Gabriela, sin perder el hilo, fue hasta él para socorrerlo en su aflicción y apurarlo en su autorización. No había de otra, el único teléfono ahí era el de él, por lo que eran instantes de oro para ella. Tenía que convencerlo, ahora o nunca. Lo abrazó por la espalda con efusiva energía. Su estatura y corpulencia no le permitía rodearlo del todo, aunque Gabriela se las ingeniaba para hacerle sentir su femineidad.

—¡No! ¡No! ¡Y no! No quiero pasar años encerrado en la cárcel. De por sí, nunca he estado encerrado, me imagino que ha de ser un verdadero martirio sobrevivir allí.

Ella en cambio no le tomó mucho aprecio a su conflicto cerebral. Al contrario, reaccionó de otra manera:

—Mira, haremos lo siguiente. Llamamos a casa. Contestan mis hijas. Yo les pregunto cómo están, ellas me dirán si bien o mal. Que yo creo, ellas estarán bien. Tú me aseguraste que sobre mis hijas no había planes para hacerles daño. Luego, ellas me cuestionarán si yo estoy bien, y les diré que sí. Enseguida irá el ruego o la pregunta clave que haré: ¿Alguien se ha puesto en contacto con ustedes? Y justamente ahí nos dirán todo. En cuanto nos digan santo y seña, yo cuelgo. Así de fácil. Y no nos tardaremos siquiera un minuto. ¿Cómo ves?

—No te creo tan insensible, en cuanto oigas la congoja de tus hijas, te vas a doblar, estoy seguro.

—Otra vez te equivocas. No me conoces. Así como soy canícula, soy glacial. A mi edad, el termómetro de cada situación te ajusta.

Gabriela entonces se paró frente a él, mirándole directamente a los ojos de un eclipsado café. Retadora, firme y convencida de que era lo mejor por hacer. En la profundidad de sus sentimientos deseaba no perjudicarlo. Le había tomado cariño en todos esos días de encierro. Su comportamiento hasta ahora era el de un caballero. Nunca la ofendía. La trataba como una dama. Se dirigía con mucho respeto. Además, el joven secuestrador exhibía unos atributos masculinos que la perturbaban sobremanera. Era un buen hombre. Pensando en las buenas, incluso se le ocurrió poder ayudarle para finalizar sus estudios en la universidad. O, quizá, colocarlo en un plantel académico de categoría, con una beca distintiva para hacerlo emerger del fondo podrido donde se hallaba. Pero bueno, eso lo dejaría para más tarde, ahora lo esencial era salir del atolladero.

—Y respecto a lo segundo. En los pocos días en que hemos convivido, me he percatado que no eres un miserable granuja. Algo me dice que sabes tratar a una buena mujer. Por eso es que no tengo miedo de ser tuya. Después de hacer la llamada, ¡me regalo contigo!

—¿Y yo qué gano con eso? Un rato de placer, nada más.

Gabriela no dejaba que las intenciones decayeran y tomaran un canal adverso. Arengarlo, fortalecer su espíritu pesimista y perdedor era el objetivo, y de no ahí no saldría.

—Te juro que si descubrieran este escondite, yo no diría nada en tu contra. Te pondría en el papel de un joven obligado a seguir instrucciones a costa de salvar tu vida. Si saliéramos de ésta, te ayudaría a reponerte del rechazo de la sociedad, juro que te ayudaría. ¡Lo juro por mis hijas! Hoy, yo necesito de ti, mañana tú necesitarás de mí. Además, no va a pasar nada. No temas. No descubrirán nada. No soy tan tonta como para echar todo a perder. ¿Qué dices? ¡Anda, se bueno conmigo!

Volvió a la estrategia de la dulcificación. Se elevó con las puntas de los pies para alcanzar su boca y lo besó, dulce y cariñosa, como si fuese su novio al que deseaba contentar. Le metió la lengua entre la oreja y el cuello, y él reaccionó digno y cordial, apartándola con ternura. Jorge contempló a Gabriela, buscando la verdad en su mirada, como si leyendo su brillo fuese a encontrar la fidelidad que prometía. Nunca él como secuestrador había tomado una decisión de esta envergadura. Siempre al panzón y a su mujer les tocaba esta tarea. Y, cuando no, a cualquier otro de la banda. Ellos eran los negociadores, los directamente involucrados con cada secuestrado. Ponían las reglas, los métodos, las formas y se arreglaban con el *cash*. Él simplemente obedecía. De hecho, si algún individuo afectado o chantajeado quisiera acusarlo, difícilmente podría señalarlo, Jorge nunca fungió como protagonista en el escenario de la extorsión, él era llamado únicamente para ejecutar trabajos de menor importancia, tales como chofer, vigilante, acompañante o ayudante de uno de ellos. Pero en este caso específico, él sí era la excepción, debido a las circunstancias extrañas de la situación, Jorge estaba tan adentro como un pájaro en la jaula. Por eso es que lo pensaba y lo volvía a pensar, hasta que no soportó más y de plano tuvo que confesarle a Gabriela que él era utilizado para trasladar, transportar, realizar, comprar, poner o quitar huellas de un sitio determinado. O sea, era el todólogo. Pero que no tenía nada de experiencia en cuanto al trato con los secuestrados.

—De manera que tendré que confiar en ti. Las apariencias engañan. No soy tan macho como tú piensas.

La confesión conmovió a la señorona e hizo que ella también se portara un tanto más indulgente y, al mismo tiempo, con mayor aplomo. Buscó así su mano derecha y la juntó con la suya haciendo un solemne juramento:

—Juro comportarme a la altura de las circunstancias y, pase lo que pase, me ajustaré a lo antes dicho, sin perjudicarte. Te lo prometo. Nuevamente te digo, si me ayudas a salir de ésta, yo te ayudo a escapar de la banda.

⌘⌘⌘

El tono anunciando la llamada se oyó una, dos y hasta tres veces, sin que alguien levantara el auricular, y cuando estaban a punto de colgar se escuchó la voz inconfundible de su Meche.

—¡Bueno! ¡Bueno! ¡Bueno!

La grave sensación de oír a su hija de pronto la desubicó, al grado de tragar saliva un par de veces. Jorge tenía razón, escuchar su voz era como trastocar su medula espinal, tuvo que hacer un esfuerzo supremo para obrar juiciosa y racionalmente sin que esa vocecita que se colaba en el teléfono la trastornara. Los ojos de Gabriela y Jorge se miraron como sincronizando la siguiente acción a seguir. Se volvió a escuchar del otro lado del teléfono la voz exasperada y casi esquizofrénica de su hija mayor.

—¡Bueno!… ¿Quién habla? Por favor, contesten… ¿Quién habla, por Dios? ¿Eres tú, mamá? ¿Eres tú? ¡Por favor contesten!

Justamente era lo que Jorge quería evitar, el llanto, la súplica, pero era necesario dejar correr unos segundos, querían asegurarse de no escuchar ruidos o voces del otro lado y cuando ambos consideraron que era prudente establecer contacto. Surgió la voz de Gabriela:

—Soy yo, hija, soy yo. Tu madre.

Los gritos hicieron su aparición de inmediato, por la insólita sorpresa de escuchar a su madre: locura, llanto y escándalo de sus hijas, percibiendo a su vez la de su menor, Cecilia, que se ensambló al desorden de su hermana.

—¡Mamá, mamacita, mamacita, mamá! —las dos hermanas gritaban al unísono de modo tal que el audio perdió la nitidez de la situación. El celular estaba en pos de manos libres, ambos escuchaban perfecto, lo que ocurría del otro lado…

—Tranquilícense hijas. Tranquilícense por favor. ¡Cálmense…!

En eso Meche le dijo a su hermana: «Cállate, cállate, vamos a escuchar, vamos a escuchar, cállate, contrólate. ¡Es mamá…!».

—Mamá, mamá, ¿cómo estás?, dinos, ¿cómo estás?, ¿de dónde llamas?, ¿dónde estás?, ¿estás bien?

Gabriela tuvo que interrumpirlas:

—Estoy bien, hijas, estoy bien. Déjenme hablar, porque no tengo mucho tiempo. Estoy encerrada en un lugar muy lejano a la ciudad, les juro que no sé dónde estoy, pero estoy bien. Quiero que se calmen, que se tranquilicen.

—¿Te han lastimado, te han golpeado, qué te han hecho?

—No me han hecho nada, hija, estoy bien. Sin un rasguño, pero sí, estoy secuestrada, aislada en una habitación sin luz, y con mucho calor

En eso, Jorge la sujetó del brazo brevemente, en señal de que era suficiente, debía terminar la llamada.

—¿Mercedes, y allá que ha ocurrido? ¿Ustedes cómo están? ¿Hay algo que me tengas que decir?

Era ese justamente el espinazo de la llamada. Lo que dijeran de aquí en adelante iba a cambiar el rumbo de los acontecimientos.

— ¡Ya les entregué el dinero, mamá! ¡Ya se los entregué!

—¿Hace cuánto de eso, hija?

—Hace como diez días, mamá, ¿yo no sé cómo es que no te han soltado? Nos dijeron que al otro día lo harían, no entiendo por qué sigues atrapada.

— ¿Algo más, hija, que sea importante?

—Tienen vigilada la casa mamá, afuera hay dos policías, están apostados mañana, tarde y noche. Las veinticuatro horas.

Y antes de que hubiese tiempo para regresar al delirio cándido de sus hijas, Gabriela tuvo que recomponer su comportamiento interrumpiendo el diálogo para cortar la llamada.

—Meche, Meche, tengo que colgar, cuida a tu hermana. Pronto estaré en casa, no se desesperen. Pronto, muy pronto. ¡Adiós, hijas…!

—¡Mamá, mamá...!

Ya no hubo más. Gabriela colgó dejándolas con el llanto en la garganta. Obedeció al pie de la letra las instrucciones de su captor. Todo para que él juzgara su actitud de aliada.

Ahora Jorge fue quien se adelantó, con una breve consigna, volviendo a servir *whisky* en ambos vasos, le dio a su semblante un nuevo aspecto, de paz y sosiego, mientras que la cara de ella mostró dolor y lágrimas silenciosas mojando sus mejillas.

—Te repetiré lo que hace un ratito dijiste: No te preocupes, todo saldrá bien, efectivamente, no soy un granuja, prometo no hacerte daño. Vamos, brinda, y ya después nos acordaremos de lo que viene.

Cuando ella lo vio sonreír pensó que había ganado la batalla y que era cuestión de horas para que este secuestro se viera disuelto. El día se atragantó marchándose por el firmamento. Era hora de concertar nuevas acciones. Así que, de regreso cada uno en su lugar, retomaron el ritmo de los tragos para seguir libando como si fueran cómplices de algo en común.

—¿Qué piensas de todo esto, Jorge?

—Que estos cabrones ya me vieron la cara… Agarraron el dinero y se largaron. Y yo aquí, de pinche perchero, sosteniendo una situación que ya no tiene caso ejercer. Se pelaron con todo el dinero. ¡Qué gacho!

Ella lo miró y lo volvió a mirar. Primero con disimulo, después con descaro. Dijeron salud con los vasos chocados en el aire. Las noticias recibidas habían sido totalmente imprevistas, fuera de lugar. Gabriela esperaba un veredicto de su compañero, un nuevo diagnóstico acerca del cambio que había provocado la llamada telefónica, y como no llegaba de su silencio pensante tuvo que indagarlo en la semioscuridad del cuarto, para ser socorrida por su sentencia.

—¿Qué vas a hacer conmigo, Jorge?

Ella lo preguntó con cientos de sospechas por dentro. Aunque consideró un deber apremiante hacerlo. Él bien podría hacer lo que se le viniera en gana con su persona. Era mucho más joven, con más fuerza, mayor estatura, con más poder. Incluso ella aún desconocía a qué lugar la habían traído. Era indudable, seguía a su merced. Sin embargo, su mirada acusaba extravío, torpeza. Se fue de su cuerda existencia y voló por horizontes que solo él sabía los rumbos que cruzaba. Ella, a su vez, deseaba con toda su alma conocer su parecer, sus sentimientos, de manera que cualquier respuesta era válida para apuntalar su estabilidad.

Al fin, después de un par de minutos y convertir a sus ojos en parte de su glosario, regresó a los ojos de su secuestrada.

—Me quedan dos cosas por hacer. Una, cobrarme lo que me prometiste antes de realizar la llamada. Seguramente lo recuerdas. Y dos, ir a dejarte a tu casa. No tiene caso que sigas aquí, sufriendo bochornos como presa en un calabozo. Y para serte franco, nunca me gustó este papel de haragán. Emplearé la ocasión, ahora que me dejaron sin vigilancia, para largarme muy lejos. Ya no quiero saber nada de estos cabrones. Me jodieron tres años y fracción. Soy libre desde hoy, y créeme, te dejaré a unas calles de tu casa y de ahí me largaré hasta Monterrey sin detenerme. Una Coca Cola y un café me ayudaran con la desvelada. O sea, me iré lejos. Siempre quise conocer el norte del país. Es tiempo de desaparecer de estos lares. Lo malo es que no tengo un solo peso en la bolsa, ¡carajo! No sé cómo hacerle. ¡Lo que menos quiero es robar!

—¿Y por qué Monterrey?

—Porque esa ciudad está hasta el otro lado del país y así será más difícil que den conmigo, además es una localidad industrial y adinerada, así que con seguridad encontraré algo en que ocuparme.

En todo este rato en que Jorge divagó en voz alta, ella puso en juego una partida de ajedrez en su femenino espacio cerebral, prestándole atención a cada una de sus evoluciones. Por una parte, oía a sus hijas en el teléfono ensordecedor de su recuerdo. También vislumbraba el amplio panorama del interior de su casa, sus innumerables pertenencias. El sobrado y opulento guardarropa. Su fastuosa camioneta. Su dinero en el banco. Su finado esposo ido hace poco más de ocho años. Su buena vida. Por igual, los deseos de estar con un hombre y disfrutar de su cuerpo. Nuevamente sentirse violentada por el masculino ardor de un macho que la venciera en la cama, como las primeras veces en que su novio, después cónyuge, se la llevaba a su casa para revolcarse en sus encuentros amorosos. Ardores dormidos que hoy emergían por debajo de ese océano desusado. Hoy, este joven de ojos ardientes, este insolente gallo de pelea, despelucado por sus infieles secuaces, cómplice abandonado a su suerte, le había despertado ese deseo dormido desde hacía varios años. Lo miraba con su frente amplia, sus hombros robustos y la fortaleza de sus muslos. Un vulgar ejemplar, pero con la delicadeza de un caballero. Un vagabundo dándole su lugar a una dama a pesar de estar ahí en calidad de secuestrada. Parecía mentira, pero de eso estaba prendada. ¡De su cortesía para darle órdenes!

—Si lo deseas, yo podría ayudarte. Ya te dije, no te denunciaré, no diré nada. Seré una tumba. De mi boca no saldrá una denuncia, te lo juro. Además de eso, antes de que desaparezcas de aquí, podemos pasar a casa de una amiga, le pediré un préstamo y te daré el efectivo para que llegues con bien a Monterrey. ¡Por favor, no te preocupes, de eso yo me encargo!

Él la miró directo a los ojos, justo cuando pronunciaba sus encomiendas de socorrerlo a toda costa. Hubo un instante en que se elevó exponencialmente a su intuición, valorando la promesa entre la verdad o la mentira. Lo que ahora esta señora semi-secuestrada le proponía no le parecía tan descabellado. Pero…

Pero perdió la concentración cuando la mirada de Gabriela chocó con la de él, provocando un incendio entre la ternura de ella y el titubeo de él. Es decir, ambos se estacionaron en su inspección juiciosa, pero el deseo, el encierro y la añoranza de los últimos días cruzó veloz el páramo de sus inquietudes para abrazar un nuevo horizonte.

En cambio, el empeño de ella era compensarlo. Bonificar su buen trato. *Amor con amor se paga*. Ella pretendía retribuirle las buenas cosas que él le había dado. Fue entonces cuando Gabriela le arrebató una de sus manos y la empezó a sobar como si ésta fuera una esponja con jabón de baño. Su voluntad era convencerlo. Meterle su ruego como si fuese un músculo al interior de su intelecto, el tuétano de sus pensamientos. ¡Convencerlo a toda costa!

El calor de la noche y el del *whisky* siguió resbalándose entre los ductos de sus riñones, como gotas de la llave de una vecindad desvalida. Volvieron a servir el líquido preciado de una botella que pedía a gritos ser también vestigio de ese naciente borbotón de deseo, entre dos seres que se preciaban sin haberlo preconcebido. Nuevamente ella se fue directo y al bulto. Sin disimulos. Dejó su copita a la orilla de la estufa y se irguió como asta de bandera ante la proximidad de su raptor. Aquí estoy, le dijo sin palabras, con el fervor congénito de una antagonista alcoholizada, beoda, turulata, pero consciente de sus piedades. Quería ser tomada por su rival que se embebía con su mirada. Al pie de su cauteloso examen, ella lo despojó de su camisa para apreciarle su pecho velludo y su abdomen ostentoso, regio. Jorge, benigno, se prestó para que su pecho quedara a expensas de los labios de Gabriela, que lo hostilizaba con decenas de besos que lo tundían como a un púgil sin protección. En los hombros, en los pezones, y en el cuello. Lo invadía sin descanso. Él no tuvo más remedio que abrazarla y corresponder a su erótica embestida. Para entonces los besos en los labios comenzaron a regalarse como las navidades en un diciembre. Con frenesí, luego con pasión, hasta con delirio. Llegado el momento, fue necesario echar por la borda todas las prendas que quedaban en la contienda, incluso las fundas de su intimidad. Privados ya de su atuendo indigente, él, sabio y lógico, la levantó en brazos como a la novia en su noche de bodas y la depositó suavemente en la cama alumbrada por los últimos destellos del día que agonizaba por el tragaluz. Pretexto que aprovechó Gabriela para asirse de sus piernas titánicas a las que besaba indistintamente de un lado a otro de su entrepierna, hasta atrapar con su aliento la rigidez de su cetro. Una vez allí, el amante ya no tuvo escapatoria y, atosigado por la succión a que era sometido por su reclusa, se sintió apremiado para irse sobre la humanidad de su cautiva, quien permisiva consintió que Jorge penetrara en su existencia, ocupando el sitio exacto de su consonancia sujeta a un tronco que, inmerso, incendiaba los bordes de su valle desolado.

El tiempo y el reloj, incorruptos, ya no se detuvieron a pesar de la severidad de electrizantes sacudidas de alto voltaje que los estremecía gimiendo, llorando, rugiendo y gozando como fuegos artificiales en una verbena, una y otra vez, como dos hambrientos entrando y saliendo de su prisión.

¡Hasta que el sol exilió a la luna!

⌘⌘⌘

Seis meses después de esta crisis tormentosa, Gabriela les anunció a sus queridas hijas que tomaría vacaciones en la empresarial ciudad de Monterrey.

—Tres semanas de descanso no me caerán mal —les dijo.

No quiso agregar más allá de lo imprescindible.

—¿Mamá, está muy lejos, que vas a hacer allá? ¡Si no conoces a nadie!

Gabriela volteó caprichosa y disimuladamente hacia sus dos retoños, y con una sonrisa en su pensamiento se volcó en el imaginario cuerpo de su Jorge que con placer la esperaba en la regia ciudad de Monterrey.

Y ella les respondió:

— ¡Eso creen...!

¡Qué ironía!
¡El amor es como la hoguera!
Difícil para encender y fácil para quemarse.

Ironía 10
Rosario

Irónicamente el final se repetía como en la escena primera, pero en la otra cara de la moneda. Ahora otro era quien emprendía el viaje al exilio. No ella. Así es la vida, mientras unos suben otros bajan en el ovalo existencial. Morar, habitar, obrar, errar, siempre dando tumbos en nuestra circunferencia terrestre, de modo que las curvas no permiten los extremos en nuestro proceder. Al ser humano se le olvida que se crearon dos al mismo tiempo para glorificarse y no para matarse entre sí. Y es que en una conquista se utilizan tantos subterfugios y argucias, para obtener el sí de la persona ansiada. Incluso hasta la vida podría ofrecerse en condiciones de paroxismo, con tal de ganar el cariño y adoración de quien nos vuelve loco. No es nada fácil el dialogo para esclarecer confesiones, pero en este caso la vida quedó de por medio

Antes y ahora

Ayer
Veía en tu rostro el placer del mío
besando justo el borde de tu beso.
Tu cuerpo rehén gozaba rendido,
lacrimoso, apasionado y preso.

Hoy
Tus labios encierran mi sabor
en el momento ya escogido,
tu respiración delinea el color
de mi romance extrovertido.

Entramos al estacionamiento del condominio, busqué y encontré mi lugar asignado, estacioné mi auto y nos dirigimos a mi departamento. Subimos los dos pisos de rigor. Antes le describí, previa consideración, las condiciones que debía guardar un condómino. Yo vivía en un edificio entre muchos, pintado de color durazno, de apenas cuatro pisos de altitud, con ocho departamentos en él, dos por nivel. Y mi depa tenía a lo mucho 75 metros cuadrados de construcción. Es decir, una casa ideal para un solterón como yo.

Habiendo cerrado la puerta principal, la conduje hacia una habitación que había acondicionado como estudio y en donde un escritorio, una repisa y un archivero daban resguardo a mis libros, cuadernos de trabajo y manuales de instrucción básica, que eran el panorama iniciático de mi vida.

—Aquí es donde yo paso mis mejores ratos, Rosario. Me entretengo en la computadora, ya sea escribiendo o buscando en internet alguna información en desarrollo, o algo que se le parezca, para pasar el tiempo. Como puedes ver, este lugar es chico y angosto. Aunque no puedes dar más de cinco pasos hacia adelante, en este espacio me desahogo, leo y escribo cuanto puedo y en ello consumo muchas horas de mi vida solitaria.

Después me la llevé a la ventana del diminuto estudio, de donde caían persianas verticales de aluminio color cobre. Jalé el cordón para mostrarle el paisaje del exterior, corriéndolas de lado a lado, y así lograr que la ventana quedara al descubierto permitiendo que el sol hiciera de las suyas al interior de mi casita.

—Mira, Chayo, desde aquí me doy cuenta si vivo. Cuando me levanto por las mañanas, vengo hasta aquí para saber si veo gente y todavía camina, si los perros y los gatos se mueven, y si el sol, como ahora, sigue contento con la misma intensidad. Es mi fuga matutina.

Cuando expresé lo anterior, ya había rodeado su minúsculo talle por la espalda, acercando mi rostro a su cabellera de modo bastante familiar. Con su aprobación, proseguí mi descripción casera.

—¿Sabes por qué? Porque desde aquí, y viendo hacia allá afuera, percibo la vida, lo atestiguan mis ojos y aquí, adentro, mi sustancia se concentra en la lectura de mis libros, así me entero que mi ánimo tiene energía medular y que ambas fuerzas equilibran a la perfección a mis sentidos. Ven, te enseñaré el resto de mi casita.

Alargando mi brazo, aprisioné una de sus manos contra mis dedos, que se unieron leales a sus palmas, sintiendo un empalme fresco y exacto entre los dedos de ambas manos.

—¡Ésta es la sala! —le dije al tiempo en que volteábamos y recorríamos apenas unos pasos hacia la izquierda, más allá del estudio. Ahí se encontraba un sofá tripartito y otro sillón singular enfrente, adornado con unos cuadros en sus paredes para hacerlas más vistosas.

Después hallamos la cocina girando nuestras espaldas. Un trocito en el espacio del departamento. Pequeña pero limpia, aseada, pulcra como mi madre la hubiese querido admirar en vida. El refrigerador a la izquierda y la estufa a la derecha, con su fregadero de rigor al fondo de la cocina y un breve espacio sobre la superficie de madera, donde los platos y cubiertos navegaban según el quehacer del cocinero. A un lado, la vista tropezaba con un pequeño molde de acrílico cuadrado que mostraba seis cuchillos de mango negro, bien afilados, insertados de punta en el estuche, un recuerdo muy romántico de Pátzcuaro. Un poco más hacia dentro se ubicaba el comedor, cuyas paredes estaban adornadas con un cuadro de platos y cucharas que yo encerré en un marco desde hacía años y colgué en la pared, frente a la mesa redonda escoltada por cuatro sillas. En la pared contigua, lucía una vitrina exhibiendo, al estilo de mis abuelos, platos con adornos michoacanos y vasos coloreados de flores, y una vajilla que compré en uno de tantos pueblos de Michoacán.

—En esta mesa, mi querida Chayo, es donde saboreo los mejores platillos que un hombre como yo puede preparar. A que no sabías que cocino tan bien como tú —le dije, esbozando una sonrisa que ella imitó con entusiasmo—. Ven conmigo —continué, al tiempo que la jalé hacia la recámara—. Aquí es donde tu príncipe, que hoy te acompaña, duerme a ronquido abierto todas las noches pensando en que tú estás conmigo. Es aquí donde el sueño se concilia con mis semejantes y la almohada amortigua mis empeños que sobrellevan tu nombre.

Enseguida fuimos al cuarto adyacente, el cual estaba vacío. Se trataba de una recámara alfombrada, tenía las paredes pintadas de color coral y en el techo se apreciaba un abanico de cuatro aspas que puse a funcionar cuando pisamos su interior. Al fondo de ésta, un minúsculo guardarropa, sin ropa, el cual, celoso siempre, me esmeraba en limpiar y mantener inmaculado. La sorpresa de Rosario fue mayúscula cuando en la pared contraria encontró un retrato suyo, que monté en tamaño regular hacía un semestre aproximadamente. Allí estaba, con su cabello rizado, de frente, sus ojos negros y grandes, plenos y coquetos. Ella no dijo nada, se acercó al cuadro con parsimonia y admiró su rostro en el retrato, cuya altura no pudo ser más atinada, pues ocupaba su estatura, y luego volteó a verme para buscar una respuesta que despegó muda en la habitación, volando por todas partes.

—¡Las paredes de esta casa y yo te estamos esperando! — expresé con voz muy grave—. ¿Cuándo vendrás para ser la dueña de nosotros? —pregunté de súbito, mirándola retadoramente.

Esforzándome por no parpadear, mientras que mí cuerpo y el de ella se engarrotaron, quedando frente a frente, y tan juntos como el papel y el lápiz en un dictado, mis manos se fueron a las suyas por un camino ya andado, nuestros dedos jugaron entre sí conscientemente.

—¡Qué tierno y encantador te oyes, Edgar! —dijeron sus labios carnosos casi tocando los míos—, me da la impresión de que tu excesivo romanticismo no es amor. Es obsesión de tenerme.

—¡Es amor... y amor del bueno! —me defendí—. No puedes ni podrás dudarlo, Rosario. Ni ayer ni ahora, menos mañana, porque mis ojos siempre mirarán a los tuyos ya que los llenas de todo lo que necesitan. No requieren mirar a otro lado, ni mirar otro cuerpo o estampa. Mis ojos pertenecen a tus colores, se gobiernan con tu parpadeo, se alegran con tu pupila, les das vida como ahora, los hipnotizas como si fueras diosa. Sin duda, puedes convertirlos en brillo o quizá los oscurezcas si los tuyos no los vuelven a mirar. Mi luz está en tus ojos, deja que ellos miren a los míos con esa libertad que deseo, con ese afán coqueto de que se revisen —dije mientras que mi proximidad no tuvo más semáforo que su aliento. Mi voz se incrustó en sus labios de manera que al hablar mi boca se movía entre la suya.

—¡Mírame, Rosario! ¿Acaso mis ojos mienten cuando te miran? Dime, ¿encuentras una mentira en ellos? ¿Verdad que no?

Ese fue mi rezo mientras sus ojos quedaron fijos en los míos que parecían llover por dentro. Zafó sus manos aprisionadas entre las mías y con las dos suyas comenzó a acariciarme lento por mi cara, que sudaba levemente. Sentí poco a poco como su tacto adormecía mi valentía. Se hizo de un pañuelo desechable y, sin quitarme su cercanía, frotó mis sienes hasta cerrar mis ojos con su dulzura. De pronto, su beso cruzó el umbral de mis deseos y sus labios abrieron los míos con lentitud, con intensa lentitud, para respirar de su boca el aliento divino de su provocación. Instantes cercanos a la gloria, jamás un beso generó tanta dicha. Ella frotaba mis labios con su rojo labial. Prosiguiendo el camino ninguna vez conmovido del mismo modo por ninguna de las mujeres que hasta entonces inundaron mis pasiones pasajeras, no con esta ternura. Un beso que premió la espera, la paciencia y la insistencia. Así quiso que sus labios se ensamblaran con mi alma, en una perfecta armonía de un placer interminable. Su boca sin tregua movía mi boca como licuando un jugo, aspirando mi vida en un beso eterno que no tenía religión, que succionaba la humedad de mi respiración casi asfixiando mi desafío, absorbiendo mi aliento con una arritmia labial incapaz de resistir. Sentí que en ese beso se había ido toda la tarde.

Ella al final desplegó su tortura dejándome en un estado de indefensión. Mi reacción fue la de suspirar muy hondo un par de veces para socorrer a mi respiración y reponerme del embeleso de su intención.

—¡Quédate conmigo, Rosario! ¡No te vayas! —le reclamé en cuanto recuperé la vertical—. ¡No te vayas! ¡Te lo suplico! Tengo la capacidad económica e intelectual para hacerte feliz. Sé que puedo hacerlo. Mira, esta es tu casa. Este será tu paraíso, el mismo que procuraré todos los días para convertirte en la reina de mi mundo.

La abracé otra vez, con una suavidad escrupulosa. Abrazo que fue siendo cada instante más intenso a medida que los segundos rebasaban mi existencia y transformaban mis deseos.

—Si no te gusta este pedazo de cielo, entonces compraré el que mereces cerca de un vergel. Mira —le dije señalando con el índice—, allí pondré otra fotografía tuya que mandaré agigantar en la pared para admirarte todos los días. Me deleitaré con tu figura a diario. Porque contigo soy todo y sin ti no soy nada. ¡Todo o nada! Esto no es un juego, es una proposición del hombre que quiere sólo a una mujer, sólo a una para vivir. Una mujer como tú, de entre millones que hay en el mundo, pero que posee todo lo que yo anhelo. ¡Quédate conmigo! —casi le gritaba en el oído sin quitar mis ojos de los suyos que aún se perdían juntos—, y verás cómo transformo tus incógnitas en una existencia dichosa. Déjame ser el creador de un nuevo calendario en tus días, uno que tenga fechas nuevas. Seré la química y la física para quitar de tu pensamiento los infiernos algebraicos en que vives. Reconstruiré tu amor, y a su vez éste me dotará de toda la energía para restaurar tu malogrado pasado. Te haré experimentar en carne viva muchos futuros sin tropiezos, donde no haya cabida para los remordimientos.

Rosario se percataba plenamente de mi entusiasta seriedad. De la indubitable vocación de mis frases que volcaba hacia ella en ese momento. Y es que yo estaba poseído por su presencia en mi casa, nunca antes visitada por ella. El fervor con que me derramaba cobraba mayor vehemencia a cada promesa. Bien sabía que no iba a tener otra ocasión para decirlas. Así que yo ponía todo por encima del debate. Totalmente decidido quería cambiar el rumbo de sus cosas.

—Edgar, ¿verdaderamente estás tan enamorado de mí como dices? —preguntó en un impulso que sonó incrédulo y que retumbó cual campana de iglesia pueblerina, en un Domingo de Ramos—. ¿O simplemente estás obsesionado? ¿Empecinado como un necio?

—Compréndelo, Chayo, por Dios. Estoy flechado, extasiado. Elevado a la máxima potencia. Dominado por un intenso y gratísimo sentimiento de cariño causado por tu presencia aquí y ahora. Con ese beso que me ha estacionado entre los sueños y la ficción.

—Es que no me siento capaz de descifrar e interpretar toda esta pasión sumamente romántica que muestras. A veces me das la impresión de que soy para ti tan solo una idea de la que no te puedes apartar. ¡Créeme, tú también me preocupas! Quiero decirte que te amo con todo lo que mi vida puede amar, que me encuentro en un estado tal de enajenación que me ha colocado en la vertical, del arriba y el abajo. O me quedo contigo, o mi vida de plano tomará un rumbo desconocido. Quiero hacerte saber, de una vez por todas, y que no suene a reproche, que tú eres la autora de mi angustia constante, te hago subsidiaria de lo que mis noches puedan ser después, de mi futuro que sin ti veo turbio, que no veo más allá de tus mejillas y la curva de tu barbilla morena que asoma esos labios, dueños de mi respiración. Y es que yo vivo tan intranquilo…

Ella miraba absorta mis gestos y escuchaba sorprendida cada una de las palabras que salían del pozo de mi alma con ardor frenético. Y es que hasta ahora toda nuestra relación se había construido bajo el velo de caricias robadas y ternuras disfrazadas entre la amistad y un erotismo camuflado.

—Te invito a que seas mi pareja, es más, queda corta la frase de pedir tu mano, si eso pretendes oír. Te pido que unas tu vida a la mía con lo que puedas darme, que en mis manos lo convertiré en mucho, en pan, en casa, en vestido, en esperanza y en amor inalterable. Te adoro y te veo como la única mujer que debe hacer nido entre mis aspiraciones. ¡Hazme feliz, hazte feliz, hagámonos felices! Convirtiéndonos en uno, pensando como uno. Sé mi compañera. ¡Seamos Vulcano y Venus formando nuestra propia mitología! Te invito a hacer vida juntos. Si le rehúyes al matrimonio, no lo hagamos, pero si te agrada la idea, casémonos. Estoy dispuesto a todo.

Cuando concluí lo que ambos consideramos una declaración, la noté perpleja, arrinconada, quizás hasta desconcertada. Caminó unos pasos hacia atrás y me dejó con los brazos extendidos sin poder adivinar cuál iba a ser su respuesta. Pensé que la situación la tenía ganada. De antemano sabía que era una mujer imprevisible, de reacciones desconocidas, como había dicho su médico, pero al ver que se alejaba y me miraba con los ojos más abiertos que nunca, me asaltó el pánico.

—Edgar, después de escuchar todo esto me siento obligada a decirte que debo considerarme una mujer muy afortunada porque un hombre, como tú, me demuestre su amor de esa manera, yo diría con el coraje en todo lo alto —se dirigió a mí con la misma severidad que yo había empleado—. Es para mí un privilegio ser dueña y portadora de los sobrados halagos que me profesas en esta hermosa confesión, que nunca en absoluto hasta hoy alguien me había revelado. Estoy segura de que nunca podría igualarse con ninguna otra. Jamás un hombre me habló como tú lo has hecho hoy. En verdad, nunca pensé tampoco que me amaras con los calificativos que expresas. Siempre imaginé que tus palabras de cariño eran piropos o meras alabanzas color de rosa para levantarme el ánimo. El trato que hemos tenido durante años siempre ha sido generoso y tierno, con el abrazo y el beso a flor de piel, sin promesa alguna a cambio, sin un pago requisitorio. Y lo mismo ha sido con la constante de tus piropos hacia mi persona, flores que ya me he acostumbrado a escuchar, pero hoy me doy cuenta de que…

—Por favor, no me aniquiles con un pero… —la interrumpí en seco, sin darle lugar a otras frases, mostrando una angustia real que mis ojos asomaron cuando percibí que ella con su "pero" se había tornado dueña de la situación.

—Desgraciadamente sí —me respondió con cruel sinceridad—. Yo no estoy dentro del medio en donde tú te desenvuelves. Pertenezco a otro territorio. A otro mundo, Edgar. Un mundo diferente al tuyo, donde no me toca vivir junto a los brazos de quien me considera una reina, porque sencillamente no lo soy. Soy una mujer simple, llana, corriente, que no sabe qué le espera el día de mañana para sobrevivir, que come hoy ignorando qué comerá pasado otro día. En otros tiempos me dejé arrastrar por las caricias de algunos pendejos que, siendo aventuras placenteras, no evitaban caer en el barranco de lo dudoso, porque tengo la horrible fijación de que un hombre nunca podrá ser de una sola mujer y de que una mujer nunca podrá ser de un sólo hombre. Las mujeres inmaduras, como yo, decimos ser nada más de un hombre, pero, pasado un tiempo, deseamos una caricia diferente. Disculpa mi cinismo, por favor, pero te digo la verdad de lo que pienso. Por eso no puedo corresponder a este amor comprometido que me ofreces con tu pasión a todas luces. No puedo ser tuya porque todavía no sé en qué cielos volaré mañana, ni cuáles serán mis condiciones particulares como mujer. Me siento incapaz de encarcelarme en tu deseo, pensando que el miedo me atrapará tarde o temprano en una cárcel a la que todavía no quiero entrar. ¡Todavía no! Quiero seguir sintiéndome libre, aunque no lo sea, porque nadie lo es en este mundo lleno de violencia. Con esa ansiada libertad que en algún pasillo de mi camino deambula. De verdad, lo siento mucho Edgar. No puedo, ni debo, aceptar tu preciada propuesta. No me siento madura para corresponderte, quisiera crecer más antes de pertenecerte.

—Entonces, ¿a qué se debió tu perturbadora dulzura en el beso que me diste hace un momento? Porque ese beso no fue algo normal, fue un beso en el que pusiste todo. ¿Y qué hay de las caricias que me diste infinidad de tardes? No puedo creer que haya sido una mentira piadosa. Todo conlleva un mensaje.

—Fue un beso dulce, amoroso, sí, muy sentido. Pero no representa, ni en mucho, una inclinación entrañable en pos de tus sentimientos. Fue un beso caluroso, entregado, eso es todo. Un beso cuya finalidad era cincelar nuestra lealtad. Es correspondencia, apego a tus consejos y arengas, considero que son buenas vibras. Es la única forma que tengo para pagarte todos los buenos tratos de que soy objeto por parte tuya. En verdad agradezco en el alma que seas un hombre tan intenso conmigo.

Caminé lentamente hacia la ventana de aquel cuarto vacío, que crucé con meros cinco pasos. Hoy los departamentos son tan diminutos que se atraviesan muy rápido. Me paré junto al mosquitero para percibir el viento un tanto cálido del entrante otoño, que sorprendente otra vez llegaba en penosa situación y al punto insalvable del llanto por el inevitable dolor de la impotencia.

Enmudecí completamente, había puesto todas las canicas en una bolsa y, una vez más, me habían ganado la partida. Muy sumido en mi introspección, comencé a pensar: *¡Qué desperdicio! Con todos estos años dedicados a ella, sembrando y sembrando sin cosechar nada. No puede ser.* ¿Dónde estaba aquella aguda y presuntuosa experiencia sentimental que se supone ostentaba en mi poder? Me había topado con una muralla. Aunque ahora parecía que el escollo era infranqueable. Sobrevino entonces el pánico de perderla y emergió la ineptitud, la incompetencia. Lo ilustrado y versado en estos menesteres se enclaustró en el armario de los trebejos por no saber qué sumar para convencerla. De pronto se esfumaron los argumentos, ella fue bastante categórica con sus palabras. Tan firme como un soldado en el frente. Rosario no podía, no sabía, o no quería, ceder un ápice en la tangente. Estaba vedado su lado amoroso desde que su relación última se vio truncada, tenía miedo de convertirse nuevamente en una mujer enamorada. Siendo así, yo nunca iba a despertar en ella aquel deseo ferviente de hacernos el amor como una pareja enamorada. Mi imagen le servía como apoyo, dentro del ámbito de la paternidad, en el que hallaba protección sin reservas para abastecerme de sus íntimos secretos. Eso era todo. En mí veía a su progenitor, a su confidente entrañable, al consultor de su moral agrietada. A su psicólogo de cabecera. Y, como tal, me procuraba y hasta me veneraba. Me sentí tremendamente desdichado, triste, frustrado y disminuido a la mínima expresión. A punto de iniciar una rabieta colosal.

Completamente absorto en mis exámenes, ella se acercó también a la ventana, pegándose a mi cuerpo tembloroso por la brutalidad de sus palabras que se aglomeraron en mi cerebro. Buscó mis ojos e hizo que volteara la cara para mostrarme una leve sonrisa que encerraba un cinismo misterioso. Me liberó de la ventana con su densidad femenina y me atrajo hacia ella sin reclamo, recargando su espalda a la pared quedando erguida frente a mí. Me observó por unos segundos con exagerado aplomo. Yo creo que se puso a analizar mi reacción al juntar tentadoramente sus caderas a las mías, sus piernas se entrelazaron con mis rodillas en un acto fascinante e inesperado. Su abrazo me hechizó, percibí la perfección de su cuerpo retador frente a mi erección palpable e innegable. Unió su cara a mi pecho, donde los latidos de mi corazón seguramente tronaron en sus oídos como tambores de guerra. Así se mantuvo durante largos instantes, mientras yo guardaba prudencia absoluta, sin aventurarme ir más allá de la periferia permitida. Repentinamente levantó sus ojos y me dijo:

—¡Ven aquí! ¿Quieres que te haga el amor? ¡Anda!, ¡di que sí…! —Al tiempo en que su mano derecha viajó sin atajos hacia mi pene que ella apretó, mientras que me mostraba una sonrisa que poseía mil interpretaciones.

Me abordaron inmensas ganas de besarla salvajemente y perderme entre su cuello moreno y perfumado. De abrazarla y desnudarla tan rápido como pudiera antes de que ella se arrepintiera de habérmelo pedido. Lanzarla a la alfombra, desprenderla de sus prendas íntimas, besar y morder sus senos como botones de girasol erguidos al cielo, para absorber la luz de mi contemplación. De clavarme en su brecha y vaciarme dentro, para apaciguar este tormento que desde hacía años me enfermaba. Pero mi reacción fue del diez al cero. Presentí que ella tenía en mente otra cosa muy distinta y que, ser solícita para hacerme un favor sexual iba a agigantar la distancia entre un sentimiento y otro. Me di cuenta de que mi vocación por ella estaba en el hilo de las circunstancias. Me parecía increíble que ella malograra este cúmulo de demostraciones amorosas. Me daba limosna. Un donativo para apaciguar el huracán de mi arrebato. No podía creer lo que oía, de verdad. Y eso me encolerizó al máximo.

—¿Qué te pasa? —le contesté plenamente contraído—. No te comportes como una vulgar prostituta —agregué adolorido con la voz bastante sonora—. No quiero recibir absolutamente nada que sea por compasivo agradecimiento. Me doy entero y no por fragmentos, ya debías haberlo comprendido después de tantos años de conocernos. Los regalos aventureros son para los amantes que has tenido en tus ayeres. Yo soy de una sola pieza y soy para ti.

Justo en el momento en que la empujaba fuera de mi alcance, gritó:

—¡No soy ninguna puta! ¡Tú también ya debías saberlo! Respétame, soy una mujer sensible en busca de apoyo. ¡De tu apoyo! Y si te ofrezco mi cuerpo no es por simulado agradecimiento, es para complacerte y quitarte esa pendeja cruda espantosa de la que no has podido deshacerte desde que el sol metiche se interpuso en nuestra amistad —comenzó con su arbitraria excitación—. Te necesito. Te quiero. Lo confieso, además, de sobra lo sabes. Sí, aunque de otro modo, sin que eso signifique que me seas repulsivo. Es más, lo haría con agrado.

—¡No deberías sacrificarte por mí! Tu dádiva no me devuelve el valor que requiero. ¡Quiero ser tu hombre, no tu amigo con derechos! Quiero ser tuyo, tu pareja, no tu ridículo amante... —grité, al tiempo en que decidí moverme de lugar, ordenándole—: Hazte a un lado que voy a pasar.

Me encaminé hacia la sala encendiendo el ventilador de techo. No sé qué me pasó. Repentinamente sentí mucho calor. Pisaba el mosaico café que relucía por su limpieza. Me recargué en el respaldo de un sillón mullido y voluminoso. Ella me siguió hasta allí para tratar, supongo, de minimizar los gastos del encono que mostraban las comisuras de mi frente amplia.

Recomencé con ardor:

—No comprendo por qué ustedes se enamoran del hombre que no les toca. Y si he de sumar algo, te diré que me parece inconcebible de tu parte rechazar al hombre que daría hasta la vida por ti.

—¿Pues no que admiras a las mujeres y que son lo máximo para ti? —respondió Rosario burlona y sonriente, asomando el rojo de sus labios.

—Es cierto, amo a las mujeres, pero amo y admiro a las que se aman a sí mismas, porque reflejan su intensidad de vivir, a esas mujeres que cuando se paran ante los demás proyectan entusiasmo por su naturaleza femenina, jóvenes que se ven bellas y hermosas simplemente por su razón de ser y de crear en su entorno un mundo afable sin herir el ego ni la intimidad de los demás. En fin, no quiero lastimar la libertad de tu palabra, ni coactar tus actos, porque te quiero como eres, a pesar de todo, es que me siento desarmado con tu respuesta que me ha hundido en la desesperación. ¡Me siento mal!

La verdad es que tenía ganas de empezar a golpearla. Pero entonces ella agarró al toro por los cuernos y arremetió con voracidad:

—Cuando una mujer se da, no le importa nada. Corre el riesgo de perder o ganar, está implícito en la decisión, el amor está envuelto en una complejidad tan absurda que rompe con la ortodoxia moral de cualquier persona. No hay una filosofía en línea. No existen verticales ni horizontales. Sólo impulsos sin brújula que te van arrastrando como una bola de hielo hacia un rumbo que desconoces, a una velocidad vertiginosa que te agrada sentir. No puedes parar lo que sientes porque ello no tiene control. ¡En cosas de amores yo te gano, lo siento, Edgar, te gano! La experiencia me ha dicho muchas veces que el encuentro con el amor es inesperado. Es incauto, cándido, llega en una mirada, en una palabra, en un verbo bien aplicado, con un detalle, a veces con una sonrisa, no lo sabes. Y tú quieres que yo sienta por ti lo mismo que yo sentí por Eduardo, a quien por cierto aún recuerdo. Él tatuó mi percepción en la palabra que se acercó a mí oído. Desgraciadamente, no se me olvida.

—¡Pero él era casado, atado a otra! —grité feroz—, y yo estoy libre sin ataduras. Soltero. Sin compromisos.

—Es cierto, no me correspondía, como dices. Pero lo amaba, lo sentía mío, aunque legalmente fuera de otra, y es que en el amor no valen las normas, ni caben las reglas impuestas por la sociedad. ¡Sé qué hacía mal y qué! Aunque ahora me arrepienta, el amor es así, no lo encierra un muro, no tiene aduanas, ni límites. El amor vaga tan libre como un pájaro en el aire. Lo malo es que cuando te enamoras, te deja caer desde muy alto. Es una paradoja, pero así es.

—Yo te he dado mil veces más que ese imbécil —le respondí tratando de recuperar mi seguridad y ganar terreno en esa lucha de palabras y frases que agresivas horadaban hasta las paredes.

—Cierto y no. Me has dado lo que tú crees que es bueno y tolerable. Tu consejo sabio y admonición oportuna, asesoría al oído, constante apoyo moral, tu hombro para llorar, tu madura compañía y la conjugación de tu ayuda casi espiritual. Eres mi maestro, te comportas como mi sacerdote de cabecera, en ti encuentro la salida de cualquier trampa. Sin embargo, él me dio su calor desde la primera vez. Su beso desprendido. Me dio sus mejores momentos, me hizo sentirme mujer, con él descubrí el placer, el amor. Nunca me puso en la orilla del bien y del mal, simplemente me supo dar lo que necesitaba para ser feliz. Y eso tú no lo comprendes. Tú eres posesivo y dominante. Siempre me tratas como muñeca de porcelana a la que no puedes testerear porque se rompe. Hay veces que tu ternura me ofende. Me hace sentir mal. ¡Una bruja al lado del príncipe!

—No puedes comparar todo esto con valores tan extrapolados.

—Por supuesto que no. Ambos son abismalmente distintos. Él fue mi arrebato y tú eres mi espíritu alienado. Tú eres blanco y él fue negro. Tú eres el sol y aquel fue la noche. Lo reconozco y en esos calificativos justamente se ajusta mi predilección. Para serte honesta, con tu formalidad masculina y exacerbada pulcritud en el trato, en el habla, en tu forma de vestir, las que te conocen han de pensar que no podrás hacer feliz a una mujer en la cama. Te falta la chispa para encender el fuego en la leña. Hay que salirse del protocolo de la perfección, romper con las acostumbradas líneas de la decencia, atreverse a cruzar la raya de lo permisivo y llegar sin sorpresas al gozo del tiempo y al espacio prohibido. Me siento agredida cuando te muestras como un apóstol. ¡Pienso que tu deber ser tiene noqueado a tu querer ser!

Lo que dijo en el último momento agotó mi paciencia y polarizó mi furia. Me cansé de estar recargado en el trasero del sillón. Me encaminé hasta la breve y mediana pared de la cocina que colindaba con el comedor. Allí recargué mi cuerpo en una nueva posición. Ella tenía razón, en cuestiones de apetencia pasional y sexual me la llevaba de gane. Aunque desde mi afanoso punto de vista ella hablaba del sexo prohibido, de la escaramuza bajo el telón, del placer escondido, del beso robado y del magnetismo que existe cuando una relación se tienta por debajo de la mesa. Mientras que mi referencia subrayaba la concepción del amor innato, de la flor viva y extendida que posee una mujer cuando es bien amada, de la sensibilidad virgen y pura.

—¡Sé lo que ahora estás pensando! —me adivinó como si ella fuera clarividente—. Que para causarte esta decepción, para ti hubiera sido mejor dejarme desangrar en aquella habitación en Monterrey.

—Estás loca, no sabes lo que dices.

—Sí, estoy loca, tienes razón. Créeme que hago un esfuerzo por no rechazarte. En ocasiones deseo despojarme de este maldito hábito de anteponer la franqueza a mis frases. Sin embargo, son inquebrantables los principios de la verdad que me has enseñado desde la primera cita que tuvimos. Recuerdo desde aquella vez que me aconsejaste: «¡Sé auténtica, positiva, natural, fresca! Al hombre le encanta la arrogancia femenina, son virtudes que se persiguen», me dijiste esa noche. El amor ocupa todo el universo de nosotros, de la mente, de los actos, de la luz, de los sentidos. Sin amor no somos nada. Cuando falta el amor es mejor morir.

—¡Eres muy cobarde para eso! Te faltan agallas para culminar un suicidio —lo dije en tono retador, totalmente provocador cuando mencionó la palabra morir.

—Ya te demostré una vez que no es así.

—Tu intento de suicidio fue una simulación porque sabías que yo llegaría a la escena. Que yo, sí, tu Edgar, tu baboso esclavo, tu salvoconducto, te iba a rescatar del intento. Lo calculaste a la perfección, matemáticamente, mientras que yo me volvía loco por llegar a tiempo y salvarte. Por esa razón levantaste el teléfono y me llamaste. Sabías que estaba pendiente de ti.

—Eres un arrogante, mentiroso y estúpido —gritó furiosa.

—No tienes valor para hacerlo. Tus palabras no reflejan la realidad vivida. Si le tienes miedo a la vida, mucho más le tienes a la muerte. Eres una farsante.

—¡Mejor cállate imbécil! Dices puras pendejadas porque estás resentido —exclamó con incuestionable verdad y rencor reflejado en su rostro que comenzó a mostrar pucheros por su barbilla.

—Según tú, quisiste matarte porque tu madre se acostaba con otro que no era tu padre y te retuerce la idea de que lo haya hecho a escondidas de tu progenitor. Mírate al espejo, reflejas lo mismo. Eres igual, te engañabas a ti misma siendo amante de un hombre casado, que no te pertenecía. Teniendo sexo a escondidas, metiéndote en moteles baratos y clandestinos para no ser vista por los ojos de quien debiera vituperar tu comportamiento equivocado y soluble. Por eso quieres regresar a la Ciudad de México, porque te sientes sucia, manchada, humillada, porque tienes el mismo estigma de tu madre, a quien no perdonas, sencillamente porque no te has perdonado a ti misma —todo esto se lo gritaba llorando. Me sentía en verdad lastimado.

—¡Eres un desgraciado!... —gritó con ganas de ahorcarme en ese preciso momento. Fue entonces que su mano izquierda se fue a impactar directo en mi mejilla, en una bofetada tan estridente que estremeció mi excitación, y que ahora yo arremetía con fuerza contra ella tratando de responder, pero se hizo para atrás, por ello me fui en contra de su cuerpo, empujándola a la pared más próxima que encontré. Con todo y el golpe recibido en pleno rostro, distinguí, entre otras cosas, el pequeño estuche cuadrado de acrílico que guardaba los seis cuchillos de cocina a un lado de la estufa. Desprovisto de toda cordura saqué uno de ellos de su empuñadura negra esgrimiéndolo entre su cuerpo vestido de negro y el mío, cuya distancia guardada volvió a ser extremadamente estrecha del uno con el otro, pero con el filo del cuchillo en dirección a mi estómago.

—¡Anda, mátate, insensible! A que no tienes el valor de hacerlo frente a mí. ¡O entiérrame el puñal, como tú elijas! ¡Anda! Pero, te exijo que mates mis quebrantos, mis desdichas. O aniquila tu cobardía. Elige, Rosario. ¡Elige!

Ella puso sus manos sudorosas y calientes sobre las mías, tratando de detener el impulso de mi cuerpo hacia el cuchillo y miró mis ojos por donde llovía la pena.

—¡Anda, hazlo, atrévete! —repetí con la garganta empedrada, al tiempo en que las manos de nosotros dos empezaron a manosearse mutuamente, realizando un vaivén peligroso de ir y venir, para atrás y para adelante, con el cuchillo entre los dos, jugando con la muerte. La empujé presionándola hacia la pared con las fuerzas de un hombre desesperado y reiteré llorando—: Esta vez sí dejaré que te vayas, no interrumpiré el viaje ansiado de tu fantasiosa locura. Quiero ver sangrar tu cuerpo hasta la última gota que se derrame. ¡Hazlo! —grité enfurecido y rabioso.

Mi agobio corporal, recargado intencionalmente sobre el de ella, hizo que ambos giráramos lento y premeditado sobre nuestro propio eje, de manera que, abrazados, quedamos al filo de la mesa redonda. Aun así, ella no quitó sus manos por encima de las mías, que envolvían al cuchillo.

—¡Hazlo! —volví a empujar y a vociferar en una acción descomunal.

—¡Estás loco! ¿Qué tratas de hacer? —respondió también con un aguacero entre sus ojos.

La empuñadura negra del cuchillo restregaba su traje oscuro y el filo de la hoja puntiaguda, mi camisa. En ese instante las palabras se volvieron ruidos, insultos, gritos, estridencia, era imperceptible lo que vociferábamos. Abríamos la boca para gritarnos cosas sin sentido, improperios, injurias, mientras que el arma prendida de los diez dedos seguía su macabro vaivén.

Ahora el que ya no quería vivir era yo. ¿Para qué? Sin ella, mis propósitos no valían la pena. Su negativa había sido tan contundente como la mortandad que deja un sismo. Todos los días ella ocupaba mi tiempo; en todas las horas, ella gastaba mi presupuesto. Ella vivía en mí porque mi espacio y almanaque, con todas las fechas por pasar, contenían su nombre. No había nada sin Rosario. Y si ella no me daba la vida, también ella debía quitármela. Totalmente consciente de mi empeño, empujé todo mi cuerpo hacia adelante, abusando de mi estatura y del volumen de mi humanidad. ¡Toda la hoja del cuchillo se hundió en mis intestinos!

Ella gritó tan fuerte que, seguro estaba, la escucharon todos los vecinos. De pronto sentí un calor inmenso dentro de mis vísceras. El dolor apareció como el frío en el invierno, se acabaron las fuerzas de las que era dueño momentos antes. Mis ojos empezaron a mostrar una ceguera imprevista debida al llanto y al dolor. El estupor me abordó enseguida, como cuando inicia un terremoto. Todo me dio vueltas como en la rueda de la fortuna, en aquel juego que no tiene meta ni destino. Mis manos se tornaron temblorosas y se humedecieron por un líquido caliente que salía implacable del interior de mi estómago. El puñal estaba dentro de mí, muy dentro, interrumpiendo mi respiración cotidiana. Sí, lo habíamos hundido tan profundo como la cuchara en el azucarero. Vi los ojos de Rosario, abiertos y espantados, cuando yo me desplomaba de frente rumbo a la mesa del comedor, y luego a ella haciéndose a un lado sin detener el viaje insolente de mi cuerpo. La caída derrumbó la mesa y las sillas, cuyo respaldo rompieron los cristales de la vitrina en donde guardaba los trastos, regalo de mi abuela.

El estruendo fue mayúsculo, todo se derrumbó, los cristales con la vajilla en otro instante y enseguida yo, sin que ella pudiera evitarlo. Mis 80 kilos quedaron extendidos en el suelo. No sé cómo, pero quedé mirando al piso, recargado en el costado derecho de mi hombro, sintiendo el puñal desgarrador en mi existencia con una profundidad total. Incluso creí que tocaba mi columna vertebral.

Percibí claramente a Rosario. Gritaba, lloraba, gemía incansablemente. Iba de un lado a otro sin saber qué hacer. Creí que tomaría el teléfono que se encontraba en el estudio, pero no fue así, aunque llegó hasta él. Después regresó hasta donde yo estaba, esquivó mis pies, pero sin detenerse, entrando a la recámara y jalándose los cabellos. No sé qué quería encontrar. Lloraba ruidosamente, con amargura, gritando todo el tiempo. Yo la pensaba y la veía con amor, aún en ese momento, sí, increíble, hasta en ese instante la amaba y ella me miraba quebrantada. Estaba totalmente fulminada. Recapacitó y fue a encontrarme, sangrante y derrumbado, sobre los mosaicos del comedor.

¿Creo que empezó a decirme: «¿Perdóname, perdóname, pero por qué lo hiciste…? Te amo, no creas nada de lo que te dije. Te amo, te necesito, no me dejes, porque me iré contigo, lo juro».

Justo en ese segundo alguien tocó a la puerta. Su sobresalto fue enorme. Seguramente era doña Argelia, quien vivía en el apartamento próximo de abajo. Subiría para ver qué ocurría. Y es que el estruendo había sido atronador. Tocó con energía la puerta en repetidas ocasiones gritando: «¡Oiga, señor Edgar! ¿Ocurre algo? ¿Está usted bien? ¿Qué pasa?», sin que Rosario contestara. Al contrario, se esforzó en guardar silencio. Hizo lo indecible por acallar su llanto, pero no podía. Sus manos subían y bajaban de su cabeza sin control. Regresó a mí con la tormenta reflejada en sus gestos y se hincó a mi lado para cerciorarse de que todavía respiraba o mostraba signos de vida. Cuando lo verificó, se acostó a mi lado sobre el mosaico, acercó sus ojos como pudo hasta los míos en una especie de súplica para que yo la viera. Acarició mi rostro con el suyo, sin percatarse que en esa posición el peso de mi cuerpo se inclinaba, poco a poco, hacia el piso, hundiendo más al puñal perdido entre mi camisa desabotonada.

—¡Dios mío, Edgar, déjame ayudarte, por favor! —dijo con los ojos inundados. Retiró la mesa y las sillas, empujándolas más allá del alcance de mis pies y recogiendo los pedazos del florero que se perdían encima de mi cuerpo desfallecido. Como pudo, intentó mover mis hombros y voltearme, para colocarme en una posición menos dolorosa, oyendo los quejidos y los *ayayaes* de dolor. Comenzó a besarme torpe y bruscamente, en besos que se partieron en mil trozos, destilando en el ambiente su perfume preferido. Sus labios, temblorosos y mojados, se afianzaron a los míos. Fueron besos húmedos, desesperados, como si con ello hubiera querido resarcirme.

—¡Es mentira lo que te dije! Es una maldita mentira. Lo dije para que dejaras de presumirme tu estúpida serenidad. Tu arrogante serenidad que me enerva, esa de la que siempre alardeas. Me desespera verte siempre tan paciente y tolerante. No es cierto lo que dije. ¡Sí, te amo, soy una loca! Claro que te amo. Sin ti estoy perdida. Dime algo, respóndeme Edgar, vamos donde quieras, llévame donde tu dispongas, soy tuya. ¡Escúchame, te amo! ¡Escúchame...! Me arrepiento de no habértelo confesado desde hace tiempo. ¡Me arrepiento!

Atolondrado como estaba, atendiendo como podía su afligida confesión, me impresionó. Sí, me impresionó su espontánea declaración. Yo la oía sin poder exteriorizar mi sorpresa, esas palabras que tantas veces añoré, ahora me las regalaba, pero en un estado verdaderamente lamentable. Ella y yo habíamos vivido decenas de coloquios y nunca llegó a mí la autenticidad de su cariño. Aquí y ahora, moribundo, ya no podía hacer nada. Quería moverme, pero era imposible lograrlo, estaba tieso, engarrotado, inválido. Mi mente ordenaba, pero mi organismo no respondía. Y el cuchillo en mi interior seguía destruyendo mis intestinos. La crisis encendida estaba llegando a su final, a mi capacidad de congoja. Mis ojos la veían sin verla, mis labios querían nombrarla y decirle: «Lo siento, no intenté pagarte con el mismo dolor, no quería hacer de mi pasado tu presente».

En las condiciones lamentables en que me hallaba, entendía que ella no era una mujer para mí. ¡Finalmente lo asimilaba! Justo en ese instante me daba por vencido, a pesar de su consumada reflexión, a pesar de ceder en su último arrepentimiento, yo suponía que Rosario lo había dicho para suavizar la situación. Liquidado como estaba, intuía, al fin, que ella no se materializaría en mi futuro, si acaso salía vivo de ésta. Inútil sería después de todo lo ocurrido, seguir aferrándome a la falaz idea de mirarla en el brillo diario de mi espejo. No podría ser. Y es que el amor no se esconde en el miedo, ni se parapeta en los actos de amargura. El hombre no puede amarrar a la mujer en base a caprichos, ni valerse de argucias turbias, sucias, para someterlas, porque entonces pudre la identidad que las hace bellas.

Esta vez el sol no se puso en mi ventana, pero se abrieron sus hojas para dar paso a la oscuridad estrellada. La noche había aparecido y yo sin darme cuenta. Se había esfumado mi esperanza y entendía todo a través de una bárbara lección, la intensidad de los sentimientos de Rosario. Por más que ella se afanara en darme el sí, no podría vivir toda la vida escondiendo su verdad. Me dolía tanto reconocerlo, como el puñal que tenía dentro. No había escapatoria del lacerante descubrimiento.

¡Herido de amor y herido de muerte!

Me quedé vencido en el mosaico. Ya no quería huir de la agonía que me desvanecía, ni escuchar sus lamentos, ni sus gritos. Quería esfumarme de su presencia.

Si tú no eres mía, tampoco lo seré yo de ti. ¡Que inhumana venganza!

⌘⌘⌘

En el final, se repetía la escena primera, pero con la otra cara de la moneda. Ahora yo emprendía el viaje al exilio. No ella. Así es la vida, mientras unos suben otros bajan en el óvalo existencial. Morar, habitar, obrar, errar, siempre dando tumbos en la conocida circunferencia terrestre, de modo que las curvas no permiten los extremos. Al humano se le olvida que se crearon dos al mismo tiempo para glorificarse y no para matarse entre sí. Sonó el teléfono sin que ella hiciera algo por contestarlo. Creo que nunca lo escuchó, estaba en estado de *shock*, igual que yo. Tocaron nuevamente a la puerta, una, dos, quince veces quizás, y se escuchaban más vecinos que se acercaban a la puerta de mi depa. Insistiendo, de manera enfermiza, preguntando virulentos, gritando: «¡Señor Edgar! ¿Qué le ocurre? Conteste por favor».

Me percaté de la mancha de sangre, que se volvió gigantesca en mi entorno y la sombra de Rosario que se perdía en la neblina de mis ojos. Quise suplicarle que me abrazara, que persistiera en sus besos apremiantes en el último momento, hablándome para seguir viviendo, aunque, a decir verdad, cada segundo que transcurría se iba sin volver, viéndome allí, entre el yo dolido y sus lágrimas lloradas, envuelto en mi sangre y en el remordimiento de una mujer a la que siempre había amado por sobre todas las cosas de este mundo y quien hoy se martirizaba por verme herido de muerte.

¡Agonizaba!

¡De pronto Rosario dejó de llorar! Limpió mis ojos con sus dedos para que la viera. Y para mi sorpresa recargó sus labios en los míos socorriéndome con un beso diferente, pero tan, tan diferente, como el rojo y el azul, para después sumir su boca suavemente en la mía ahogándome con su aliento, para mitigar el dolor justo al momento en que, ella decidida, me sacó el puñal de mi interior.

Me quedé pensando en la suerte de Chayo. Nunca me dijo que me amaba y hasta el final lo hizo.

Todavía la oí cuando suspiró profundamente y me miró con extrema ternura. Me di cuenta de que se quedó observando el rojo sangrante escurrirse del filo del cuchillo cayendo a su vestido. Y desde la empuñadura colocó el puñal frente a sus ojos, esta vez dirigiéndolo a su pecho, y se le quedó mirando como si se viera al espejo. Lo envolvió con sus dos manos acariciando el arma como si de pronto ésta fuera su salvación para incrustarlo en su existencia, y…

¡Se hizo el silencio…!

¡Qué ironía!
Si cuando amas no lo dices, nadie sabrá lo que has guardado
y será un secreto sepultado.

Al autor le gustaría recibir sus comentarios en el correo electrónico:
romel1947@hotmail.com

O visite la página del autor para adquirir otro ejemplar.
www.romel.mx